KB166663

카렌 누나가 지그시――――
힐데가르드 공주를 바라보았다.
무언가를 살피는 듯한, 마음속까지 들여다보는 듯한 눈이다.
이윽고 누나가 천천히 입을 열었다.
"너…… 사랑에 빠졌구나?"
"후에엣?!"
힐데가르드 공주가 얼굴을 새빨갛게 물들이며 어쩔 줄 몰라 했다.
항상 다부졌던 그 표정은 온데간데없이 이마에 가득 땀을 흘렸다.
이세계는 스마트폰과 함께. 7

「토야는 이런 걸 좋아한다고 들었다만?
첫사랑인 『쇼코 누나』랑
똑같은 옷이라네.」
훈련을 끝내고 성으로 돌아가 보니
평소와 마찬가지로 모두 나를 맞이하러 나와 주었는데…….
왜 다들 교복 차림이야?

「……응?」
머리가 새하얘졌다. 잠깐, 응?

「고기동용 프레임기어, 드라군(용기사)이야」
「우하~ 빨간색이네? 나쁘지 않아.」
엔데는 나에게 휘익 프레파라트를 떠넘기더
곧장 드라군에 기어올라
가슴 부분의 해치를 열고 안으로 들어갔다

이세계는 스마트폰과 함께. 7

후유하라 파토라 illustration■우사츠카 에이지

표지 · 본문 일러스트
우사츠카 에이지

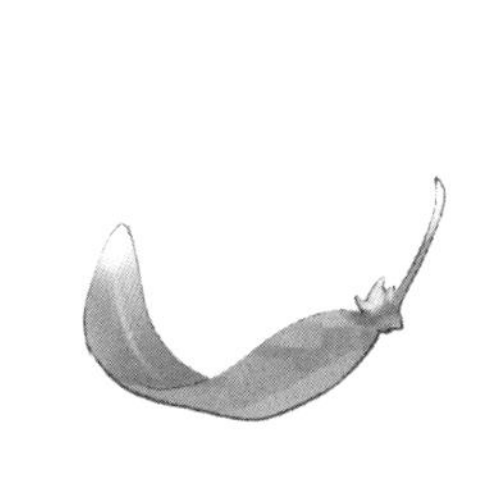

세계 지도

지금까지의 줄거리

하느님이 특별히 마련해 준 스마트폰을 가지고 이세계에 오게 된 소년, 모치즈키 토야는 벨파스트 왕국과 레굴루스 제국의 후원으로 소국 브륀힐드의 공왕이 되었다.

토야는 고대 왕국의 유산이라고 할 수 있는 '바빌론'을 모아 드디어 인간형 결전 병기, 프레임 기어를 손에 넣었다. 이계의 침략자, 프레이즈에게 대항하기 위해, 토야 일행은 세계의 여러 나라와 연계를 하기 시작한다. 하지만 토야가 지닌 강력한 힘을 노리는 무리도 나타나는데…….

제1장 재앙이 닥치다

바빌론도 '정원', '공방', '연금동', '격납고', '탑', '성벽' 까지, 모두 여섯 개가 모였다.

'성벽' 에서 일하던 미니 로봇 열다섯 대 중 열 대를 '격납고' 로 이동시켜, 로제타와 모니카를 돕게 했다. 그걸로 두 사람의 부담도 가벼워지면 좋을 텐데 말이야.

'성벽' 의 관리인 리오라와 '탑' 의 관리인인 노엘, 두 사람을 자낙 씨에게 받은 시험작 등을 넣어 놓은 의상실에 데려갔다. 옷을 마음대로 골라 입어도 좋다고 하자, 리오라는 핀스트라이프 무늬가 들어간 점퍼스커트, 노엘은 체육복을 골랐다. 왜 그런 걸 고른 거지? 두 사람이 마음에 든다면 나야 상관없지만…….

그거야 어쨌든, 슬슬 성 아래에 모험자 길드 지점이 완성될 시기라, 오늘은 시찰을 나가 보기로 했다.

길드의 외관은 거의 완성된 상태로, 지금은 세세한 장식이나 내부 인테리어 작업에 들어간 상태였다. 꽤 크고 멋진 건물이다. 아무래도 모험자 출신인 왕이 다스리는 나라에 세우는 길드라서 더욱 심혈을 기울이는 중이라는 모양이었다.

그건 좋은데, 이곳엔 모험자가 그다지 안 올 것 같단 말이지. 이 근처에는 마수도 없고, 도적단도 없으니. 아마 의뢰의 대부분이 잡무 계열 아닐까?

물론 레굴루스나 벨파스트 쪽에도 당일치기로 못 갔다 올 건 없으니, 토벌 계열이 전혀 없을 거라고는 생각하기 힘들지만.

길드 쪽이 내장 인테리어처럼 세세한 작업에 들어갔기 때문에 오거 족인 자무자는 이제 옆쪽의 술집 건설을 도왔다. 이쪽은 기둥을 막 세운 참이라 힘쓰는 일이 아직 남아 있었다. 역시 저 엄청난 몸집으로 내부 인테리어 작업을 돕기는 힘들다.

"어?"

문득 술집 건축 작업을 바라보는 사쿠라의 모습을 발견했다. 옆에는 산고와 코쿠요가 둥실둥실 떠서 같이 있었다.

〈어머~ 주인님이네.〉

"……임금님."

사쿠라는 아직도 기억이 돌아오지 않았다. 쫓아낼 수는 없어서 일단은 손님으로서 성에 머물도록 허락했다.

어른스러운 외모와는 달리 사쿠라는 꽤 적극적으로 행동하며 매일같이 밖으로 나갔다. 하지만 함부로 이리저리 움직이면 곤란해서 외출할 때에는 꼭 내 소환수 중 누군가를 동행시켰다.

"이런 곳에서 뭐 해?"

〈조금 전까지 '은월'에서 식사를 하고 돌아가는 길인데, 이

아이가 갑자기 멈췄어요.〉
내 질문에 사쿠라가 아니라 코쿠요가 대답했다.
"'은월'에서 식사라니, 돈은?"
〈점장님이 주인님의 외상으로 달아 놓겠다던데요?〉
에구구. 미카 누나도 참 제멋대로네……. 설마 다른 사람들도 내 이름을 대고 막 음식을 먹는 건 아니겠지?
"아무튼, 사쿠라는 여기서 뭐 해?"
"저기……."
사쿠라가 가리킨 곳을 보니 즐겁게 목재를 옮기는 오거 족인 자무자가 있었다. 자무자가 뭐 어쨌다는 거지?
"저 사람은 마족……. 그런데 아무도 신경 쓰지 않아. 신기해."
아하, 그런 얘기였구나. 마족과 인간들이 자연스럽게 섞여서 일하는 모습이 신기한가 보네. 보통 마족이라고 하면 사람들이 무서워하거나 경계해서 혼자 다니는 일이 많으니까.
실제로 나도 다른 나라에서는 마족과 인간이 서로 웃으면서 이야기를 나누는 모습을 본 적이 없다. 마족이 혼자서 술집 구석에 앉아 술을 마시는 모습은 본 적이 있지만.
"우리 나라에서는 마족이라고 해서 차별받지 않아. 물론 다른 나라에서 온 여행자는 경계할지도 모르지만, 우리 기사단에는 자무자를 포함해 다섯 명 정도 마족이 있어."
"……이 나라는 특이해. 임금님부터가 별나지만. 그래도 아주 좋은 나라야. 모든 국민이 서로 도우며 살아가고 있어."

나를 칭찬한 건 아니지만, 무척 기쁘다.

작은 나라니, 서로 돕지 않으면 불편하다는 점도 있겠지만 말이야.

그다음 나는 사쿠라를 데리고 나라의 동쪽에 조성 중인 농업지를 돌아보았다. 여전히 알라우네인 라크셰가 열심히 밭일하는 중이었다. 라크셰도 마족이다.

"이 밭에서는 뭘 경작해?"

"무랑 순무요. 슬슬 수확할 수 있지 않을까 해요. 절여서 먹으면 정말 맛있어요~."

그렇게 말하며 라크셰가 미소 지었다. 절임은 이셴 특유의 음식인 듯하지만, 이 나라에서도 어느새 보급되었다. 이셴 출신의 국민이 많으니 아무래도 영향을 받기 쉽다.

실험적으로 만든 논도 문제가 없을 듯해서, 봄이 되기 전에 어떻게든 나름의 경지를 확보하도록 개척할 생각이다. 나도 맛있는 쌀밥을 먹고 싶으니까.

그다음은 콩이다. 된장이라든가 낫토라든가. 두부랑 풋콩도 좋겠어. 봄이 되면 재배하기 시작한다니 정말 기대된다.

우리는 라크셰와 헤어져 성으로 이어지는 길을 걷기 시작했다.

잠시 걷는데 묘한 기척이 느껴졌다. 주변에는 나와 사쿠라, 산고와 코쿠요밖에 없는데.

〈주인님.〉

"알아."

산고의 말을 끊고 나는 몰래 【실드】를 전개했다. 다음 순간, 근처의 나무 위에서 화살이 날아와 우리를 덮쳤다.

"?!!"

사쿠라가 깜짝 놀라 마른침을 삼켰지만, 활은 보이지 않는 방패에 맞고 튕겨 나갔다. 화살이 날아온 나무 위를 보니 경극 배우 같은 가면을 쓰고 새카만 옷을 입은 사람이 있었다.

표정이 묘하게 묘사된 가면이다. 수상해도 너무 수상하다. 내가 그 녀석들에게로 한 걸음 다가가려고 하는데, 발밑의 땅 속에서 역시 비슷한 가면을 쓴 검은 복장의 남자가 셋이나 나타났다. 여러 기척이 느껴지긴 했지만, 이 사람들 계속 땅에 숨어 있었던 건가?

손에는 활 모양으로 굽은 단도를 든 그 사람들을 주의 깊게 관찰하니, 칼날이 꽤 많이 젖어 있었다. 아마 독을 묻혀 둔 모양이었다.

틀림없다. 이 녀석들은 자객이다.

"……거인병은 어디 있지?"

"거인병? 프레임 기어를 말하는 건가?"

"질문에 대답해라."

"대답할 의무는 없어. 어느 나라에서 왔지?"

눈앞에 있는 세 사람에게 물었지만, 아무도 대답하지 않았다. 순순히 대답했으면 그냥 여기서 끝냈을 텐데. 나는 순식간에 세 사람에게 다가가 각 사람의 어깨를 건드렸다.

"【그라비티】."

"크흐어억?!"

가중(加重) 마법으로 땅에 바짝 엎드리게 했다. 그 광경을 보고 네 사람이 나무 위에서 뛰어내려 도망치려고 했다.

"【슬립】."

"크악?!"

네 사람은 땅에 내려오자마자 넘어져 뒤통수를 강하게 부딪쳤다. 아~ 타이밍이 나빴어.

저쪽은 그냥 놔두고, 나는 가면을 벗기려고 눈앞에서 바짝 엎드려 있는 세 사람을 향해 다가갔다. 정체가 뭐냐, 이 자식들.

"안 돼!!"

갑자기 사쿠라가 팔을 잡아당겨, 나는 뒤로 넘어졌다. 다음 순간, 세 사람의 가면이 폭발했다.

"아니……!"

연기와 살점을 튀기면서 세 사람이 움직임을 멈췄다. 당연하다. 머리가 전부 날아갔는데도 움직이면 그냥 괴물이다.

자폭인가? 잡아서 정보를 알아낼 수는 없다는 건가. 옛날 시대극에서 적에게 잡힌 닌자가 혀를 깨물고 죽는 장면을 본 적이 있기는 하지만…….

물론 혀를 깨문다고 해서 확실하게 죽는 것은 아니지만 자폭이 확실한 면은 있겠지…….

【슬립】으로 넘어뜨린 녀석들을 보니 이미 어디로인가로 사라지고 없었다. 표창에 줄이 묶인 무기가 근처 나무에 박혀 있었다. 저걸 사용해서 【슬립】에서 탈출했구나.

'가면' 이나 '검은 복장' 으로 검색해 보았지만, 도망친 사람들은 찾지 못했다. 이미 가면을 벗고 복장까지 바꾼 뒤 도망친 모양이다. 결국 정체는 알 수는 없는 건가. 사태가 귀찮아지기 전에 손을 쓸 필요가 있겠어. 싸움을 걸면 피하지 않고 받아 주는 사람이야, 나는.

"세 사람의 시체에서 신분을 알 수 있을 만한 것은 아무것도 발견하지 못했습니다. 도망간 한 사람도 행방불명입니다."

회의실에서 부단장 니콜라 씨가 그렇게 보고했다. 너무 일을 크게 만들고 싶지는 않았지만, 자국의 왕이 습격을 당했으니 그럴 수는 없었던 듯했다.

회의실에는 기사단 간부들과 재상인 코사카 씨, 첩보 부대의 츠바키 씨가 모여 있었다.

"그래. 애송이는 짚이는 데가 없는 건가?"

"없는…… 것 같아요. 프레임 기어를 노렸다는 것만큼은 확실하지만요."

"그럼 모든 나라가 의심스러워지는군."

바바 할아버지가 팔짱을 끼고 흐음, 하는 소리를 내며 의자에 등을 기댔다.

음, 그 마음을 모르는 것은 아니다. 병기로 이용할 생각이라면, 어느 나라든 가지고 싶은 게 당연했다. 아마 그 녀석들은 나를 납치, 감금하여 프레임 기어가 어디에 있는지 소재를 불게 할 생각이었겠지.

화살로 다리를 쏴서 움직이지 못하게 하고 의식을 빼앗는다는 작전인가? 그 단검에 묻은 것은 마비성 독인 모양이니까.

"하지만 서방 동맹이 그런 짓을 했다고 생각하긴 힘듭니다. 폭주한 일부 권력자가 움직였을 가능성도 있지만, 국가가 나서서 그런 일을 했다고는 할 수 없습니다. 그런 짓을 하면 어떻게 될지 모를 만큼 어리석지는 않을 테니 말입니다."

코사카 씨의 말대로다. 만약 범행이 노출되면 다른 동맹국은 더 이상 상대도 해 주지 않는다. 그런 짓은 나라를 망하게 하는 행위다.

게다가 그 녀석들은 '거인병' 이라고 말했다. '프레임 기어' 라는 명칭도 모를 가능성이 크다. 그렇다면 거의 교류가 없는 나라의 짓이라고 생각하는 것이 타당하다.

그런 생각을 하는데, 츠바키 씨가 조용히 손을 들었다.

"한 가지 신경이 쓰이는 점이 있습니다. 폐하는 자객이 가면을 쓰고 있었다고 말씀하셨는데……."

"고금을 막론하고 암살 집단이나 첩보 기관에 속한 사람은 가면을 쓰는 사람이 많지. 아무것도 이상할 것이 없다만?"

"네. 단지, 그 가면으로 뭔가를 알아낼 수 없을까 해서……."

흐음, 글쎄. 가면은 형태도 없이 폭발해 버렸으니. 확실히 야마가타 아저씨의 말대로 벨파스트의 첩보 부대인 '에스피온'에서 활동하던 라피스 씨나 세실 씨도 흰 가면을 썼었다. 가면에 따라 각 나라의 특징을 알 수 있다는 말일까?

"그 가면은 어떻게 생겼나요?"

"뭐라고 하죠? 경극의 배우처럼 과장된 표정인……."

"경극?"

단장인 레인 씨가 고개를 갸웃했다. 그러자 토끼귀도 옆으로 기울었다. 음, 역시 모르나. 아, 그렇지.

나는 방의 테이블 위에 있는 종이를 들고【드로잉】을 발동시켰다. 그러자 곧장 종이에 나를 습격한 녀석들의 가면이 리얼하게 묘사되어 떠올랐다.

"새삼스럽긴 하지만, 폐하는 참 편리하네요……."

부단장인 노른 씨가 가만히 그렇게 중얼거렸는데, 그럴 때는 '폐하의 마법은' 이라고 말을 해야죠…….

"이게 그 가면이에요. 뭔지 알겠나요?"

다들 그림을 바라보았는데, 츠바키 씨가 가장 먼저 말을 꺼냈다.

"확증은 없지만……. 유론 문화에 가까운 느낌입니다. 그 나라에는 '크라우' 라는 첩보 부대가 있다는 소문도 들은 적이 있고요.”

“유론?”

“천제국 유론. 이셴의 서쪽에 있는 나라입니다. 천제(天帝)가 다스리는 나라로, 바다를 건너 몇 번인가 이셴을 공격한 적도 있습니다.”

천제국 유론……. 바다를 사이에 둔 이셴의 이웃 나라인가. 꽤 머네. 어떻게 거기서 여기까지 온 건지.

물론 아직 증거는 없지만. 주의해 둬서 나쁠 건 없다. 그걸로 포기하고 돌아갔다고는 볼 수 없으니까.

일단은 경계를 강화하고, 수상한 사람을 보면 주의하도록 지시를 내리자. 그 녀석들의 목적은 프레임 기어이니까, 원하는 것은 절대로 손에 넣을 수 없겠지만.

상공에 떠 있는 바빌론으로 가는 방법은 나의 【게이트】나 셰스카를 비롯한 바빌론 넘버즈의 단거리 전이(轉移)밖에 없다.

물론 하늘을 날 수 있다면 갈 수야 있지만, 그것도 얼마 전까지의 이야기. ‘성벽’을 손에 넣은 이상, 외부에서 직접 침입하기란 불가능하다.

나를 직접 노리면 상관없지만, 주변의 누군가를 노릴 가능성도 있다. 그러니 충분히 주의를 기울여야 한다.

물론 그런 짓을 하면 절대 용서하지 않을 거지만. 흑막을 발견해 차라리 죽여 달라는 소리가 나올 정도로 엄청난 짓을 할 생각이다.

신분이 밝혀질 게 두려워 자폭하는 녀석들이다. 멀쩡한 녀석들일 리가 없다.

……그러고 보니 사쿠라는 어떻게 그 녀석들의 가면이 폭발할 거란 사실을 알았던 거지?

혹시 사쿠라는 유론 첩보 기관에 속했던 사람이라든가? 그럴 리가. 사쿠라를 발견한 곳은 이셴이고, 일단 유미나의 마안으로 나쁜 사람이 아니라는 것은 이미 확인했다.

혹시 기억을 잃은 사람에게는 마안의 효과가 발휘되지 않는 건가?

예를 들어 극악무도한 사람이 완벽하게 기억을 잃은 상태가 되면, 마안은 그 사람을 '악인' 이라고 과연 판단할까? 본인조차도 의식하지 않은 부분의, 그 본질까지 꿰뚫어 볼 수 있을까?

그런 생각을 하니, 사쿠라의 기억을 되돌려도 좋은지 일말의 불안감이 들었다.

하지만 이건 내 직감을 믿자. 사쿠라는 나쁜 아이가 아니다, 틀림없이.

"그럼, 시작할게요."

"응~."

안뜰 연습장에서 린제가 마석에 박혀 있던 미스릴제(製) 지팡이를 나를 향해 들었다. 그러자 지팡이의 끝에 있는 붉고 파랗고 노란 마석 중에 붉은 마석이 서서히 강한 빛을 냈다.

"【불꽃이여 오너라, 붉은 돌멩이, 이그니스 파이어】."

지팡이 끝에서 작은 야구공 정도의 불덩어리가 나를 향해 날아왔다. 불 속성의 초급 마법이다.

나는 그것을 바라보면서 마력을 높여 방금 배운 무속성 마법을 발동했다.

"【어브소브】."

불덩어리는 나에게 명중되기 전에 안개처럼 소멸했다. 나에게는 전혀 대미지가 없었다.

한 발 더, 불덩어리가 날아왔다. 하지만 그것도 마찬가지로 안개처럼 사라졌다. 흐음, 나름 지속 시간은 긴 편이네. 꽤 많은 마력을 소모하지만 날아오는 마법을 흡수해 자신의 마력으로 변환하는 거니, 당연하다면 당연한 건가.

"이번엔 상급 마법으로 부탁해."

"알겠습니다."

다시 린제가 지팡이를 겨눴다.

"【불꽃이여 오너라, 연옥의 불기둥, 인페르노 파이어】."

"【어브소브】."

소용돌이치는 거대한 불기둥 세 개가 나를 향해 세 방향에서 습격해 왔다. 하지만 그것도 내 반경 2미터 안으로 들어오자 곧장 소멸했다.

응? 확실히 마력은 회복됐지만, 조금 전과 비슷한 양이다. 상대의 마법이 얼마나 위력적인가에는 상관없이 일정량밖에 회복되지 않는 건가?

마법을 '없애' 마력으로 되돌린 뒤, 그 일부를 '흡수'.

이건 제국에서 쿠데타가 일어났을 때 봤던 '흡마의 팔찌'와 똑같은 효과구나. 【인챈트】를 사용하면 똑같은 아티팩트를 만들 수는 있을 것 같았다.

마법을 무효화할 수 있는 갑옷을 만들면 꽤 쓸 만하지 않을까 생각했는데, 린제가 말하길, 흡수한 마력의 질이 다르면 '마법 멀미'라고 해서 마치 취한 것처럼 어지러운 현상이 나타난다고 하니, 아무래도 그건 안 될 듯했다.

불 속성에 적성이 없는 사람이 불 속성을 흡수하면 거부 반응을 일으킨다고. 나는 모든 속성을 지니고 있어서 상관없었지만, 그런 점에서 보면 '흡마의 팔찌'가 더 뛰어나다고 할 수 있었다.

린제나 유미나도 속성은 세 가지뿐이니까. 린이라면 여섯 가지 속성을 가지고 있어서 무속성 이외에 모두 흡수할 수 있겠지.

【트랜스퍼】로 마력을 양도할 수는 있었는데, 그건 마법 자체가 무속성이라도 건네주는 마력은 아직 속성에 물들지 않

은 마력이기 때문에 가능했던 것으로 보인다.

"이건 상시 발동되는 게 아니라 허를 찔리면 의미가 없겠어."

"효과 범위는 어느 정도, 인가요?"

"음~ 반경 2미터에서 10미터 정도일까? 어? 반대로 말하면 그 범위 안이라면 상대는 마법을 발동할 수 없다는 건가?"

시험 삼아 린제를 옆에 두고 【어브소브】를 사용한 뒤, 마법을 사용해 보도록 하니, 잠시 마법이 발동됐을 뿐 금방 사라져 버렸다. 오호라. 이렇게도 사용할 수 있는 건가. 당연히 범위 밖으로 나가자 린제는 다시 평범하게 마법을 사용할 수 있었다.

상대의 마법을 완전히 봉인하는 마법이 있다면 좋을 텐데. 【사일런스】는 소리를 들리지 않게 하는 것뿐이라, 얼마든지 주문을 외울 수 있다. 【터부】는 사용하는 마법을 미리 알면 해당 말을 봉쇄해 발동을 막을 수 있지만, 실전에서는 사용할 수 없다.

아, 물론 상대의 특기 마법이 뭔지 알면 사용할 수 있지만. 예를 들어 에르제와 대결을 한다고 하면, 【부스트】를 터부로 지정할 수 있으니 이쪽이 매우 많이 유리해진다.

어차피 프레이즈를 상대로는 마법을 사용할 수 없긴 하지만.

일단 실험은 종료다. 린제에게 고맙다고 인사하고 성으로 돌아갈 준비를 하는데, 코하쿠가 텔레파시로 나에게 말을 걸었다.

〈주인님. 성에 손님이 와 계십니다…….〉
〈손님? 누군데?〉
〈저어, 주인님의 누나라고 하시는 분입니다.〉
〈에엥?〉
누나라니, 누구지? 나한테는 누나가 없는데. 아니, 아예 형도 누나도 남동생도 여동생도 없다.
사촌 누나랑 이종사촌으로 속도위반 결혼&이혼을 경험한 형이라면 있지만, 이쪽 세계에 있을 리는 없다.
〈그 사람은 어떤 사람이야?〉
〈글쎄요. 머리카락이 분홍색으로, 주인님보다 다섯 살 정도 많아 보이는…… 앗, 무, 무슨 짓을!〉
〈뭐야뭐야. 코하쿠, 뭐 하는데? 아, 텔레파시? 나도 토야랑 말하게 해 줘. 여보세요~ 들리나요~ 나요~〉
코하쿠의 텔레파시에 굉장히 재미있어 죽겠다는 듯한 젊은 여자 목소리가 섞여서 들려왔다. 어디선가 들어 본 적이 있는 목소리다. 설마…… 왜 당신이 이곳에?!
나는 린제를 데리고 【게이트】를 열어 재빨리 성으로 돌아갔다.

"토야의 누나, 모치즈키 카렌이야."
"카렌 씨인가요."

태연하게 인사를 하다니. 뭐 하는 거야, 이 사람? 아니, 사람은 아니지만.

나는 살짝 다가가 작은 목소리로 말을 걸었다.

"……왜 여기에 온 거죠? 연애의 신이면서!"

"……누가 연애의 신이야? 난 카렌이거든. 아, 누나라고 불러도 좋아. 아니, 이제부터 누나라고 불러."

질문에 대답해야죠!

"오랜만에 만나서 기뻐. 꼬옥~해 주고 싶어~."

"우우읍?!"

갑자기 껴안다니! 앗, 다들 보잖아요!

힐끔 유미나 일행을 보니 다들 흐뭇한 표정으로 이쪽을 바라보았다. 누나와 남동생의 모처럼 만의 재회라고 생각하는 모양이다. 야에는 눈물까지 훔치고 있어! 왜?

"그럼 형님, 저희는 이만. 오늘 만찬은 성대하게 차릴 테니, 기대해 주세요."

"어머~ 정말 기대된다."

남매가 정답게 이야기를 나누라는 뜻인지, 다들 우르르 방 밖으로 나가 버렸다. 결국 문이 닫히고 나와 연애의 신만이 남았다.

"그래서요? 이게 대체 뭐죠?! 왜 여신님이 지상에 내려왔어요?!"

"내려오면 안 돼? 그래?"

"내려오는 거야 별 상관없지만요! 아니, 잘 모르겠지만! 왜 제 누나예요……?"

"아, 그건 그냥 번뜩 떠올라서."

깔깔 웃으면서 연애의 신이 소파에 걸터앉았다. 나도 갑자기 몸에서 힘이 빠져 소파에 앉았다. 안 되겠어……. 이 사람, 아니, 이 신은 너무 상대하기가 껄끄러워.

"결국 왜 내려오신 거죠?"

"음~ 포획하러."

"포획?"

"우리 하급신보다 더 낮은 신을 종속신(從屬神)이라고 하는데, 그 종속신이 이쪽 세계로 도망쳤거든. 그걸 잡으러 왔어."

종속신? 하급신보다도 더 아래인 신이라.

듣자 하니, 아무래도 신에게도 랭크가 있고 종속신은 신의 속성 중에서도 가장 아래쪽에 위치한다는 모양이었다. 그 녀석이 도망쳐 이쪽 세계로 왔다는 건가.

"도망쳤다고 했는데, 신계에서 무슨 범죄라도 저질렀나요? 그 녀석."

"아니. 그래서 도무지 이해가 안 가. 왜 이쪽 세계로 내려왔는지. 세계신(世界神)의 허가 없이 이쪽 세계에 내려오는 것 자체가 죄라면 죄지만, 내려오는 것만이라면 그렇게 문제될 건 없어. 단지 종속신의 힘을 사용해 이쪽 세계에 간섭해선 안 돼. 그걸 걱정하는 거지."

넓은 의미에서 보면 여신님도 충분히 간섭하고 있는 것 같은데 말이죠.

전에 유미나 일행이 옷을 갈아입을 때 내가 우연히 들어가도록 영향을 끼쳤다고 하지 않았나요? 여신님?

"우리는 괜찮아. 예를 들자면 면허증을 가진 드라이버라고 할 수 있으니까. 하지만 종속신은 임시 면허는커녕 운전면허 학원에서 교관도 없이 도로로 뛰쳐나간 어린아이 드라이버나 마찬가지야. 정말 위험해."

알 것 같기도 하고, 모를 것 같기도 하고. 아무튼, 무면허는 나쁜 거다.

"그럼 빨리 그 녀석을 잡아 주세요. 성가셔지기 전에."

"그럴 생각이었는데. 이쪽 세계에 내려와 보니 그 녀석의 '신기(神氣)' 가 전혀 안 느껴지는 거 있지. 아마 이쪽 세계의 무언가로 변질했을 거야."

"변질이요?"

"사람이나 동물, 아니면 신기(神器)나 신목(神木), 그런 거로 변화해서 이쪽 세계에 숨은 거지. 그러고 있는 한 그 모습을 해제하지 않으면 감지할 수 없어."

그럴 수가. 벌써 성가신 상황이 됐다는 건가?

틀림없이 그 녀석이 신의 힘을 이용해 뭔가를 하기 시작하면 귀찮아질 것이다.

하급보다도 아래라고는 해도 어쨌든 신이니까. 별일 없이 넘어갈 리가 없다. 게다가 신의 특성을 숨겼다고 하니, 목적을 알 수 없어 더욱 불길하다.

"그 녀석을 발견하려면 어떻게 해야 하죠?"

"종속신이 일정 이상 신력(神力)을 사용하면 세계의 어디에 있는지 금방 알아. 그렇게만 되면 우리가 신력을 사용해서 변질을 풀 수 있어."

"우리?"

이거 정말. 설마 다른 하급신도 이쪽 세계에 내려온 건 아니겠지? 그 외에 검의 신이라든가, 농경의 신 같은 게 있었던가? 신들이 왜 이렇게 한가해?!

"무슨 소리야? 당연히 토야를 말하는 거지. 네 몸에서 마력에 섞여 신력도 새어 나오고 있거든. 내가 여기에 온 것도, 사실은 이 신력 때문이었어."

"네에?!"

잠깐만. 전에 하느님이 말했던 몸의 변화인가가 일어나고 있는 건가? 별로 자각은 없지만…….

"아무튼 상대가 움직이지 않으면, 이쪽도 움직일 수 없어. 그러니까 당분간 여기서 신세를 질게."

"네?! 여기서요?!"

진짜로?! 물론 그 녀석을 붙잡을 때까지는 안심할 수 없으니, 그편이 좋다는 건 알지만 말이죠.

어어어어어어어엄청, 그 이상으로, 이 사람이 트러블을 일으킬 것 같은 예감이 들어!

"누나가 남동생이랑 사는 거니까, 아무런 문제도 없어."

"아니요, 저기, 누나라니. 여신님이 번뜩 떠올라서 한 말이라고 방금……."

반론하려고 하자, 여신님이 뺨을 뾰로통하게 부풀리면서 나를 노려보았다. 여신님, 대체 몇 살이에요?! 아니, 대답을 들으면 지옥을 볼 것 같으니 그렇게 묻지는 말자.

"'누나야~' 라고 불러, 알았지?"

"저어, 아무리 그래도요."

"그렇게 안 부르면 나한테 연애 상담했던 일을 유미나 일행에게 전부 말해 버린다?"

"그건 제발 봐 주 세 요 누 나 야."

크윽. 이게 신의 힘이라는 것인가……. 역시 '누나야' 는 너무 부끄러워서 '누나' 로 타협했다. 연애의 신……. 아니, 카렌 누나는 그래도 불만스러운 표정을 지었지만, 일단은 받아들여 준 듯했다.

그런 것보다, 이 사람이 정말로 종속신을 붙잡을 수 있을까? 완벽한 미스캐스팅 같은데…….

이날의 만찬은 매우 호화로웠다. 우오오, 엄청나게 기합을 넣었네, 클레아 씨.

하지만 만찬회에서 어느새인가 시작된 연애 상담 탓에 남자들, 특히 내가 안절부절못했다. 물론 이 사람은 그쪽의 프로……를 넘어서 이름 그대로 '신' 이긴 하지만!

유미나 일행은 잇달아 연애신에게 질문을 쏟아 냈다.

"토야는 아무런 자각도 없이 아무한테나 다정하게 대해 줘. 여자로서는 때론 그게 잔혹하게 느껴질 수도 있겠지. 은근히 마음이 있는 것처럼 보이지만, 사실은 아무렇지도 않게 생각할 때가 많으니까. 착각은 하지 마."

"그, 그렇다면 소인들도 그렇게 생각하는 것이 아닌지……."

"아니, 반대야. 너희는 아주 소중하게 생각해. 그래서 한 발 뒤로 물러설 때도 있어. 그럴 때는 너희가 밀어붙이는 수밖에."

"더 강하게 나가라는 말인가요?"

"적당하게, 알았지? 너무 강하게 나가면 오히려 질색하니까. 토야는 뜻밖에 부끄러움을 많이 타거든."

"구, 구체적으로 어떻게 하면 되나요, 형님?"

"일단은 스킨십부터. 안거나, 키스하거나, 손을 잡고 외출하거나. 알겠지? 그걸 당연하다고 생각하게 만들어야 해. 그렇게 하면 부끄러운 감정도 사라져서 자연스럽게 행동하게 될 거야. 기본적으로는 연애가 서투른 아이라, 너희는 아마 꽤 고생하게 될걸?"

"미, 미인계, 같은, 건요?"

"너무 노골적이어서는 역효과야. 하지만 너무 자극이 없으면 권태기처럼 되어 버리니까 적당하게, 해야 해. 스커트의 기장을 짧게 한다든가……. 아, 근데 토야 앞에서만이다? 자칫 다른 사람에게 팬티가 노출되거나 하면, 삐치거든."

"그렇군요. 공부가 됐어요."

이제 제발 좀 그만! 부탁이에요! 이건 무슨 수치 플레이도 아니고!! 솔직히 이건 이미 연애 상담이고 뭐고도 아니지 않나?! 나를 폭로하는 거잖아!!

여자들은 레네까지도 흥미진진하게 귀를 세우고 듣질 않나, 코사카 씨를 비롯한 남자들은 "참 큰일이군요."라고 하며 뜨뜻미지근한 시선을 보내질 않나.

얼굴이 불타는 것 같아. 도망치고 싶어! 정말 여러 가지 의미에서 터무니없는 사람이 내 누나가 되어 버렸다.

"유론이 전쟁을 시작했어요?"

"네. 이웃 나라인 하노크 왕국에 선전포고하고 침공을 시작했습니다."

츠바키 씨의 보고를 듣고 나는 품에서 스마트폰을 꺼내 공중에 유론 주변의 지도를 투영했다.

하노크 왕국은…… 앗, 유론의 서쪽, 레굴루스 제국과도 강을 사이에 두고 인접해 있구나. 옆으로 긴 나라다.

"검색 표시. 유론군을 붉은색, 하노크군을 파란색으로."

〈알겠습니다. 표시합니다.〉

오, 표시됐다. 그렇다는 건, 겉보기만으로도 구별할 수 있다는 거구나.

내 검색 마법은 외견을 가장 큰 정보원으로 삼는다. 얼마 전의 가면 습격자처럼 옷을 바꾸고 가면을 버리면 검색하고 싶어도 할 수 없다. 도시나 마을은 평범하게 검색할 수 있지만.

가면조차 검색이 되지 않았는데, 완전히 파괴해 버려서 그런 건가? 만약 그 가면 때문에 신분을 들킬 가능성이 있다고 한다면, 그렇게 했어도 이상하지는 않다.

지도상에는 국경에서 상당히 하노크 쪽으로 들어간 곳에 두 개의 진영이 진을 친 모습이 보였다. 그 유론 쪽 진영에 또 다른 유론군이 다가가고 있는데, 보급 부대인가?

아무래도 전황은 유론의 우세인 듯했다.

"왜 전쟁이 일어난 거죠?"

"하노크는 원래 유론의 영토였다. 그런데 그 땅을 나중에 온 이주자들이 뻔뻔하게 차지하고, 허락도 없이 나라를 만들었기 때문에 그것을 되찾으러 가는 것뿐……. 그게 유론의 주장입니다."

"……주장이요?"

"그들이 그렇게 말을 하는 것뿐이니까요. 자신들은 고대 문명 시대에도 번성했던 유구한 역사를 자랑하는 천제국 유론이다. 7000년의 역사가 있으며, 그 역사는 대대로 구전되어 지금까지 계승되고 있다. 그런 이야기입니다."

7000년의 역사라. 굉장하다. 이집트도 5000년 역사인가 그랬었지?

음~ 선조의 땅을 되찾겠다는 건가? 그런 논리를 이해 못하는 것은 아니지만, 이미 그곳에는 나라가 세워졌고 사람들이 살고 있는데 말이야. 지금껏 계속 버려뒀으면서, 새삼스럽게 그게 무슨 말도 안 되는 소리야! 그런 생각이 들기도 하는데…….

그건 그렇고, 구전이라니 대체 무슨 말이지? 조금 신경이 쓰여서 방에 있던 셰스카를 이쪽으로 불러 작게 물어보았다.

"5000년 전의 고대 문명 시대에, 유론이란 나라가 벌써 있었어?"

"아니요. 그런 나라가 있다는 얘기는 들어 본 적이 없네요. 애초에 그쪽은 프레이즈가 엄청나게 습격해서 사람이 살 수 없는 장소로 변했었거든요."

어이쿠. 유론의 7000년 역사라는 주장은 아무래도 믿기가 힘들 듯하다. 역사라는 것은 권력자의 뜻에 따라 마음대로 바뀌는 경우가 자주 있으니…….

그렇다면 하노크가 원래 유론의 영토였다는 이야기도 상당히 의심스럽다. 물론 유론 사람들이 거짓말을 하고 있다고는 할 수 없다. 몇 천 년이나 계속 그렇게 배워 왔으면 그렇게 생각하는 것도 당연하다.

"아무래도 유론 쪽이 무언가 트집을 잡아 개전을 결정한 듯합니다. 하노크는 최근 몇 년간 새로운 오레이칼코스나 미스릴 광맥을 발견하여 채굴한 덕분에 경제가 좋아졌습니다. 그래서 그 자원을 노리고 있는 것이 아닌가 합니다."

완벽한 침략 전쟁인가. 유론 입장에서는 보물산처럼 보이는 걸까?

얼마 전의 프레임 기어를 노린 습격도 이게 원인인가? 전쟁에 투입하여 압도적인 힘으로 상대를 짓밟으려는 목적…….
다른 나라에서 훔친 기술로 이득을 보려고 했단 말이야?

"음~ 전쟁은 처음이네. 결과가 어떻게 되려나?"

"군사력으로 보면 유론이 유리합니다. 이대로 전쟁이 계속되면 언젠가 하노크는 멸망할지도 모르지요. 광산 자원이 있으니, 그것을 자금 삼아 어느 정도 전력을 갖출 수는 있을지 모르지만, 유감스럽게도 차이가 너무 역력합니다."

하노크가 멸망하면 유론이 레굴루스의 바로 옆까지 오는구나. 별로 좋은 일은 아니야.

얼마 전의 습격자가 유론 사람이라고 단정할 수는 없겠지만, 유론을 도저히 호의적으로 생각할 수는 없을 것 같아. 선입관일까?

"하노크 왕국은 레굴루스 제국과도 교류가 있나요?"

"동맹이라고는 할 수 없지만, 우호국이긴 합니다. 이번 전쟁에 적극적으로 개입하지는 않겠지만, 군량미나 무기 등은 지원해 주지 않을까 합니다."

흐음. 그렇다면 전쟁이 조금 길어지려나? 그래도 유론이 이길 가능성이 크긴 하지만.

그래도 다른 나라끼리의 전쟁이니. 우리와는 상관없다……라고 생각할 수 있으면 마음이 편할 텐데.

사람이 많이 죽겠지……? 값싼 휴머니즘을 내세울 생각은 없지만, 그렇다고 해서, 자신과 관련 없는 사람들이니 죽든 말든 상관하지 않겠다고 딱 맺고 끊을 수 있는 일은 아니다.

구할 수 있다면 구하고 싶지만, 어쩌면 그것은 단순한 영웅 같은 심리이거나, 위선에 불과할지도 모른다.

돌아가신 할아버지가 '위선자면 어떠냐! 실실거리는 방관자만은 되지 마라!' 라고 했었지? '그냥 보고만 있으면 원숭이와 다를 게 뭐냐.' 라고도.

……흐음. 원숭이가 되고 싶지는 않다.

"혹시 우리 기사단원 중에 유론이나 하노크 출신자도 있나요?"

"유론은 없을 겁니다. 하지만 하노크 출신자는 한 명 있었던 거로 기억합니다."

"그 사람을 불러 줄 수 있을까요? 조금 이야기를 해 보고 싶어요."

"알겠습니다."

츠바키 씨가 방 밖으로 나갔다. 하노크 출신이면 부모님이나 형제가 고향에 있을지도 모른다. 전쟁터에서 가까운 곳이라면, 가족을 이쪽으로 불러들이는 게 좋을지도 모른다.

"기사단 소속, 파올로입니다!"

호출을 받고 찾아온 기사가 자리에 무릎을 꿇고 고개를 숙였다. 밤색 단발 청년이다. 몇 번인가 본 적이 있다. 검술 실력은 그렇게 좋지 않았지만, 굉장히 움직임이 민첩한 사람이었다. 일도 진지하게 잘하고, 부단장인 니콜라 씨도 마음에 들어 했던 사람 중 한 명이다.

원래 모험자였던 파올로 씨는 우리 기사단원 모집을 보고 응모를 했던 모양이었다.

"파올로 씨. 하노크 왕국 출신이라고 들었는데, 고향은 어디인가요?"

"네……? 아, 네. 동부 외곽에 있는 퀸트 마을입니다만, 무슨 일로 물으시는 것인지……."

퀸트 마을이라. 나는 지도를 실행해 마을을 표시했다.

이런……. 유론군이 바로 코앞까지 다가온 곳이잖아. 이곳을 제압해 거점으로 삼을 생각인가?

하노크의 왕도(王都)로 가는 것치고는 가도(街道)에서 꽤 멀리 떨어져 있는 듯했지만, 아무래도 주력 부대가 아닌 다른 부대인 듯했다. 협공하려는 건가?

적국이라고 해서 꼭 학살할 거라고 생각할 수는 없지만……. 그래도 틀림없이 군량미 정도는 징수하겠지? 원만하게 내놓도록 할 것인지, 강제로 빼앗을지는 알 수 없지만.

"저어…… 대체 왜 그러시는지……?"

투영된 지도를 노려보는 나를 파올로 씨가 불안한 표정으로 바라보았다. 그리고 지도와 나를 번갈아 보다가, 고향이 있는 장소를 확인했다.

"아직 정보가 전해지지 않은 모양인데…… 유론이 하노크를 침략했어요."

"뭐라고요?!"

벌떡 자리에서 일어서는 파올로 씨. 얼굴에는 경악과 초조, 불안이 가득했다.

"이곳이 하노크의 퀸트 마을. 그리고 붉은빛이 유론군. 아마 내일쯤에 유론군이 마을에 도착할 거예요……."

"그럴 수가……."

황망히 지도의 빛을 바라보는 파올로 씨.

"유론군도 마을 사람들이 저항만 하지 않으면, 그렇게 심한 짓을 하지는 않겠지만……."

"……아니요. 남자들은 모두 죽이고, 여자는 모두 성폭행한 뒤, 노예로 삼을 겁니다……."

"네……?!"

그럴 리가. 어쨌든 한 나라의 군대잖아요? 그러면 도적단이나 다름없는데. 왜 그런 짓을 하는 거지?

"유론군은 적국을 침공할 때, 병사들에게 약탈 허가를 내립니다. 손에 넣은 돈과 여자, 적병의 무기와 방어구 등을 모두 병사의 몫으로 인정해 주는 것이죠. 그래서 병사들의 사기가 높고, 가혹한 침공도 불평하지 않고 따릅니다."

그게 뭐야. 그런 짓을 하면 현지 사람들에게 원망을 듣지 않나? 침략하면 언젠가는 자신들의 땅이 될 텐데, 사람들에게 원망을 사서 어쩌겠다는 거지?

"20년 전까지는 유론과 하노크 사이에 자라무라는 소국이 있었는데, 그 나라는 유론의 손에 멸망했습니다. 그때도 심한 약탈이 있었다고 합니다."

아무리 전쟁이라도 그렇게까지 할 필요가 있는지 의문이 든다.

츠바키 씨의 이야기를 들어 보면, 유론은 엄격한 신분 제도가 있는데, 유론인이 아닌 사람, 즉, 침략당한 나라의 사람과 유론인은 하늘과 땅만큼이나 대우가 다르다고 한다.

산드라 왕국과 마찬가지로 유론에도 노예 제도가 있는 건가. 이쪽은 '노예의 초커 목걸이' 같은 것은 없는 듯하지만, 누구의 소유인지 문신을 해서 표시하는 모양이었다.

"아마 퀸트 마을도 자라무처럼 유린당하겠지요……. 크……폐하! 폐하의 힘으로 부디, 부디 퀸트를 구해 주실 수는 없겠습니까?!"

파올로 씨가 다시 무릎을 꿇고 고개를 숙이며 애원했다.

"좋아요."

"무례한 부탁이라는 사실은 잘 압니다! 하지만, 부디! 부디 부탁드립니다……! ……응?"

멍한 표정으로 파올로 씨가 이쪽을 올려다보았다.

"그러니까 알았다고요. 원래 파올로 씨를 부른 것도 그 이야기를 하기 위한 거였고요."

처음에는 하노크 출신자라면 그쪽에 가족이 있을 테니, 전쟁에 말려들기 전에 가족만이라도 이쪽으로 피난시키는 게 어떠냐고 제안할 생각이었다. 그런데 설마 마을 자체가 그렇게까지 위험한 상태일 줄이야.

"내가 마을에 가서 설명해도 믿어 줄지 어떨지 알 수 없어요. 그러니까 같이 퀸트 마을에 가 줄 수 있나요?"

"네, 네! 얼마든지 같이 가겠습니다!"

매우 기뻐하며 자리에서 일어선 파울로 씨에게서 퀸트 마을에 대한 기억을【리콜】마법으로 읽어 들인 뒤, 나는【게이트】를 열었다.

일단 나, 파올로 씨, 츠바키 씨, 이렇게 세 사람이 퀸트 마을로 넘어갔다.

눈 앞에 매우 평화롭고 목가적인 분위기의 작은 마을 광경이 펼쳐졌다.

"이곳이 퀸트 마을 맞나요?"

"네, 맞습니다. 제가 자란 마을입니다. 이게 전이 마법…….
굉장합니다, 이렇게 순식간에……."

파올로 씨는 멍한 표정을 지으면서도, 태어난 고향이 아직
무사하다는 사실에 안도한 표정을 지었다.

마을 입구에서 주변을 두리번거리는 우리 등 뒤에서 전형적
인 농부로 보이는 청년이 말을 걸었다.

"파올로? 정말 파올로 맞아?!"

"넌…… 렌트?! 오랜만이야~!"

파올로 씨가 농부 청년 쪽으로 달려갔다. 아무래도 아는 사
이, 아니, 친구인 모양이었다.

"그 모습은 대체 뭐야? 어디 쓰러진 사람한테서 빼앗아 입기
라도 했어?"

"이 바보. 이건 브륀힐드 공국 기사단의 갑옷이야. 훔친 게
아니라, 내 거라고! 지금 난 기사야, 기사!"

"뭐어?!"

파올로 씨가 은색으로 빛나는 미스릴 갑옷을 자랑스럽게 친
구에게 보여 주었다. 상대가 친구이기 때문인지 파올로 씨의
말투는 매우 스스럼이 없었고, 거침이 없었다.

"너는 옛날부터 도망 하나는 잘 갔으니. 그걸 높게 평가받은
건가?"

"그렇지 뭐. 앗, 이런 이야기를 하고 있을 때가 아냐! 유론과

하노크가 전쟁을 시작한 건 알아?!"

파올로 씨의 말을 듣고 조금 전까지 기쁨에 넘쳐 있던 렌트라는 농부의 얼굴이 순식간에 흐려졌다.

"그래. 그래서 다들 겁내고 있어. 이곳은 가도에서 꽤 떨어진 곳이라 괜찮겠지만, 유론이 왕도를 함락하면, 우린 지금까지처럼 살 수 없을 테니까……."

"지금 왕도가 문제야?! 유론군이 이쪽을 향해 진군하고 있는데! 내일이면 이곳에 도착해!"

"뭐라고……?! 말도 안 돼! 이렇게 작은 마을을 왜 습격해? 이곳엔 돈도 식량도 거의 없는데……!"

역시 이곳으로 오는 군대는 별동대구나. 작전을 위해 이곳으로 온다고 보면 될 듯했다. 가도에서 본대가 서로 대치하고 있을 때, 배후를 친다든가, 그런 건가?

"아무튼 촌장님 좀 만나게 해 줘. 폐하가 마을을 도와주시겠다고 하니까."

"폐하? 폐하라니?"

"이쪽에 계신 분이 브륀힐드 공국의 국왕 폐하야!"

"앗, 안녕하세요."

파올로 씨가 호들갑스러운 손동작으로 소개했지만, 갑작스러워서 나는 멋지게 인사를 하지 못했다. 무심결에 가볍게 고개를 숙여 인사하는 것이 고작이었다.

농부 렌트는 눈을 껌뻑거리더니, 모처럼 마을로 돌아온 친구를 걱정하는 눈빛으로 바라보았다.

"파올로…… 너 정말 괜찮은 거지?"

역시 믿지 못하는 모양이다. 진짜 진심으로 왕관이라도 만들까 하는 생각이 들었다.

그 뒤, 간신히 렌트 씨를 설득하는 데 성공해 촌장이 있는 곳으로 안내를 받았다. 물론 믿지 못하는 것도 당연하다면 당연한 이야기지만.

외출할 때는 기본적으로 움직이기 쉬운 모험자 차림이기도 하니까. 화려한 의상이 껄끄러운 것도 이유지만, 창피하게 그런 걸 입고 어떻게 밖을 돌아다녀?

간신히 촌장님과 만나 이야기를 했지만, 이쪽도 역시 믿어 주지 않았다. 내가 임금님인가 아닌가가 아니었다. 유론군이 이 마을을 침공한다는 사실을 믿어 주지 않았다.

그래서 촌장을 【레비테이션】으로 공중에 띄운 뒤, 【플라이】로 현장까지 날아갔다.

상공에서 보니 유론군이 마을 쪽으로 오고 있는 모습이 잘 보였다. 꽤 많네. 한 5천 명 정도인가?

그 광경을 보고 촌장이 덜덜 떨었는데, 마을이 공격을 받을지도 몰라서 그런 걸까, 아니면 단순히 높은 곳이 무서워서 그런 걸까.

일단 지상에 착지해 【게이트】로 촌장을 마을로 보냈다. 나는 촌장에게 마을 사람들을 설득해 달라고 부탁한 뒤, 한 번 더 【플라이】를 사용해 주변을 주욱 날아보았다.

지도를 펼쳐 관찰하니, 이쪽을 향해 오는 녀석들 외에도 뒤쪽 너머에 본대가 있었고, 그 뒤쪽에도 별동대가 있었다. 이쪽은 아마도 보급 부대인 듯한데, 참 많이도 투입했다.

한편 하노크군은 유론 본대와 격돌한 군세가 전부였다. 지도를 확대하자, 저 멀리 뒤쪽에 다른 군세가 보였다.

하노크 왕도에서 급히 달려온 증원 부대구나. 하지만 이 거리라면 모레나 돼야 도착할 텐데. 그때까지 전선이 버틸지 어떨지…….

자, 어떻게 할까. 다른 나라의 전쟁에 개입하려면 나름의 대의명분이 필요하다. 물론 유론군에게는 정중하게 돌아가 달라고 부탁할 테지만, 그것으로는 근본적인 해결이 되지 않는다. 틀림없이 또 올 테니까.

이곳이 브륀힐드였으면, 아무런 망설임 없이 대항했을 텐데…… 응?

…………아. 그런 수가 있었구나.

나는 일단 지상으로 내려가 레굴루스 제국의 황제 폐하가 있는 곳으로 【게이트】를 열었다. 갑자기 찾아간다고 해서 하노크 국왕이 나를 만나 줄 리가 없으니. 황제 폐하에게 소개해 달라고 부탁할 생각이었다.

레굴루스 황제 폐하의 지원도 있어서 그런지, 하노크 국왕은 내 제안을 받아들여 주었다. 어차피 이대로 가다간 하노크 왕국은 유론에게 유린당할 뿐이다. 결단을 내려 준 데에는 그런 이유도 있었다.

좋아. 국왕의 직필이기도 하니, 이제 아무 문제 없다. 나는 받은 증명서를 들고 레굴루스 황제 폐하와 하노크의 성 밖으로 나갔다.

"그건 그렇고 그렇게 엄청난 얘기를 꺼내다니……."

"어디까지나 일시적인 거예요. 안전이 확보되면 물론 파기할 겁니다."

어이가 없다는 듯이 그렇게 말하는 황제 폐하에게 하늘하늘 하노크 국왕의 사인과 국새가 찍힌 증명서를 보여 주었다.

"토야가 나섰으니, 이번 전쟁도 걱정할 필요가 없겠군. 우리도 구원 물자를 보내지 않아도 되니 고마운 일이야."

아직 잘 될지 어떨지는 알 수 없지만. 아무튼 한번 해 볼 생각이다. 이제 머뭇거릴 필요도 없으니까.

"피난할 필요가 없다니…… 무슨 말씀이죠?"

"하노크에서 유론 병사들을 한 사람도 남김없이 내쫓을 예정이거든요."

나는 마을에서 기다리던 파올로 씨에게 하노크 국왕에게 받은 증명서를 보여 주었다. 파올로 씨는 무슨 말인지 이해할 수 없다는 표정을 지었지만, 그 문장을 읽자 눈을 번쩍 떴다.

"이, 이게, 이게 정말입니까?"

"정말이에요. 이곳에 하노크 국왕의 사인이 있잖아요? 국새도 제대로 찍혀 있고."

옆에서 들여다보던 츠바키 씨도 눈을 휘둥그렇게 떴다.

"하노크 국왕이 허가를 내주다니 의외네요……. 이대로 가면 유론에게 계속 공격을 당할 테니, 그렇다면 차라리 이렇게 하는 것이 낫다고 생각한 걸까요……?"

이해가 간다는 듯, 그래도 역시 이해가 안 된다는 듯한 모습으로 츠바키 씨가 그렇게 혼자 중얼거렸다. 이해해 줘요.

"자, 그럼. 츠바키 씨는 성으로 돌아가 코사카 씨나 기사단 여러분에게 이 사실을 전해 주세요. 저는 하노크로 몰려드는 유론 병사들을 일단 전부 쫓아 버릴 테니까요."

"쫓아 버리다니……."

멍한 표정을 짓는 파올로 씨를 일단 이 마을을 파수꾼으로 두고, 나는 츠바키 씨를 【게이트】를 통해 브륀힐드로 보냈다.

그리고 나는 【플라이】로 단숨에 하늘을 가로질러 수십 분 만에 유론의 제도, 셴하이에 도착했다.

가면을 쓴 습격자들을 보고 생각한 대로, 한없이 아시아 같은 마을이었다. 저 커다란 건물이 왕궁인가?

지붕의 심홍색 기와와 흰 벽. 그리고 군데군데 박혀 있는 금박. 그에 더해 지붕과 기둥에 붙어 있는 황금 동물 조각.

화려하네. 꼭 자기 과시욕의 화신 같은 왕궁이야. 저것도 다 세금으로 만든 건가……? 일본이었다면 엄청나게 비난을 받았겠는걸? 착각인지는 모르겠는데, 도시 외곽은 그다지 번화하지 못한 것 같다.

아무튼 좋다. 일단은 여기까지 돌려보내자.

나는 【게이트】를 사용해 이번엔 하노크 왕도를 향해 진군하던 유론군의 상공으로 이동했다.

"지도 표시. 하노크 영토 내에 있는 유론군 전부."

〈알겠습니다. 지도를 표시합니다.〉

공중에 지도가 표시되더니, 파바바바바바밧, 하고 하노크 영토 내에 있는 유론군에 붉은 핀이 꽂혔다.

"【멀티플】. 타깃 지정."

〈알겠습니다. ……지정 완료.〉

유론군 모두가 지정되어 포착이 완료되었다.

"유론군 모두의 발밑에 【게이트】 발동."

〈알겠습니다. 발동합니다.〉

하노크 영토 내의 붉은 핀이 잇달아 사라졌다.

지금쯤 유론 왕궁 안에 계속해서 유론 병사들이 나타나, 왕궁은 큰 혼란에 빠졌을 게 틀림없다. 모두 다 돌려 드릴게요, 천제 폐하.

마지막 붉은 핀이 사라진 것을 확인한 뒤, 나는 천천히 하노크에서 브륀힐드로 돌아갔다. 자, 이제부터가 진짜다.

“이, 이게 뭐지?!”

눈 아래에서 그런 목소리가 들려왔다. 놀라는 게 당연하긴 하다. 안 그래도 뜬금없이 자국의 수도로 되돌아가 영문을 모르겠는데, 다시 하노크를 침공하려고 열흘이나 걸려 와 보니 국경에 거대한 벽이 솟아 있으니까.

게다가 그 성벽 위에 펄럭이고 있는 것은 하노크의 국기인 큰 사슴이 아니라, 우리 브륀힐드의 발키리.

그 국기 옆에 나타난 나를 보고 유론의 장군으로 보이는 남자가 말에 올라탄 채, 성벽 아래에서 크게 소리쳤다.

“이게 어떻게 된 거냐?!”

〈유론군 여러분, 이곳까지 행군하시느라 수고하셨습니다. 하지만 이곳부터는 우리 브륀힐드의 영토. 이 앞으로는 나아갈 수 없습니다.〉

아직도 경황이 없는 유론군에게 나는 증명서 한 장을 공중에 확대 투영해 보여 주었다.

“뭐, 뭐라고?! 이런…… 이런 일이……!”

그것은 하노크 국왕이 유론과의 국경에서 하노크 사이의 폭 1킬로미터 정도 되는 땅을 브륀힐드에 양도한다는 증명서였다. 즉, 지금 유론과 국경을 맞대고 있는 곳은 하노크가 아니라 브륀힐드의 본토 밖 영토라는 말이었다.

유론군이 하노크를 침공하고 싶으면 이곳을 통과해야만 한다. 하지만 물론 브륀힐드는 유론군을 통과시킬 생각이 전혀 없다.

〈혹시나 해서 말해 두는데, 이 벽은 유론과 국경을 맞댄 곳에는 모두 세워져 있습니다.〉

그래. 흙 마법과 '공방'의 힘을 사용해, 불과 6일 만에 만든 이세계의 만리장성이었다. 물론 높이는 만리장성보다 높다.

면적은 폭 1킬로미터로 국경 전체에 걸쳐 이어져 있다. 어쩌면 브륀힐드 본토보다 면적 자체는 더 넓을지도 모른다.

"에에잇. 저런 벽쯤이야 부수거나 넘어가면 그만이다! 전군 돌격!"

장군 한 명이 호령하자 유론군이 일제히 이쪽을 향해 진군했다. 에구구, 공격하네.

내가 이런 말을 하는 건 뭐하지만, 일단은 다른 나라의 영토니까 공격하기 전에 천제 폐하에게 물어봐야지. 아니면 내 말을 못 믿었던 건가? 나야 그러든 말든 상관없지만.

유론군의 병사들이 새로운 브륀힐드의 영토에 침입했다. 그리고 벽에 도착해 기어오르려는 순간, 병사들이 홀연히 지면에 빨려 들어가 사라졌다.

"아니?!"

그 후에도 잇달아 병사들이 벽에 닿자마자 사라져 갔다. 갑자기 사라진 병사들을 보고 깜짝 놀라서 유론군이 딱 진군을 멈췄다.

벽에 닿으면 발밑에 【게이트】가 열리기 때문에, 병사들은 쑤욱 하고 떨어져 자동으로 유론의 수도, 그것도 왕궁 한가운데로 보내진다. 물론 일일이 설명해 줄 생각은 없지만.

그러자 병사들이 나를 향해 화살을 쐈다. 하지만 그것도 모두 성벽에 걸어 둔 바람 속성 마법으로 하늘 높이 날아가 버렸다. 참고로 이건 이쪽을 향해 날아오는 화살에만 반응하기 때문에, 이쪽에서 쏠 때는 반응하지 않는다.

〈아아~ 미리 말해 두지만, 벽을 향해 마법은 사용하지 않는 게 좋아. 전부 너희 왕궁으로 날아갈 테니까.〉

유론군의 마법사들이 이쪽을 향해 지팡이를 들어서, 나는 일단 충고를 해 두었다.

내 말을 듣고 깜짝 놀랐는지, 마법사들이 천천히 지팡이를 내렸다. 내 말을 믿은 건지 어떤지는 모르지만, 아마 굳이 시험해 보고 싶지는 않았던 모양이다.

물론 내 말은 진짜지만. 마법 반응이 오면 성벽에 【게이트】가 열리도록 만들어 두었다. 당연히 행선지는 유론 왕궁이다.

〈자, 계속 공격하겠다면 우리 나라를 침공한 거로 받아들일까 하는데, 상관없는 건가?〉

내가 손가락으로 딱 소리를 내자, 공중에서 열린 【게이트】를 통해 잇달아 프레임 기어 · 슈발리에(중기사)가 내려왔다.

쿠웅, 쿠웅, 하고 크게 땅을 울리며 전부 열 기에 달하는 프레임 기어가 성벽 앞에 내려섰고, 마지막으로 나이트 바론(흑기사) 두 기와 샤인카운트(백기사)가 내려섰다.

우리의 부단장 두 사람이 탄 흑기사와 단장인 레인 씨가 탄 백기사다. 물론 백기사와 흑기사는 베이스가 똑같지만. 형태를 조금 바꾸고 새하얗게 다시 칠했을 뿐이다. 일단 단장이 탄 기체라, 그럴듯한 게 좋다는 생각으로 만들었다.

"아, 아아, 아니……! 우와앗?!"

유론군의 장군이 땅울림에 놀라 말에서 떨어져 지면에 나뒹굴었다. 말은 망설임도 없이 주인을 버리고 순식간에 멀찍이 도망쳤다.

〈싸울 생각이 있다면 우리 브륀힐드 기사단이 상대해 주마.〉

내 신호를 받고 모든 기체가 허리의 검을 빼, 땅에 꽂았다. 그 모습을 본 유론군은 순식간에 전의를 잃고 걸음아 나 살려라 하고 도망가기 시작했다.

"퇴, 퇴각이다! 퇴각~!!"

"도, 도망쳐라! 짓밟힌다!"

"우와아아아아아아아!"

새끼 거미가 마구 흩어지듯이 유론군이 일제히 퇴각했다. 성벽에 닿으면 바로 왕궁으로 돌아갈 수 있는데 말이야.

다급히 도망가는 유론군을 바라보는데, 내 옆에 서 있던 흑기사에서 가슴 부분 해치를 열고 부단장인 노른 씨가 몸을 내밀었다.

"폐하~ 육로는 이렇게 막을 수 있을지 모르지만, 그 녀석들, 해로를 통해 하노크를 침공하지 않을까요~?"

"그쪽도 일단은 괜찮아요. 하노크 쪽 바다에 열 마리 정도 대형 크라켄을 소환해 뒀거든요. 군함 이외에는 습격하지 말라고 말해 두었으니, 문제없을 거예요."

"우와~ 지독해~."

무슨 소린지. 세심한 거죠. 그래도 하늘을 날아오면 막기 힘들겠지만.

아무튼 당분간은 상황을 보자. 미끼도 준비해 뒀으니까. 얼마 전에 습격한 사람들이 유론 출신이라면 이 기회를 놓칠 리가 없다. 무언가 행동을 하기 시작할 게 분명하다.

자, 일단 판은 깔아 뒀으니, 어떻게 될지 한번 기다려 볼까.

흠, 뭐가 올 거라고는 생각했지만 말이야.

그 뒤로 곧장 유론에서 정식 항의문이 도착했다. 구구절절이 적혀 있는 긴 문장을 요약하면 '그 땅은 원래 우리 거니까, 당장 이쪽으로 넘겨라. 안 그러면 세계의 다른 나라에 신용을 잃는다. 지금까지의 피해액으로 그 거인병(프레임 기어를 말한다)을 몇 대인가 넘겨라. 그것도 원래는 우리 선조가 만든 거니, 당연한 권리다. 도적 같은 짓은 하지 마라. 부끄러운 줄 알아라…….' 였다.

"이렇게까지 써서 보낼 수 있다니 참 뭐라고 하면 좋을까요."

"정당화하려고 필사적이네요. 유리하게 이야기를 몰고 가려고요."

장성 사이에 설치한 탑에서 어이없다는 듯 말하는 코사카 씨에게, 나는 쓴웃음을 지으며 대답했다.

유론과 하노크 사이에 만든 장성은 하노크 쪽에도 존재했다. 이쪽은 함정을 만들지 않았지만. 현재는 상황을 보면, 서쪽부터 하노크의 영토, 벽, 브륀힐드의 영토, 벽, 유론의 영토다.

상황이 일단락되면 모두 하노크에 반환할 생각이다. 물론 영토를 반환할 때는 장성까지 같이.

내가 멋대로 만든 것이기도 하고, 장성 건축에 든 경비는 거의 공짜니 별 상관없다. 물론 함정 종류는 전부 제거할 거지만.

"그래서 유론에는 뭐라고 답장을 보내셨습니까?"

"무력에는 무력을, 우호에는 우호를. 힘으로 제압하고 싶지는 않지만, 싸움을 건다면 싸우겠다고요. 어디까지나 저는 그렇다는 거지만, 뭐하면 유론 나라 전체와 저 혼자 싸워도 돼요."

"……정말로 가능할 것 같아서 도저히 웃을 수 없군요. 폐하는 폭군이십니다."

물론 제멋대로라는 점은 인정합니다. 원래 '나라'를 만들려고 했던 건 아니거든요. 처음에는 큰 정원이 딸린 집을 받았으니, 살고 싶은 사람은 사세요~ 같은 감각이었다. 물론 싫다면 얼마든지 나가도 상관없다고 생각한다.

실제로 세금도 거의 받지 않으니 말이야. 기사단이나 메이드에게 주는 월급은 대부분 내 개인 돈이다.

오르바 씨에게는 돈의 절반을 프레임 기어의 강철 소재로, 나머지를 현금으로 받고 있는데, 그거로도 충분히 충당된다. 그래서 정확하게 말하면 우리 기사단은 국군이 아니다. 내 개인 소유의 기사단이다.

하지만 유론과 정말로 싸우게 된다고 하더라도 나 혼자 상대하고 싶은데.

"폭군이라는 사실은 자각하고 있어요. 그러니까 전부터 그랬잖아요. 코사카 씨가 이 나라의 왕이 되면 어떠냐고요."

"거절하겠습니다. 이대로 폐하 밑에 있으면 세계를 정복할 수 있을지도 모르니까요."

"그럴 생각은 없지만요."

"그럴 생각은 없을지 몰라도, 저절로 그렇게 되기도 합니다."

그런가? 바빌론의 힘이나 프레임 기어를 사용하면 세계 정복도 가능할지 모르지만, 솔직히 말해 성가시다. 전부 무력으로 제압해야 할 테니까.

유론도 얌전히 물러나 주면 좋을 텐데.

똑똑. 문을 노크하는 소리가 들렸다. 그리고 문을 열고 츠바키 씨가 들어왔다.

"폐하. 유론의 공작원을 붙잡았습니다."

"가면 쓴 녀석이요? 용케 잡았네요. 자백했나요?"

"폐하의 【패럴라이즈】 정도는 아니지만, 우리도 강력한 마비독을 가지고 있습니다. 게다가 플로라 님에게서 특별한 자백제를 받았기도 하고요."

그 녀석, 대체 뭘 건네준 거지……? 바빌론의 기술을 사용해 만들었다면, 이상한 부작용은 없겠지만, 어딘가 모르게 무서워!

자폭하기 전에 마비를 시키고, 가면을 올려 자백제를 사용한 모양이었다. 그 자백할 때의 모습이 어땠는지는 물어보기가 겁나 묻지 않겠지만, 아무튼 저 가면 공작원은 유론의 수하로, 이곳에 있는 프레임 기어를 노리고 잠입한 것이 틀림없는 듯했다.

"프레임 기어의 탈취를 위해 다양한 작전이 동시에 진행되는 모양입니다. 폐하의 암살부터 사모님들의 납치와 감금, 기사단원의 배신 공작까지, 모두 유론 천제의 명령입니다."

"아무래도 진위가 밝혀진 듯하군요."

코사카 씨가 작게 중얼거렸다. 지금까지는 확실한 증거가 없어서 봐줬지만, 이렇게 된 이상 자제할 생각은 전혀 없다.

이때 과감하게 나가지 않으면 똑같은 일이 반복될 뿐이다.

"이럴 때는 화를 내도 되는 거겠죠?"

"네, 그렇겠지요. 암살까지 시도했으니까요. 평범한 나라 간의 일이었다면, 틀림없이 전쟁이 일어났을 겁니다. 하지만 전쟁을 하실 생각은 없으시지요?"

코사카 씨가 살짝 미소를 머금은 모습으로 나를 바라보았다. 점점 내 생각을 읽는 데 익숙해진 모양이다. 이 사람을 우리 나라로 초빙한 것은 최대의 수확이었어.

"전쟁을 하면 상대 나라의 국민들까지 피해를 보니까요. 그것만은 피하고 싶어요. 적이라고 할 수 있는 사람은 일부에 불과하잖아요."

"그럼 어떻게 하실 작정이신지요?"

"천제와 똑같은 일을 할 생각이에요."

내가 당한 대로 똑같이 돌려주는 것은 아니다. 상대가 나를 암살하려고 한다면, 이쪽도 역시 암살할 수 있다. 그런 사실을 알려 주고자 하는 것이다. 실제로 암살을 할 생각은 없지만 말이지.

"구체적으로는 어떻게 하실 생각이신지요?"

"글쎄요. 잠을 자고 일어난 천제의 머리맡에 칼이 꽂혀 있다든가, 아주 쓴 액체를 독약처럼 식사에 섞는다든가? 아, 천제 이외의 왕국 사람이 홀연히 사라지는 것도 좋을지 모르겠네요……."

“남을 괴롭히는 일을 그렇게나 쉽게 떠올리시다니…….”
“코사카 님. 저게 폐하의 본질이 아닐까 합니다.”
오히려 너무 약한 거 아닌가? 이건 ‘언제든지 죽일 수 있다’라고 협박하는 것이지만, 이렇게라도 하지 않으면 상대는 정신을 차리지 못한다. ‘살해당하기 전에 죽여라’ 라는 말을 실천하지 않는 것만 해도 고맙다는 말을 들어야 할 정도다.
“아무튼, 그건 일단 보류하시고. 먼저 유감의 뜻을 서간에 적어 보내 보는 것이 어떠십니까. 네가 흑막인 건 다 안다. 그런 의미를 넌지시 담아서 말입니다.”
“그런 짓을 하는 사이에 내가 암살당하면 어쩌려고요?”
“전혀 그런 일은 벌어질 것 같지 않습니다.”
쳇. 혹시 사람을 불사신이라고 생각하고 있는 건 아니겠지?
……아니지. 신기인가 뭔가가 넘치고 있다고 하니, 꼭 틀린 생각은 아닐 수도……. 육체만큼은 신들과 가까운 존재가 되고 있다고 들었는데…….
음, 신경 써 봐야 내가 뭐 어떻게 할 수 있는 일도 아니다.
“그럼 그런 느낌으로 서간을 보내세요. 좀 강한 말을 써도 상관없어요.”
“폐하!”
우와앗! 깜짝이야! 갑자기 문을 열고 파올로 씨가 실내로 뛰쳐 들어왔다. 놀라게 좀 하지 마요!
“시끄럽잖아요. 대체 무슨 일이죠?”

"아, 죄, 죄송합니다! 저어, 유론 쪽에서 이상한 연기가 몇 개나 피어오르고 있습니다. 유론군이 침략해 온 것은 아닐까요?!"

뭐라고? 우리는 급히 계단을 올라 성벽 위로 나갔다. 유론 쪽을 보니 분명히 몇몇 연기가 피어오르고 있었다. 여기저기 흩어져 있어, 멀리서도 보였고, 바로 앞쪽에서도 보였다.

"무슨 봉화 같은 건가? 아니면 산불……일 리는 없겠지?"

저렇게 여기저기에서 산불이 날 리가 없었다. 너무 멀어서 뭔지 잘 모르겠네.

"어……? 뭘까요? 반짝거리는 게 많이 보입니다……."

반짝거리는 거? 그게 뭐야?

나는 파올로 씨가 가리키는 곳을 가만히 응시했다. ……분명히 뭔가가 빛나고 있다……. 빛이라기보다는 빛을 반사한…….

다가오는 그것을 확인하자마자 나는 이미 외치는 중이었다.

"모두 프레임 기어에 탑승! 전투 준비! 공격에 대비하라!"

그리고 나는 【플라이】를 사용해 빛이 반사되는 곳으로 단숨에 날아가 잘못 본 것이 아니라는 사실을 확인했다.

"큭…… 이 타이밍에……!"

눈 아래에는 똑바로 성벽을 향해 돌진하는 프레이즈 대군이 북적거렸다.

소형에서부터 중형, 또는 그 중간 정도 되는 것까지 크기가 각기 다 달랐고, 프레임 기어보다 거대한 녀석도 열 마리가 넘었다. 형태도 개미처럼 생긴 곤충형에서 타조처럼 이족보행을 하는 녀석, 그리고 지네처럼 길쭉한 것까지 각양각색이었다.

이동 속도는 그다지 빠르지 않았지만, 수가 너무 많았다. 100마리 가까이나 된다.

"타깃 지정! 프레이즈 포착! 【어포트】 발동!"

〈알겠습니다. 【어포트】 발동.〉

내 손안에 소프트볼 정도 되는 크기의 핵이 나타났다. 큭, 안 되겠어. 역시 손안에 쥘 수 있을 정도의 숫자밖에 못 끌어당겨. 한 개씩 끌어당겨서는 시간이 너무 많이 걸린다! 게다가 이래서는 가장 작은 타입인 녀석의 핵밖에 못 끌어온다.

"【흙이여 휘감아라, 대지의 주박, 어스바인드】!"

앞으로 계속 나아가는 프레이즈의 다리가 지면에서 뻗어 온 나무에 걸렸다. 이걸로 조금은 시간을 벌 수 있을 거라 생각했는데, 2초도 안 되어 쉽게 빠져나왔다.

놀랍게도 자신의 다리를 절단해서. 하지만 곧장 다리가 재생되어, 프레이즈들은 아무 일도 없다는 듯이 진군을 시작했다. 정말 터무니없는 녀석들이야.

내 등 뒤로 레인 씨의 샤인카운트(백기사)와 니콜라 씨의 나이트 바론(흑기사), 그리고 슈발리에(중기사)가 다가왔다. 몇 대인가는 성벽을 지키기 위해 남은 모양이었다.

나는 샤인카운트(백기사)로 날아가 레인 씨에게 지시했다.

"대형 쪽을 먼저 쓰러뜨려 주세요! 저는 작은 쪽을 공격할게요! 재생 능력이 있긴 하지만, 몸 안에 있는 핵을 부서뜨리면 쓰러뜨릴 수 있어요! 다른 사람에게도 그렇게 통신으로 전하세요!"

〈알겠습니다!〉

외부 스피커에서 들려온 대답을 들으면서 나는 【스토리지】에서 프레이즈의 파편으로 만든 대검을 꺼냈다. 칼날 길이 2미터, 폭 30센티미터 정도의 수정 같은 대검 두 자루를 나는 좌우에 하나씩 들고 자세를 잡았다.

원래는 부여해 둔 【그라비티】의 효과가 없으면 들 수조차 없을 만큼 무거운 검이다.

"간다!"

나는 근처에 있는 프레이즈 무리를 향해 달려들었다. 맨 첫 번째 프레이즈의 핵을 향해 검을 휘두르자, 큰 힘을 들이지 않고도 프레이즈를 핵과 함께 좌악 절단할 수 있었다. 이 검은 마력을 주입하면 무시무시할 정도로 날이 잘 든다.

나는 계속해서 프레이즈를 잇달아 베었다. 때때로 뻗어 오는 칼날 같은 팔을 빠져나가며 주변을 둘러보니 거대한 중급종이 슈발리에(중기사) 일행과 격돌하는 중이었다.

때로는 채찍처럼, 때로는 창처럼 변해 꿰뚫어 오는 프레이즈의 팔을 방패로 막으면서, 슈발리에(중기사)는 손에 든 검으로 프레이즈를 계속 공격했다.

공교롭게도 성벽에 비치해 둔 프레임 기어는 초중무기(超重武器)로 무장하지 않아 조금 고전하고 있었다. 부수면 계속 재생했기 때문에, 몇 번이나 연속으로 공격을 퍼부어야 했다.

하지만 니콜라 씨가 탄 나이트 바론(흑기사)만은 핼버드를 장비한 덕분에 꽤 유리하게 전투를 이끌었고, 결국에는 중급종 프레이즈의 핵을 파괴하는 데 성공했다. 그리고 옆에서 고전하던 슈발리에 쪽에 가세했다.

중급종은 10마리 정도. 이쪽은 중기사가 다섯 기, 흑기사와 백기사가 한 기씩. 어떻게든 상대할 수 있을까?

니콜라 씨가 가세한 중기사의 검이 눈앞의 프레이즈의 핵을 부수었다. 2 대 1이니 당연한가? 프레이즈를 쓰러뜨린 중기사는 그대로 다른 중기사에게 가세했고, 니콜라 씨의 흑기사도 다른 동료 쪽으로 갔다.

그렇구나. 프레이즈는 서로 연계해서 공격하지 않아. 녀석들에게 전투란 어디까지나 개별적인 전투일 뿐이라, 옆의 동료가 위기에 처했다고 도와주지 않는 점을 이용할 수 있을까?

아무튼 중급종은 저쪽에 맡기고, 나는 하급종을 소탕하자. 90퍼센트 가까이가 하급종이니까.

나는 닥치는 대로 습격하는 프레이즈들을 부서뜨렸다.

다행히? 우리를 타깃으로 인식했는지, 한 대도 성벽 쪽으로는 가지 않았다.

그런 기계적인 부분도 프레이즈의 약점이라고 할 수 있다.

유도하기 쉽다고도 할 수 있지만, 반대로 전의 유론군에게 한 것 같은 위협은 통하지 않는다. 기가 죽지도, 위협을 느끼지도, 후퇴하지도 않고, 오로지 인간을 사냥하는 살육의 종언자.

이쪽도 긴장을 풀 수는 없다. 프레이즈는 대부분 팔을 칼처럼 만들어 공격하지만, 개중에는 쥐가오리 프레이즈처럼 수정 화살을 쏘는 것도 있었다. 나는【실드】로 방어하면서 그 녀석을 먼저 쓰러뜨렸다.

"이렇게까지 숫자가 많으니 성가시네……."

이렇게 상대가 마구 뒤섞여 움직여서는【아이스록】같은 마법으로 부수는 것도【게이트】로 날려 버리기도 어렵다.【패럴라이즈】나【그라비티】는 효과가 없고, 이 상태에서【슬립】을 썼다간 같은 편도 말려든다.

아,【그라비티】로 중기사들의 검을 무겁게 해 주면 됐던 건가?! 하지만 지금은 그럴 때가 아니다.

아무튼 눈앞의 적을 베고, 베고, 또 벴다.

"이걸로…… 마지막!!"

10분 후……. 아니, 더 짧은 시간이었는지도 모르지만, 움직이는 소형종은 이제 남아 있지 않았다.

중급종 규모인 녀석도 방금 레인 씨가 베어낸 녀석이 마지막이었다. 간신히 섬멸하는 데 성공한 듯했다.

핵을 미처 부수지 못한 것이 있을 수도 있었기 때문에, 경계를 늦추지 않은 채, 그 자리에서 기다렸다. 10분이 더 지나도 아무런 반응이 없어서, 이번엔 정말로 마무리했다.

이쪽의 피해는 별로 없어 보였다. 검이 부러진 기체가 두 기, 방패가 부서진 기체가 한 기. 그 외엔 기체에 온갖 흠집이 가득. 로제타가 울겠는걸…….

"폐하. 대체 이 마물은 뭔가요?"

백기사의 가슴 부분 해치를 열고 레인 씨가 고개를 내밀었다. 그러고 보니 설명을 안 했네. 나는【플라이】로 떠올라 백기사 어깨에 착지했다.

"이 녀석들은 '프레이즈' 라고 해요. 옛날 고대 왕국을 멸망시킨 이계에서 온 침략자죠. 원래 프레임 기어는 이 녀석들과 싸우기 위해 만든 거예요."

정확하게는 침략자가 아니라는 모양이지만. 섬멸자라고 하는 편이 좋은가? 사람을 몰살시키려고 하는 녀석들이니까.

하지만 이렇게 엄청난 대군은 처음 봤다. 만약 내가 하노크 왕국에게 이 땅을 양도받지 않았다면, 생각만 해도 온몸이 오싹하다.

"이 녀석들이 유론 마을을 습격해서 그렇게 연기가 났던 걸까요?"

"아마 그렇겠죠……. 앗, 큰일이야. 모두 퇴각하라. 완전히 영토 침범이다. 유론에게 무슨 말을 들을지 몰라."

최악의 경우, 먼저 공격을 한 쪽은 브륀힐드군이라고 트집을 잡을지도 모른다.
쓰러뜨린 대량의 프레이즈를 회수할까 말까 망설이다가, 반만 회수하기로 했다. 전부 다 없애 버리면 더욱 의심을 받는다. 마을을 습격한 진짜 범인이니, 이 녀석들은 이곳에 꼭 있어야 한다.
"참나. 왜 이렇게 일일이 신경을 써야 하는 건지."
귀찮은 나라라고 생각하면서도, 나는 지도를 펼쳐 연기가 피어오른 곳을 표시하게 했다. 그랬더니 연기가 피어오른 곳은 도시와 마을의 위치와 딱 일치했다. 역시 이 녀석들이 습격한 건가.
안타깝지만 생존자는 없겠지……. 프레이즈는 인간의 심장 소리를 들을 수 있다. 어디에 숨든 아무 소용 없다.
대체 얼마나 많은 마을이 습격당했나 싶어, 나는 이 주변부밖에 못 보는 지도를 축소해, 유론 전체가 보이도록 만들었다.
"잠깐, 우와…… 이게 뭐야……?"
이거…… 너무 많지 않아? 왜 멀리 떨어진 남쪽에서까지 연기가 피어오르는 거지? 수도인 셴하이에서도 연기가 피어오르고 있다는 것은…… 설마.
"검색. 프레이즈를 표시."
〈알겠습니다. ……표시합니다.〉

후두두

두두두두두두두두두두두두두두두두두두두두두두두두두두
두두두두두두두두두두두두두두두두두두두두두두두두두두
두두두두두두두두두두두두두두두두두두두두두두두두두두
두두두두두두두두두두두두두두두두두두두두두두두두두두
두두두두두두두두두두두두두두두두두두두두두두두두두두
두두두두두두두두두두두두두두두두두두두두두두두두두두
두두두두두두두두두두두두두두두두두두두두두두두두두두
두두두두두두두두두두두두두두두두두두두두두두두두두두
두두두두두두두두두두두두두두두두두두두두두두두두두두
두두두두두두두두두두두두두두두두두두두두두두두두두두
두두두두두두두두두두두두두두두두두두두두두두두두두두
두두두두두두두두두두두두두두두두두두두두두두두두두두
두두두두두두두두두두두두두두두두두두두두두두두두두두
두두두두두두두두두두두두두두두두두두두두두두두두두두
두두두두두두두두두두두두두두두두두두두두두두두두두두
두두두두두두두두두두두두두두두두두두두두두두두두두두
두두두두두두두두두두두두두두두두두두두두두두두두두두
두두두두두두두두두두두두두두두두두두두두두두두두두두
두두두두두두두두두두두두두두두두두두두두두두두두두두
두두두두두두두두두두두두두두두두두두두두두두두두두두
두두두두두두두두두두두두두두두두두두두두두두두두두두
두두두두두두두두두두두두두두두두두두두두두두두두두두

두두두두두두두두두두두두두두두두두…….

엄청난 기세로 유론 안에 붉은 핀이 내려꽂혔다.

"말도 안 돼……."

나는 멍하니 지도를 바라보면서, 그렇게 중얼거렸다.

순간 어떻게 하면 좋을까 하는 생각이 들어 머릿속이 새하얘졌다. 이렇게나 지도를 가득 채우고 있으니 당연하다면 당연한 일이다.

"확인할 수 있는 프레이즈의 숫자는?"

〈——13169마리입니다.〉

조금 전보다 100배 이상인가? 어쩌지? 쓰러뜨리는 것뿐이라면 시간을 들이면 가능할지도 모른다. 하지만 이러고 있는 사이에도 유론 사람들은 계속 죽어 간다. 나와는 관계가 없다고 한다면 관계가 없는 사람들이지만…….

"크…… 어쩌면 좋지……?!"

"아아, 역시 토야였어."

등 뒤에서 귀에 익은 목소리가 들려 돌아보니 그곳에는 흰머리 소년이 서 있었다.

"엔데……!"

"많은 프레이즈의 '소리'가 사라지길래, 조금 신경이 쓰여 와 봤는데. 아, 토야가 쓰러뜨린 거구나."

여전히 검은 재킷과 검은 바지, 그리고 흰 머플러 차림을 한

채, 생글거리며 이쪽으로 다가오는 엔데. 그리고 엔데는 내 뒤쪽에 선 샤인카운트(백기사)를 신기하다는 듯이 올려다보았다.

"이거, 굉장하다. 토야가 만든 거야? 조금 타 보면 안 될까?"

"아, 아니, 내가 만든 건 아니지만……. 그런 것보다! 프레이즈가 왜 이렇게 많이 출현한 거지?! 혹시 뭐 아는 거 없어?!"

"아는 거고 뭐고……. 토야도 잘 알잖아? 결계가 느슨해져서 그래."

결계. 세계를 가로막고 있는 그거인가. 그게 부서진 건가. 그래서 그곳에서 이렇게 많은 프레이즈가 한꺼번에…….

"이제 결계가 제 역할을 못 한다는 거야?"

"그렇지는 않아. 이번에는 굳이 따지자면 우연일 뿐이겠지. 때마침 결계가 느슨해진 곳으로 프레이즈들이 떨어진 느낌이려나? 결계가 완전히 부서진 건 아니야."

그렇다면 이쪽으로 건너온 이 녀석들을 어떻게든 하면, 일단은 안심이라는 말이구나. 과연 어떻게든 할 수 있을지 의심스럽지만……. 그래도 할 수밖에 없어.

"그 녀석들을 한꺼번에 쓰러뜨리는 방법 혹시 몰라?"

"음~ 한꺼번에 쓰러뜨리긴 힘들지 않을까? 관심을 끄는 것 정도는 할 수 있을지도 모르지만."

"어떻게?!"

" '왕' 의 목소리를 들려주면 돼."

'왕' 의 목소리? 그건 그거인가? 그 녀석들이 찾는 프레이즈의 '왕' 을 말하는 거겠지?

"프레이즈의 '핵' 은 아주 작은 '소리' 를 내. 그건 다른 것과는 다른 고유의 음파로, '왕' 의 핵도 예외가 아니야. 하지만 이쪽 세계의 지적 생명체 내부에 잠입해 있는 '왕' 의 핵은 그 소리를 아주 교묘하게 기생하는 자의 심장 소리 뒤에 숨기지. 그럼 만약 그 '소리' 를 들려줄 수 있다면?"

"프레이즈는 모두 그쪽으로 간다……?"

"정답."

가짜 '왕' 의 소리로도 프레이즈를 유도할 수 있다는 건가.

확실히 그게 가능하다면 모든 프레이즈를 이쪽으로 오게 할 수 있다. 문제는 1만 이상이나 되는 프레이즈를 우리가 상대할 수 있는가인데…….

현재, 그 녀석들은 모두 따로따로, 자신들이 출현한 근처의 인간, 즉, 도시나 마을을 향해 움직이고 있다. 그 녀석들이 모두 이쪽으로 오더라도 따로따로 올 테니, 1만을 동시에 상대하지는 않는다. 물론 빨리빨리 쓰러뜨리지 못하면 점점 상대가 늘어나기야 하겠지만…….

"……정말 그게 가능해?"

"그럼. 나는 '왕' 의 공명음을 봉인한 물건을 가지고 있거든. 그 '소리' 를 봉인한 것이 이거."

척. 엔데가 검지와 중지로 길고 가느다랗고 얇은 유리 같은 것을 내밀었다. 과학 실험 때 쓰는 프레파라트 같은 것이었다.
"이건 다양한 물건을 수납, 보존하는 내 창고라 할 수 있어. 큰 것부터 '소리' 같은 것까지 보존할 수 있어서 편리하지. 이걸 사용하면 '왕'의 공명음이 울려 퍼질 거고, 프레이즈들은 그 소리를 듣고 곧장 소리가 나는 쪽으로 이동할 거야."
그런 걸 가지고 있었구나. 어쩐지 항상 차림이 가볍더라니……. 근데 얘는 대체 정체가 뭐지? 프레이즈의 동료는 아니라고 하지만…….
내가 프레파라트로 손을 뻗자, 엔데가 손을 뒤로 뺐다. 어? 주는 거 아니었어?
"그냥은 줄 수 없어."
생긋하고 웃으며 엔데가 그렇게 말했다. 이 자식…….
"원하는 게 뭔데?"
"나도 저게 갖고 싶어."
그렇게 말하며 엔데가 프레임 기어를 가리켰다. 뭐어……? 으으음. 어쩌지? 엔데가 마구 눈을 반짝였다. 무슨 애도 아니고.
"……이상한 데 사용하는 건 아니겠지?"
"응, 안 써, 절대로. 믿어 줘."
프레임 기어에는 긴급 정지 마법이 걸려 있어서 우리에게 공격할 수는 없고, 잘 모르긴 해도 엔데 자신은 프레이즈와 대적하는 관계인 듯했다. 완벽하게 우리 편이라고는 할 수 없지만, 적으로 돌아서진 않을 거라고 생각한다. 그런데 정말 건네줘도 괜찮은 걸까?

하지만 건네주지 않으면 '왕'의 소리가 봉인된 프레파라트를 손에 넣을 수 없다. 무엇보다 지금은 고민할 상황이 아니다. 사용할 수 있는 것은 뭐든 사용해서 궁지를 벗어나야 한다. 하지만 일단 못을 박아 두었다.

"다른 나라에 판다든가, 다른 사람에게 준다든가, 도적에게 도둑을 맞는다든가, 그렇게 되면 곤란해."

"팔지도 않고, 주지도 않을 거야. 당연히 도둑맞지도 않을 거고. 내 애마로 소중하게 사용할 거라고 약속할게. 부탁해, 토야~. 아, 뭐하면 이 근처의 프레이즈를 시험 운전도 할 겸 퇴치해 줄게."

뭐지? 쉽게 조종할 수 있다는 듯한 저 말투. 근데 이 녀석이라면 쉽게 조종할 수 있을 것 같긴 하다……. 이 녀석은 여러모로 상식을 뛰어넘는 면이 있으니까. 젠장맞을 천재 자식.

몇 번인가 얼굴을 마주한 사이라 나쁜 녀석이라는 생각이 들지는 않았지만……. 그건 어차피 직감일 뿐이다. 이곳에 유미나가 있었으면 좋았을 텐데.

그리고 솔직히 말하면 프레이즈를 쓰러뜨려 준다면 시간 벌기가 되기 때문에 도움이 많이 된다. 어쩔 수 없다. 결단할까.

나는 【게이트】를 열어 바빌론의 '격납고'에서 붉은 보디 컬러의 드라군(용기사)를 불러냈다.

"고기동용 프레임 기어, 드라군이야."

"우하~ 빨간색이네? 나쁘지 않아."

이 기체는 고기동용 기체로 익숙하게 타기가 어렵다. 어차피 나 이외에는 탈 사람이 없었기 때문에, 기왕에 이렇게 된 거, 떠넘기려는 거라는 사실은 비밀이다.

엔데는 나에게 휘익 프레파라트를 건네주고는 곧장 드라군에 기어올라 가슴 부분의 해치를 열고 안으로 들어갔다.

엔데는 어렵지 않게 기체를 기동시킨 뒤, 바로 용기사를 조종해 걷기 시작했다. 그리고 잠시 걷고 달리고, 팔을 들기도 하고 내리기도 하고 했지만, 금세 발뒤꿈치의 바퀴를 내린 고기동 모드로 전환해 멋진 움직임을 선보였다.

이거 뭐야. 나보다 잘 타는 거 아냐?

"움직이기 쉽네, 이거. 마음에 들었어."

"……하하하. 그거, 다행이, 야."

해치를 열고 내려온 엔데를 보고 나는 어색한 웃음을 지으며 대답을 하는 수밖에 없었다. 이 자식, 진짜 너무 천재야.

"이 녀석, 무기는 없어?"

"아……. 그렇구나. 준비를 안 했네."

용기사는 파워가 별로 없어서 초중무기(超重武器)를 다루는 데에는 적합하지 않다. 나중에 프레이즈의 파편으로 만든 무기를 만들려고 했었는데.

마침 잘됐다. 재료는 이곳에 산더미처럼 많으니, 만들어 버리자.

나는 굴러다니던 프레이즈의 팔을 【모델링】으로 변형시켜, 그 곡선을 그대로 이용해 작은 칼 두 자루를 만들었다. 그리고 겸사겸사 칼집도 만들어 용기사의 등에 장착해 두었다.

"좋아. 그럼 약속대로 프레이즈를 퇴치하고 올게."

"잠깐만! 이거, 어떻게 쓰는지는 가르쳐 줘야지!"

나는 용기사 위로 기어오르는 엔데를 향해 건네받은 프레파라트를 들어 올렸다.

"그걸 깨면 '소리' 가 울려 퍼질 거야. 참고로 그 소리는 기계나 마법으로 복제할 수 없으니까, 한 번밖에 못 사용해!"

그렇구나. 스마트폰에 녹음해서 재사용할 수 없을까 생각했는데, 그렇게 자유롭게 이용할 수는 없구나.

그렇게 생각을 하는데, 엔데가 프레파라트 두 개를 더 던져 주었다.

"똑같은 녀석을 두 개 더 줄게. 다른 장소에서 시차를 두고 사용하면, 그 녀석들을 분산시킬 수 있잖아?"

엔데는 그대로 용기사에 올라타더니, 고기동 모드로 미끄러지듯이 떠나갔다. 저 녀석이라면 혼자서도 프레이즈를 그럭저럭 해치워 줄 수 있을 것 같았다. 될 수 있으면 전부 다 해치워 줬으면 했지만.

붉은 기체라서인지 굉장히 강한 인상이야. 다음에 만났을 때, 가면 같은 걸 쓰고 있다면 참 웃길 것 같다.

앗, 이러면 안 되지. 쓸데없는 생각하지 말고 서둘러야 해. 할 일이 아주 많으니까.

일단 성으로 돌아가 모두에게 설명해 주었다. 유론에서 무슨 일이 벌어졌는가, 프레이즈라는 존재, 세계의 결계, 프레임 기어가 만들어진 이유…….

"이거야 뭐……. 이야기의 규모가 엄청나게 크군……."

설명을 들은 야마가타 아저씨가 한숨을 내쉬었다. 옆에 앉아 있던 바바 할아버지도 팔짱을 끼고 심각한 표정을 지었다.

"믿기 어려울 수도 있지만……."

"아니요. 아마 사실이겠지요. 이계의 마물, 그리고 이대로는 언젠가 고대 왕국이 멸망된 것과 똑같은 비극이 반복되리라는 것도 말입니다."

코사카 씨는 유론 국경 성벽에서 피어오르는 연기를 봤기 때문인지, 쉽게 믿어 주었다.

"앞으로 어떻게 할지는 일단 제쳐 두시죠. 문제는 일단 유론에서 지금도 이어지고 있는 살육을 어떻게 할 것인가입니다. 폐하께서는 유론 국민을 구하고 싶다, 그 말씀이십니까?"

"가능하면요……. 프레이즈에 대항할 수 있는 수단을 가지고 있는 건 현재 우리뿐이거든요……."

"저는 반대합니다."

코사카 씨가 딱 잘라 말했다. 그래선 유론 사람들에게 그냥 죽으라고 말하는 거나 마찬가지예요. 아마 그 사람들에게는 프레이즈에 대항할 수단이 없다. 마법과 지혜를 최대한으로 활용하면 어느 정도의 전과는 올릴 수 있을지 모르지만, 그 엄청난 대군에게 이길 수 있을 거라고는 생각하기 힘들었다.

“자국민이 습격을 당하고 있다면 싸워야 합니다. 하지만 우호국도 아니고, 굳이 따지자면 적국이라고 할 수 있는 곳으로 가서 목숨을 걸고 싸울 필요가 과연 있을까요?”

“하지만 이대로 놔두면 유론뿐만이 아니라, 다른 나라에도 피해가 확대될 거예요. 이제 나라가 어쩌니 할 상황이 아닌 거죠. 게다가 지금도 계속 많은 사람이 습격당하고 있어요. 구할 힘이 있는데 아무것도 안 하겠다는 건가요?”

“폐하의 착한 마음씨는 정말 훌륭하십니다. 하나…….”

“코사카.”

계속 반박하려고 하는 코사카에게 지금껏 아무 말도 않던 바바 할아버지가 말을 걸었다.

“우리 임금님이 이런 녀석이라는 것은 우리가 가장 잘 알지 않나. 그러니 적이었던 타케다마저도 구해 준 게 아닌가?”

“…………그때와는 처지가 다릅니다. 한 나라를 짊어진 자로서…….”

“그게 잘못됐다는 거야. 이 녀석은 스스로 나라나 우리를 짊어지고 있는 게 아니지 않나. 우리가 멋대로 이 녀석의 등에 올라탄 거야. 설사 중간에 우릴 떨어뜨린다고 해도 불평을 할 수 없지. 싫으면 우리가 떠나면 그만 아닌가? 그걸 다 알면서도 이 나라에 왔으리라 생각하네만."

"………그건 그렇군요."

코사카 씨가 크게 한숨을 내쉬며 양보했다. 아니, 그게 아니라 원래부터 그냥 걱정돼서 한 말이겠지만.

"하지만 설사 돕는다고 하더라도, 우리 나라만 행동을 해서는 바람직하지 않다고 생각합니다. 서방 동맹의 군주들에게 사정을 설명하고, 우리 나라가 이 사태에 개입한다는 사실을 선언하는 것이 좋지 않을까요?"

그 말대로 성실하게 설명을 해 두는 편이 좋을 듯했다. 앞으로 남의 일이 아닐지도 모르니까. 억지로 협력을 해 달라고 할 생각은 없지만, 언젠가 자신의 나라를 덮칠지도 모르는 적을 착실히 확인해 두는 것은 쓸데없는 일이 아니다.

사태는 일각을 다투었다. 평소에는 편지로 설명하고 맞이하러 가지만, 이번에는 직접 왕궁으로 가기로 했다. 서두르자.

"그렇군. 프레이즈, 라. 그런 마물이 상대라면 토야가 프레

임 기어를 만든 것도 이해가 되네."

끼익. 벨파스트 국왕이 의자에 몸을 기댔다. 정확하게 말하자면, 프레임 기어는 내가 만든 게 아니지만.

나 외에 이 장소에 있는 사람들은 서방 동맹의 군주들이었다. 벨파스트 국왕, 레굴루스 황제, 리프리스 황왕, 미스미드 국왕, 라밋슈 교황, 리니에 새 국왕. 이렇게 여섯 명. 여섯 나라의 대표다.

임금님들에게는 먼저 프레이즈에 대해 설명했다. 고대 왕국을 멸망시킨 이계에서 온 침략자. 그리고 지금 그것이 다시 유론에서 벌어지려고 한다는 것. 프레이즈의 '왕'에 대한 것이나, 바빌론에 관한 이야기는 하지 않았다. 대신에 프레임 기어는 내가 고대 유적에서 발견하여 수복, 복제한 것이라고 설명해 두었다. 물론 대략 틀린 말은 아니지만.

"저어, 그 프레이즈란 녀석 말인데요. 그게 그렇게 강한가요?"

"실은 우리 나라에도 출현했네. 한 기뿐이긴 하지만 말이야. 마법도 통하지 않고, 매우 단단한 것도 모자라, 재생 능력까지 갖추고 있다더군."

머뭇거리며 손을 들고 말한 리니에 새 국왕에게 미스미드의 수왕이 대답했다. 린이 쓰러뜨린 뱀 형태의 프레이즈를 말하는 거구나.

"그런 게 1만이나 유론에 출현한 건가……. 토야, 이건 일시적인 것인가? 아니면 앞으로도 이런 일이 계속되는 건가?"

"이번에는 꽤 드문 경우인 듯해요. 하지만 앞으로 수는 적을지 몰라도 가끔 나타날지도 몰라요. 무언가가 계기가 되어 또 이번처럼 대습격을 할 가능성도 있고요. ……죄송합니다. 확실한 정보는 저도 아직 잘 몰라요."

"그런가……. 아니, 신경 쓰지 말게."

레굴루스 황제는 작게 웃더니 입을 닫았다. 나는 프레이즈 전문가가 아니다. 하지만 이쪽 세계에서 엔데를 제외하면 프레이즈에 대해 가장 잘 아는 사람은 아마 나다.

"솔직히 말씀드리면, 여러분의 나라에도 출현할 가능성이 있어요. 그걸 생각하시면서 이걸 봐 주세요."

회의실 벽에 영상이 떠올랐다. 조금 전에 유론으로 날려 보낸 새 소환수에게 스마트폰을 들고 가게 해서 촬영한 동영상이었다.

프레이즈의 대군이 마을을 습격해 사람들을 무자비하게 살육하는 영상이 상공 시점에서 흘러갔다. 그곳에는 한 치의 망설임도 없이, 마치 작업을 하듯이, 도망가는 사람들을 죽이는 살육자의 모습이 비쳤다. 여섯 왕은 이마에 땀을 흘리며 영상에서 눈을 떼는 법 없이 프레이즈를 응시했다.

"이것이 프레이즈……."

"이건 리얼타임…… 아~ 현재 일어나고 있는 일이 아니에요. 1시간 전에 일어난 일이죠. 프레이즈는 이 마을을 멸망시키고, 다음 마을을 향해 진군하기 시작했다고 합니다."

돌아온 새에게서 스마트폰을 건네받아 영상을 봤을 때는 너무나도 안타까운 마음뿐이었다. 프레이즈를 촬영해 오길 바랐을 뿐인데, 설마 마을을 습격하는 장면을 찍어 올 줄은 몰랐다. 살릴 수 있었을지도 모를 사람들을 생각하면 마음이 아프지만, 나는 일부러 이 영상을 국왕들에게 보여 주었다.

위기감을 가져 주었으면 했던 것도 있지만, 상상해 줬으면 했기 때문이었다. 만약 이게 자신들의 나라에서 일어난 일이었다면 어떤 심정이었을까, 하고.

"유론의 수도, 셴하이는 어떻게 됐지?"

리프리스 황왕의 질문을 듣고 나는 프레이즈가 나오던 동영상에서 지도로 화면을 전환했다. 작은 붉은빛이 움직이는 모습이 보였다. 아마 사람이 사는 도시와 마을을 향해 이동하는 중인 듯했다.

이미 셴하이는 붉게 물들기 시작하고 있었다.

"간신히 저항하는 중이긴 한 것 같지만, 아마 함락은 시간문제이겠죠. 프레이즈의 목적은 인간을 죽이는 거예요. 이 도시 안의 사람들을 한 사람도 남김없이 죽일 때까지 계속 활동할 겁니다."

"그럴 수가……."

라밋슈 교황이 손으로 입을 가리며 몸을 떨었다. 프레이즈는 오로지 인간을 죽이기 위해 마을을 습격한다. 그곳에 있는 인간을 모두 죽이고, 다 죽이면 다른 인간을 찾아 떠난다. 마치 곡물을 모두 먹어치우고 잇달아 다른 곳으로 날아가는 메뚜기처럼.

"토야 님. 저기…… 센하이의 오른쪽 아래……. 저쪽의 프레이즈가 조금씩 사라져 가는 것처럼 보이는데요……?"

"네?"

리니에 신국왕의 말을 듣고 그곳을 보니 분명히 빛이 조금씩 사라져 갔다. 이건…… 아, 엔데인가?!

"실은 협력을 해 주는 사람이 있어서요. 그 사람에게 프레임 기어를 제공해 줬어요. 아마 그 사람이 싸우고 있는 걸 거예요."

"그렇군. 프레임 기어는 확실히 대항 수단이 된다는 말인가."

엔데 자신의 힘도 있겠지만, 벨파스트 국왕의 말대로 그게 이번 회의의 메인이었다. 나는 핵심 사항을 말하기 위해 잠시 뜸을 들였다.

"브륀힐드는 프레임 기어를 사용해 지금부터 프레이즈의 섬멸 작전을 펼칠 생각입니다. 그러니 서방 동맹 각국은 이번 작전을 승인해 주십시오."

"자, 잠깐만! 저걸 다 상대하겠다는 건가?!"

수왕 폐하가 깜짝 놀라는 것도 무리가 아니었다. 우리 기사단을 비롯해 유미나 일행 등, 프레임 기어를 탈 수 있는 사람을 다 모은다고 하더라도 채 100명이 안 된다. 단순 계산으로는 한 명이 100마리 이상을 쓰러뜨리면 섬멸할 수 있지만, 확실히 무모하다고 할 수 있었다.

"일단 프레임 기어의 콕핏에는 긴급 탈출을 위한 전이 마법을 걸어 두었어요. 기체가 대파될 경우, 탑승자가 특정 장소로 곧장 이동하도록 말이죠. 물론 콕핏이 부서져 사람이 즉사했을 때는 어떻게 해 볼 도리가 없지만요……."

다행히 기체만큼은 지금껏 양산해 둔 덕분에 꽤 많은 편이었다. 최악의 경우, 대파되면 대파되는 대로 기체를 갈아타고 대처할 수밖에 없다.

그때, 라밋슈 교황이 살짝 손을 들었다.

"토야 님. 한 가지 질문이 있습니다. 이 프레이즈라는 마물은 '그분' 에게도 적인가요?"

"……적인지 어떤지는 알 수 없어요. 모른다고 하셨으니까요. 하지만 이것에도 '그분' 은 간섭하지 않으실 겁니다. 이건 저희의 문제거든요."

"무슨 이야기지?"

리프리스 황왕이 우리 이야기를 이해할 수 없다는 듯 고개를 갸웃했다. 설마 '그분' =하느님이라고는 생각하지 못할 테지.

"알겠습니다. 우리 라밋슈 교국도 브륀힐드 공국과 함께 싸우겠습니다. 다행히 토야 님이 빌려주신 마법 도구 '프레임 유닛' 덕택에 성기사단의 몇 명인가가 프레임 기어를 탈 수 있게 되었습니다."

"네?"

라밋슈 성기사단도 참가해? 물론 도움이 되기야 하겠지만, 정말 괜찮은 건가? 위험한데.

그 모습을 보고 이번에는 미스미드 국왕이 손을 들었다.

"아앗. 그런 일이라면 미스미드도 힘을 빌려주마. 이렇게 재미있는 일을 그냥 내버려 둘 수는 없지."

"벨파스트 왕국도 물론 참가하겠네."

"레굴루스도 마찬가지야."

"리프리스도 참가하지."

"리, 리니에도, 요!"

"저어, 여러분, 잘 알고 하시는 말씀이세요? 상대는 굉장히 위험해요. 왜 굳이……."

내가 일단 주의를 주자, 모두가 입을 맞춘 듯 "네가 그런 말을 하냐?!" 하고 외쳤다. 맞는 말씀입니다.

하지만 내가 말하기도 뭐하지만, 같이 참가를 해 봐야 위험하기만 할 뿐, 아무런 이득이 없을 것 같은데 말이야. 내가 솔직히 말하자 벨파스트 국왕이 그 의문에 대답해 주었다.

"이유는 몇 가지인가 있지. 일단 첫 번째로, 이렇게 큰 타격을 받았으니, 유론은 아마도 원래의 세력을 유지하지 못하고 다른 나라에 의지하게 될 거라는 점. 빚을 지게 하는 것도 나쁘지 않아. 두 번째는 프레이즈와의 전투를 자국 기사단이 경험해 볼 수 있다는 것. 언제 자신의 나라가 유론과 똑같은 일을 당할지 알 수 없지 않나. 세 번째는 브륀힐드, 아니, 토야를 지키기 위해서네. 이 나라의 기술과 문화는 정말 대단하지 않나. 만에 하나 토야가 죽기라도 한다면, 그것을 배울 기회도 잃게 될 것이니, 각 나라에는 크나큰 손해 아닌가. 음, 그 정도일까."

그렇구나. 빈틈이 없다고 해야 할지 뭐라고 해야 할지. 유론은 확실히 전투가 다 끝나도 상황이 매우 어려워질 듯했다. 수도의 천제도 살아 있을지 어떨지 알 수 없고 말이지.

아무튼, 내 목숨을 노린 사람들이니? 살아 있든 죽었든 별로 상관없다. 살아 있으면 돕겠지만, 죽었다면 안타깝다 하고 끝날 일이다. 될 수 있으면 돕는 쪽으로 움직이기야 하겠지만.

"문제는 일이 다 끝난 뒤군……."

"약해진 유론을 노리고 이웃 나라가 움직인다는 건가?"

"불가능한 이야기는 아니지 않나? 하지만 이렇게 되고 보니 하노크와의 사이에 있는 브륀힐드의 영지가 꽤 도움되는군."

유론의 이웃 나라는 현재, 하나, 둘, 셋…… 여섯 개국인가. 이셴까지 포함하면 일곱 개국이나 된다.

서쪽에 있는 하노크 왕국. 북쪽의 마왕국 제노아스. 동쪽의 노키아 왕국과 바다를 사이에 둔 신국 이셴. 남쪽의 호른 왕국과 펠젠 왕국, 그리고 강을 사이에 둔 로드메어 연방.

이렇게 많은 나라에 둘러싸인 대국이 비틀거리면, 대체 어떤 일이 벌어질까. 도무지 예상할 수 없었다.

하지만 지금은 눈앞의 문제를 먼저 해결해야 한다.

"그럼 협력을 해 주신다고 하니, 각 나라에 지휘관용 흑기사 두 기와 중기사 열여덟 기를 더해 총 20기를 빌려 드리겠습니다. 탑승자를 선출해 주세요. 브륀힐드 측에서는 90기, 서방동맹에서는 총 120기. 모두 210기를 이번 사태에 투입하겠습니다."

"1만 대 210……. 한 기당 50대 가까이 쓰러뜨려야 하는 건가. 이 정도로는 도저히 이길 것 같지 않은데, 무슨 작전은 있나?"

"현재 프레이즈에게는 하급종과 중급종이 있다는 사실을 확인했습니다. 하급종의 경우, 프레임 기어라면 큰 문제 없이 쓰러뜨릴 수 있을 겁니다. ———검색. 중급종은 몇 마리야? 파란빛으로 표시."

화면에 비친 지도상의 붉은빛이 몇 퍼센트인가 파란빛으로 변했다.

〈검색 개시. ——종료. 표시합니다. 중급종은 1035마리입니다.〉

"대략 10퍼센트인가. 한 기당 5마리를 쓰러뜨리면 되는 정도까지 내려갔군. 그 정도라면 어떻게든 되려나?"

리프리스 황왕이 스킨헤드를 찰딱찰딱 때리면서 화면을 바라보았다.

"실제로는 우르르 몰려오는 하급종을 발로 흩뜨리면서 싸워야 하니, 그렇게 간단하지는 않겠지만요. 그리고 한 가지 작전이 있어요."

일단 그렇게 말을 하고, 작전을 설명했다. 하지만 그렇게 어려운 작전은 아니었다. 엔데에게 받은 '왕'의 소리를 사용해, 프레이즈들을 분단, 세 방향으로 유도한다.

그리고 셋 중 한 그룹이 프레이즈를 괴멸시키면, 곧장 내가 그 그룹을 전이 마법으로 다른 그룹에 분산해서 보내, 항상 전력의 균형을 유지한다. 그것이 이번의 작전이었다.

"잠깐만 기다려 주세요. 그럼 토야 님은 프레임 기어에 타지 않는다는 말씀인가요?"

"네. 저는 전장을 돌면서 상황에 따라 여러분을 보조하고 지원할 생각이에요."

라밋슈 교황의 질문을 듣고 나는 내가 생각한 계획을 말해 주었다. 아마도 이번에는 그편이 더 낫다. 언제 어디서 뜻하지 않은 문제가 일어날지 알 수 없기 때문이다. 그런 일에 대처하기 위해 나는 자유롭게 움직일 수 있는 위치에 있는 게 좋다.

"분단된 세 개의 전쟁터를 보며 어디가 유리하고 불리한지 판단해, 전력을 이리저리 돌리는 일이라면 역시 토야 이외에는 할 수 없지……."

"네. 저라면 맨몸으로도 어떻게든 프레이즈와 싸울 수 있으니까요."

"그 말을 듣고 보니 역시 잘 이해가 안 가네만……. 토야에게 프레임 기어가 필요한가?"

"쓰러뜨릴 수는 있지만, 아무래도 맨몸으로는 시간이 걸려요. 가볍게 쓰러뜨리려면 역시 프레임 기어죠."

시간이 없었기 때문에 황왕 폐하에게 내가 대답한 것을 마지막으로 회의는 그만 끝내기로 했다. 이러는 사이에도 유론은 위기가 계속되고 있으니, 서두르자.

"1시간 뒤에 맞이하러 가겠습니다. 그때까지 상황 설명과 프레임 기어의 탑승자 선출을 끝내 주세요."

나는 【게이트】를 열어 국왕들과 함께 기사들을 각각의 나라로 되돌려 보냈다.

시간이 없다. 이쪽은 이쪽대로 할 일이 산더미 같다. 아무튼 할 수 있는 일은 아슬아슬할 때까지 다 해 보자.

"어머나. 나도 모르는 새에 사태가 굉장히 심각해졌네."

내 설명을 들으면서 연애의 신…… 아니, 카렌 누나가 오독오독 쿠키를 먹었다. 카펫에 떨어뜨리지 마요.

"그래서 누나에게 도움을 받을 수 있었으면 하는데요."

"아~ 그건 힘들어. 나는 연애에 관해서라면 힘을 사용할 수 있지만, 그 이외에는 종속신을 통해서가 아니면 못 사용하거든. 게다가 난 원래 전투 쪽 신이 아니야."

"연애에 관한 거라면……이라니, 예를 들어 이런 경우에는

요?"

"음~ 전쟁터에서 함께 싸우는 남자 기사와 여자 기사가 로맨스를 꽃피우게 할 수 있어. 물론 반대로 깨지게 할 수도 있고."

그게 뭐야. 결국 연애 관련뿐인 건가. 아무 도움도 안 되잖아.

"……뭔가 실례되는 생각을 했지?"

"제서하니다. 아흐아요. 이거 나 주헤요."

누나가 뺨을 한계에 가깝게 꼬집으며 늘어뜨려 나는 필사적으로 사과했다. 젠장. 역시 썩어도 신이야. 매일 늘어져 지내면서도 이럴 때는 굉장히 날카롭다.

"……또 무슨 생각했지?"

"제서하니다! 아파! 아파효!!"

이건 나니까 참을 수 있는 거지, 보통 사람이었으면 뺨이 찢어져 버렸을 가능성도 있다. 나는 얼얼한 뺨을 쓰다듬으면서, 이번엔 바빌론으로 이동했다.

바빌론에서는 로제타와 모니카, 그리고 미니 로봇들이 프레임 기어의 최종 조정에 들어간 상태였다.

"어때?"

"간신히 시간에 맞출 수 있을 것 같아요. 210기, 예비 기체 40기. 총 250기. 30분 후에는 사용할 수 있을 거예요."

"마스터. 전쟁터에는 나도 데려가 줘! 프레이즈 놈들에게 본때를 보여 주겠어!"

스패너를 휘두르면서 모니카가 소리쳤다. 확실히 바빌론 넘버즈 중에서는 모니카가 가장 조종 기술이 뛰어나다. 사실은 정비 쪽에 최선을 다해 줬으면 했지만, 지금은 한 사람이 아쉬운 상황이다.

"아, 그리고 각 소속 국가를 쉽게 구별하기 위해서, 어깨 부품만 컬러링을 교체했어요. 각 왕가의 문장(紋章)도 넣어 뒀고요."

"그렇구나. 고마워."

벨파스트는 빨강, 리프리스는 파랑, 레굴루스는 보라, 미스미드는 녹색, 라밋슈는 노랑, 리니에는 오렌지. 이렇게 중기사와 흑기사의 오른쪽 어깨만이 각각 다른 색으로 구별되어 있었다. 그리고 왼쪽 어깨에는 같은 색으로 넘버가 들어가 있었다. 전쟁터에서 하나하나를 구별하는 데 필요하다고는 하지만, 별로 멋지진 않네.

급조한 거니, 어쩔 수 없는 건가?

"무기 쪽은 어때?"

"'공방' 쪽에서 양산하고 있지만……. 프레이즈제 무기는 만들 수 있는 개수에 한계가 있어요."

"재료가 부족하니 어쩔 수 없지. '공방'에서는 작은 파편으로는 프레임 기어용 무기를 만들 수 없다고?"

"결합이 안 돼서 마스터의 【모델링】처럼 변형시킬 수 없으니까요. 인간용 크기라면 어떻게든 되겠지만, 부서진 파편의 크기를 그대로 이용하게 될 거예요."

"기본적으로는 단검이나 창의 칼날로 사용하는 정도야. 화살촉도 괜찮지만, 핵을 노려야 하니, 이번 전투 때는 오히려 사람들의 방해가 될 것 같아서 그건 안 만들었어. 아, 나중에 마력을 채워 둬, 마스터."

알았다니까. 마력을 채워 두지 않으면 그냥 유리 무기에 불과하다.

프레임 기어와 무기는 괜찮을 듯했다. 이제는 기사단 사람들인가.

숙소 쪽에 가 보니 다들 가볍게 긴장을 하는 듯했지만 나를 보고 곧장 이쪽으로 달려왔다.

"폐하. 준비는 다 되었습니다. 언제든 출격할 수 있습니다."

시원한 목소리로 그렇게 말한 사람은 레베카 씨였다. 그 옆에서 로건 씨도 대담하게 웃었다.

기사단 모두가 프레임 기어에 올라타 싸우는 것은 아니었다. 오거나 라미아 같은 마족은 탑승할 수 없고, 개중에는 체질적으로(멀미가 심하거나, 폐소 공포증 등) 탈 수 없는 사람도 있었다.

하지만 그 사람들도 모두 서포트 역할로서 다른 사람을 돕기로 했다.

"여러분. 절대 무리는 하지 마세요, 알겠죠? 자신의 목숨을 최우선으로 삼으세요. 위험하다고 생각하면 후퇴하면 됩니다. 전 절대 명예로운 전사를 인정하지 않습니다. 모두 무사히 돌아와야 비로소 자랑스러운 승리입니다."

사람들의 얼굴을 하나하나 보면서 내가 그렇게 말했다. 이 중의 그 누구도 잃을 수는 없다.

"자신의 힘을 과신하지 마세요. 적의 힘을 얕봐선 안 됩니다. 조금 겁쟁이처럼 행동하는 게 딱 좋아요. 혼자서 쓰러뜨릴 수 없으면 둘이서, 그래도 안 되면 셋이서 덤비세요. 그 녀석들에게 정정당당이라는 기사도 정신은 필요 없습니다."

될 수 있는 한 지원을 할 생각이지만, 그래도 내가 커버해 줄 수 없는 부분도 나온다. 대파되거나 기능에 이상이 있으면 자동으로 전이하여 탈출하지만, 백 퍼센트 안전하다고는 할 수 없다. 콕핏까지 다 망가지면 그걸로 끝이다.

아무튼 모두의 안전이 가장 중요하다. 나는 그런 점을 새삼 강조한 뒤, 성으로 돌아갔다.

난로가 있는 거실에 가 보니 에르제 일행이 기다리고 있었다. 이번 싸움에는 에르제와 야에, 두 사람만이 참가한다. 다른 세 사람은 본진에서 대기하고 있다가 부상자가 나오면 돌봐 주기로 했다.

"저도 싸울 수 있어요……."

"루는 레굴루스의 공주잖아. 레굴루스 기사단이 자신들의 목숨보다 루를 더 신경 쓰면 오히려 곤란해."

유미나도 마찬가지다. 린제는 프레이즈에게 마법이 통하지 않아 이번 전투에 적합하지 않다는 점도 있고, 빛 속성 마법을 사용할 수 있으니 회복에 전념해 줬으면 했기 때문이지만.

"에르제랑 야에, 그리고 기사단장인 레인 씨. 세 사람은 각각 다른 전장에 배치하겠습니다. 그리고 에르제는 산고와 코쿠요, 야에는 코하쿠, 레인 씨는 코교쿠와 함께 가서, 전황에 무언가 움직임이 있으면 저한테 보고해 주세요."

텔레파시라면 아무리 멀리 떨어져 있어도 대화를 할 수 있다. 그렇게 하면 내가 어떻게 움직일지 판단하기가 쉬워진다.

"토야 오빠, 너무 무리는 하지 마세요."

"괜찮아. 다 같이 무사히 돌아올게. 슬슬 시간이다. 갈까?"

우리는 다 같이 【게이트】를 통과해 본진으로 넘어갔다. 결전의 본진은 전 하노크 영토에 만든 장성 앞이었다.

하노크 영토 옆, 브륀힐드 장성 앞에 250기나 되는 프레임 기어가 늘어섰다. 장관이야.

이미 각국의 기사들은 프레임 기어에 올라타 출격의 때를 기다렸다. 본진 쪽에서는 각국의 왕들이 커다란 영상판으로 프레이즈의 움직임을 감시했다.

영상판은 4×4의 열여섯 개의 화면으로 분할되어 있어, 각각의 화면으로 다른 영상을 확인할 수 있었다.

프레임 기어의 카메라 기술을 응용한 것인데, 카메라를 들고 날아다니며 영상을 찍는 존재는 내가 소환한 발키리들이었다.

"이쪽에서도 전황을 알 수 있어서 참 좋군."

"네. 어떻게 되고 있는지도 모른 채, 계속 기다리기만 해서는 너무 초조하니까요."

리프리스 황왕과 라밋슈 교황이 이야기하는 옆에서 나는 각국의 프레임 기어를 이끄는 대장과 부대장이 앉은 앞쪽을 둘러보았다.

벨파스트에서는 닐 부단장과 리온 씨가 각각 대장과 부대장으로 왔고, 레굴루스에서는 외눈인 가르팔 씨가 대장으로, 미스미드에서는 늑대 수인인 가른 씨가 부대장으로 왔는데, 이쪽은 나도 아는 사람들이다.

나머지 사람들은 서방 회의 때 임금님들의 호위나 경호를 위해 왔던 사람들로 본 적은 있지만, 이야기는 해 본 적은 없는 사람들이었다.

"그럼 작전을 말씀드리겠습니다. 먼저 브륀힐드의 90기를 30기씩 세 부대로 나눠 유론의 수도에서 떨어진 세 방향에 배치하겠습니다. 만약 이 전쟁터를 A, B, C라고 한다면, A에 벨파스트와 레굴루스, B에 미스미드와 라밋슈, C에 리프리스와 리니에를 40기씩 배치하여, 각 70기 체제로 대기합니다."

그때 리온 씨가 손을 들었다.

"똑같이 나뉘지 않았을 때는 어떻게 할까요?"

"그때는 제가 몇몇 부대를 다른 부대로 전이시키겠습니다. 기본적으로는 10기가 한 소대가 되어 움직이며, 각국의 두 소대가 각각 따로 움직여야 할 때도 있을 수 있습니다."

"서로 어떻게 연락하죠?"

"통신 채널을 각각 맞춥니다. 이건 범위가 그다지 넓지 않기 때문에 다른 전투 장소에는 닿지 않습니다. 기본적으로는 현장 통신 역할을 하게 될 겁니다. 무슨 일이 있으면 이쪽…… 야에, 에르제, 레인 씨, 이 세 사람에게 연락하면, 저에게 말이 전달될 겁니다."

나는 화면을 전환해 세 사람의 기체를 표시했다. 레인 씨의 샤인카운트(백기사)는 말 그대로 흰색, 야에의 나이트 바론(흑기사)은 보라색, 에르제의 나이트 바론(흑기사)은 붉은색이었다. 검은색이 아닌데 흑기사는 뭐냐는 딴지는 사양한다.

야에의 기체에는 크고 살짝 휜 칼이 장비되어 있었고, 에르제의 양 주먹에는 역시 수정으로 만들어 탄탄한 건틀릿이 장비되어 있었다. 모두 내가 프레이즈의 파편으로 만든 무기였다. 레인 씨에게도 같은 검을 준비해 주었다.

"기본적으로는 현장의 상황을 보고 각자 판단해서 움직여 주세요. 수상한 점이나 이상한 현상이 보이면 꼭 저에게 연락해 주시고요. 아, 그리고 이미 붉은 프레임 기어 한 대가 전투하고 있는데, 일단 같은 편입니다. 다른 질문은요?"

"하늘을 나는 프레이즈도 있다고 들었는데, 그런 프레이즈에는 어떻게 대처하면 좋을까요?"

"그것은 제가 요격하겠습니다. 당하지 않도록 조심해 주세요. 개중에는 수정 화살 같은 것을 쏘는 녀석도 있으니 방심하면 안 됩니다. 기체가 당하더라도 탑승자는 무사히 이쪽으로 전이되도록 만들어져 있지만, 콕핏이 직격당하면 손쓸 도리가 없으니까요."

작전 설명이 끝나자, 대장들도 각자 흑기사에 올라탔다. 나는 A 부대, B 부대, C 부대로 나누고, A 부대에는 레인 씨, B 부대에는 야에, C 부대에는 에르제를 배치했다.

그리고 나에게 연락을 하기 위해 세 사람과 함께 각각 코교쿠, 코하쿠, 산고와 코쿠요가 같이 올라탔다. 또 B 부대, C 부대에는 노른 씨와 니콜라 씨를 배치하여 야에 일행을 서포트해 달라고 부탁했다. 기본적으로 야에와 에르제는 단독으로 움직이니, 기사단의 통솔은 부단장인 두 사람에게 맡기는 편이 좋았다.

본진에는 경호를 위해 몇 기의 프레임 기어와 츠바키 씨, 바바 할아버지, 야마가타 아저씨가 대기했고, 소환한 케르베로스로 방어를 더욱 탄탄히 다졌다. 무슨 일이 있어도 그 녀석들을 통해 나에게 연락을 할 수 있으니 안심이다.

A 부대, B 부대, C 부대를 각각 현장으로 【게이트】를 통해 이동시켰다.

나도 A 부대와 함께 전쟁터로 나갔다. 자, 시작해 볼까.

〈지금부터 작전을 시작한다. 통지 잘 부탁해.〉

〈알겠습니다.〉

〈네, 알겠습니다.〉

〈알았어요~〉

〈주인님, 무운을 빕니다.〉

코하쿠, 코교쿠, 코쿠요, 산고가 각각 그렇게 대답했다.

나는 지도를 표시해 프레이즈가 현재 어디에 있는지 확인했다. 그리고 품에서 엔데에게 받은 프레파라트를 꺼냈다.

"혹시라도 효과가 없으면 체면을 다 구기는 건데……."

그때는 엔데를 한 방 때려 주자. 나는 손에 힘을 주어 프레파라트를 파직, 하고 부서뜨렸다.

"어라?"

소리가 안 나잖아. 설마 정말로 한 방 먹은 건가?

불안한 마음으로 지도를 확인하니, 프레이즈들이 움직임을 멈추고 가만히 있었다. 그리고 몇 초가 지나자 유론의 모든 프레이즈가 이쪽을 향해 이동하기 시작했다. 아무래도 효과가 있었던 모양이다. 초음파처럼 인간은 들을 수 없는 소리였던 걸까?

프레이즈 중 몇 대인가가 유난히 빠른 속도로 이쪽을 향해 다가왔다. 응?

"검색. 비행형 프레이즈를 노란색으로 표시."

〈알겠습니다. 표시합니다.〉

이쪽을 향해 엄청난 속도로 다가오는 프레이즈가 노란색으로 물들었다. 역시나. 숫자 자체는 그렇게 많지 않네. 20마리 전후인가?

프레임 기어가 날지 못하는 이상, 이 녀석들은 내가 해치울 수밖에 없다. 나는【스토리지】에서 프레이즈의 파편으로 만든 대검(귀찮아서 이것들을 '정검(晶劍)' 이라고 명명한다)을 두 개 꺼내 양손에 쥐었다.

〈코교쿠, 이쪽으로 오는 비행형 프레이즈를 물리치고 올게. 지상에는 제1진이 15분 정도 후에 도착할 거야.〉

〈알겠습니다. 조심해 주세요.〉

나는 백기사에 레인 씨와 함께 타고 있는 코교쿠에게 연락을 해 두었다.

"자, 그럼, 먼저 한번 가 볼까."

나는【플라이】를 사용해 기세 좋게 하늘 위로 날아올라, 단숨에 속도를 높여 비행형 프레이즈가 있는 곳으로 곧장 날아갔다.

전투 시작이다.

"하아앗!"

스쳐지나갈 때 비행형 프레이즈를 핵과 함께 동강 내 버렸다. 그리고 계속해서 날아오는 두 마리째도 같은 방법으로 두 동강.

세 마리, 네 마리, 잇달아 날아오는 프레이즈들을 나는 닥치는 대로 베어 버렸다.

내가 비행형을 상대하는 사이에 아래쪽에서는 프레이즈의 제1진이 흙먼지를 일으키면서 달려서 빠져나갔다. 저것들은 레인 씨 일행에게 맡겨 두는 수밖에 없다. 내 역할은 일단 비행형을 전멸시키는 것이다. 쥐가오리 같은 중급형 비행형이 없는 것은 행운이라 할 수 있었다.

【플라이】로 공중을 날면서, 나를 향해 오는 비행형 프레이즈를 전부 잘라 낸 뒤, 이번에는 하강해 지상에서 움직이는 프레이즈에게 돌격했다. 일단 거대한 중급종은 무시하고, 하급종을 중점적으로 공격했다.

나는 항상 지도를 표시하면서 프레이즈의 움직임을 파악해 두었다. 가장 멀리 있던 무리도 이쪽을 향해 이동하기 시작하는 모습이 보였다. 평소의 이동보다 몇 배는 빠른 속도로 곧장 이쪽을 향해 다가왔다.

"슬슬 A 지점에서 전투가 시작되겠는걸. 얼른 B 지점에 가 봐야겠어."

이대로는 유론의 모든 프레이즈가 레인 씨가 있는 곳으로 가 버린다.

나는【게이트】를 열어 B 지점에서 대기하고 있던 야에 일행에게로 갔다. 그러자 미스미드와 라밋슈의 연합군이 나를 맞이해 주었다.

〈이제부터 이곳으로 프레이즈를 불러들일 거야. 각자 흩어져서 전투에 대비해.〉

〈알겠습니다.〉

코하쿠가 나에게 텔레파시를 보냈다. 아마 야에를 통해 이곳에 있는 모든 사람에게 전해졌겠지. 각 프레임 기어가 무기를 휘둘러도 방해가 되지 않을 정도로 거리를 벌리는 모습을 보면서, 나는 또 품에서 프레파라트를 꺼내 부쉈다.

A 지점으로 향해 가던 프레이즈 중, B 지점에 가까운 무리가 분기해 전체의 반 정도 되는 무리가 이쪽을 향해 왔다. 비행형은 이미 없었기 때문에 대체로 이동 속도가 비슷했다.

"검색. 현재 프레이즈의 수를 표시."

〈알겠습니다. ……검색 종료. 12017마리입니다.〉

표시된 수가 12016, 12015로 점점 줄어들었다. A 지점에서 전투가 시작됐기 때문이다. 그러고 보니 맨 처음에 검색했을 때는 13000마리 정도였었지? 엔데 녀석, 혼자서 천 마리나 해치운 건가…….

나는【플라이】로 날아올라 야에의 기체 어깨에 올라섰다.

"앞으로 몇 분 후면 이곳으로 프레이즈 무리가 올 거야. 잘 부탁해."

〈알겠습니다. 맡겨 두십시오.〉

나는 다시【게이트】를 열어 이번에는 C 지점의 에르제가 있는 곳으로 갔다.

그러자 진홍 기체에 투명한 건틀릿을 장비한 에르제의 프레임 기어와 부탁을 해서 만들어 준 수정 파이프 렌치를 들고 있는 모니카의 주홍색 프레임 기어, 그리고 베이스컬러인 검은색 그대로인 흑기사, 니콜라의 프레임 기어가 나를 맞이해 주었다.

〈A 지점에서는 이미 전투가 시작됐어. B 지점에서도 이제 곧 전투가 시작될 거고. 이곳에 나머지를 불러들일게.〉

〈알겠습니다.〉

〈알겠어용~.〉

산고와 코쿠요의 대답을 들으면서, 나는 세 번째 프레파라트를 깨뜨렸다. B 지점으로 가던 몇 퍼센트 정도의 무리가 이쪽을 향해 방향을 전환하기 시작했다.

"으음~……. 생각보다 별로 분산이 안 됐네."

프레파라트를 깨뜨리는 타이밍이 나빴던 건지, 깔끔하게 3등분은 되지 않았다.

지도를 보고 각각의 지점으로 향하는 비율을 따져 보면, A 지점 50퍼센트, B 지점 30퍼센트, C 지점 20퍼센트 정도였다.

"이대로는 레인 씨 쪽의 부담이 너무 커……."

이쪽으로 오는 프레이즈의 수는 적었다. 그래서 C 지점에서 A 지점으로 몇 기인가를 보내기로 했다.

나는 모니카가 탑승한 흑기사의 어깨에서 큰 소리로 말했다.

"모니카랑 브륀힐드 기사단에서 20기를 A 지점으로 보낼

게. 뒤쪽으로 보낼 거지만, 그쪽은 이미 전투가 시작됐으니 조심하고.”

〈헷, 좀이 쑤셨는데 잘됐네. 괜찮아, 마스터. 어서 보내 줘.〉

【게이트】를 열고 나도 모니카가 탄 프레임 기어나 다른 기체와 함께 A 지점으로 전이했다. 도착한 A 지점에서는 이미 격렬한 전투가 펼쳐지는 중이었다.

프레임 기어가 몰려드는 하급종을 발로 차고, 무기를 휘두르면서 다가오는 중급종을 공격했다. 수가 수인 탓인지 조금 밀리는 감이 있었다.

“가자!”

모니카의 프레임 기어에서 뛰어내려, 다른 프레임 기어를 향해 달려들던 하급종을 베어냈다. 그런 나의 뒤를 잇듯이 전이해 온 증원 부대가 모니카의 프레임 기어를 선두로 돌진하기 시작했다.

〈비켜라!!〉

모니카의 프레임 기어가 파이프 렌치를 내리쳤다. 파이프 렌치는 중기사와 싸우던 중급종의 몸체에 적중했다. 산산조각이 나서 붕괴하는 중급종에서 떨어져 구르는 핵을 모니카가 파킥! 하고 짓밟은 다음 곧장 주변의 하급종들을 힘으로 밀어붙이며 발로 차 버렸다.

나도 자칫 발에 차이지 않도록 프레임 기어와 거리를 두면서 하급종을 해치웠다. 옆에 떠오른 지도의 프레이즈 표시를 보니 10852마리로 줄어 있었다.

B 지점에서도 전투가 시작됐다. 아마 이제 곧 C 지점에서도 시작된다. 그 전에 피라미는 해치워 두는 편이 좋다. 그런 생각을 하는데, 코교쿠에게서 텔레파시가 날아왔다.

〈주인님. 레굴루스 15번기가 대파. 전선에서 이탈합니다.〉

?! 지도 검색을 하여 그 장소로 곧장 가 보았다. 그곳에는 오른쪽 팔이 어깨부터 잘리고, 왼쪽 다리를 파괴당한 중기사가 굴러다녔다. 머리도 반쯤 눌려 찌부러져 있었다.

일단 확인을 위해 가까이 다가가 가슴 부분의 해치를 열었다. 안에는 아무도 없었다. 아무래도 본진으로 전이된 모양이었다.

나는 부서진 프레임 기어를 【스토리지】에 수납했다. 그때 또 텔레파시가 도착했다.

〈마스터! 레굴루스 15번기 전선 복귀 가능합니다!〉

〈조종사의 상태는?〉

〈문제없습니다. 본인도 또 싸울 수 있다고 합니다.〉

〈알았어. 전송진에서 대기하고 있으라고 해.〉

본진의 케르베로스를 통해 도착한 로제타의 목소리를 듣고 나는 가슴을 쓸어내렸다. 아무래도 탑승자는 무사한 듯했다.

나는 【게이트】를 열고 본진의 전송진 위의 중기사를 다시 이쪽 전쟁터로 불러들였다. 나타난 예비 기체인 중기사는 조금 전에 회수한 녀석과 하나부터 열까지 완전히 같았지만, 어깨의 색이 달랐다. 왼쪽 어깨에는 보라색 페인트로 휘갈겨 쓴 것처럼 '15' 라고 적혀 있었고, 오른쪽 어깨에는 마치 누군가가 페인트를 쏟아놓은 것처럼 보라색 페인트가 칠해져 있었다.

상황이 상황이니, 개체를 식별할 수만 있으면 겉으로 어떻게 보이든 별 상관은 없다.

레굴루스 15번기는 나를 보고 작게 고개를 숙인 뒤, 곧장 전선으로 돌아갔다.

이윽고 중급기를 모두 쓰러뜨려 하급종 토벌 작전이 시작되었다. 기본적으로 하급종은 프레임 기어를 인간 사이즈라고 했을 때, 대략 중형견 정도 비율의 크기였다. 프레임 기어가 무기를 휘두를 때마다 수많은 프레이즈가 산산이 조각났다.

〈다음 무리는 약 5분 뒤에 도착해. 그 전에 쉴 수 있는 사람은 쉬도록.〉

〈알겠습니다.〉

나는 레인 씨와 같이 있는 코교쿠에게 그 말을 전달하고, 이번엔【게이트】를 열어 C 지점으로 이동했다.

다른 장소보다 수가 적은 C 지점의 적을 솔선해서 쓰러뜨리고, 그곳의 전력을 다른 지점으로 돌리자는 생각이었다.

C 지점에서도 전투가 이미 시작되었다. 이쪽도 역시 하급종을 발로 차면서, 중급종을 몇 마리인가 프레임 기어로 몰아붙이는 중이었다.

나도 그 혼전에 뛰어들어, 주로 하급종을 잇달아 베어 버렸다. 아무리 쓰러뜨려도 계속 나오네…….

〈주인님. 라밋슈 11호기가 대파되었습니다.〉

머릿속에 코하쿠의 목소리가 울려 퍼졌다. B 지점인가. 바쁘네, 정말! 이제 막 C 지점에 온 참인데.

나는 B 지점으로 날아가 부서진 중기사를 회수하고, 새로 출격하는 신(新) 라밋슈 11호기를 전쟁터로 보냈다.

힐끔, 하고 프레이즈 표시 수를 확인해 보니 9243까지 줄어 있었다. 1만 이하로 준 건가?

이제부터가 진짜 승부처다.

베고, 베고, 또 벴다. 전쟁터의 하늘을 가르고 잇달아 무리 지어 오는 프레이즈를 쓰러뜨렸다.

그 사이에도 대파된 기체를 회수하고, 예비 기체로 갈아탄 사람들을 다시 전쟁터로 보냈다.

다행히 아직 사망자는 나오지 않았지만, 프레이즈에게 일격을 받아 쓰러진 충격으로 뇌진탕을 일으킨 사람이나 콕핏 근처를 공격당해 부상한 사람이 꽤 많이 나왔다.

본진 쪽에서 치료하고 있긴 하지만, 이쪽도 조금씩 수가 줄기 시작했다.

역시 한 사람당 50대를 상대해야 하다 보니 다들 지치기 시작했다. 대파당한 사람도 점점 늘었다.

지도를 확인해 보니 아직도 세 지점으로 향하는 프레이즈가 있었다. 수는 이제 5000이하로 줄었지만, 이쪽도 이것저것 슬슬 한계가 가까웠다.

〈하앗!!〉

에르제의 주먹이 중급종의 몸을 부수고, 튀어나온 핵을 다리로 차 산산조각냈다. 그 옆에서는 리프리스의 기사단장이 창으로(각국의 대장, 부대장에게는 프레이즈의 파편으로 만든 무기를 만들어 주었다) 멋지게 다른 중급종을 핵과 함께 꿰뚫었다.

나는 그 리프리스 대장기의 어깨에 올라가 말을 걸었다.

"죄송합니다. 이곳은 꽤 많이 줄었으니 리프리스 기사단은 B 지점으로 전이시키겠습니다."

〈알겠습니다. 잠시 기다려 주십시오.〉

외부 스피커에서 들려온 목소리가 끊기자마자 주변의 리프리스 기사단의 기체가 이쪽으로 다가왔다.

나는 모두 17기의 프레임 기어를 B 지점의 뒤쪽으로 전이시켰다. 그리고 대장기의 어깨에 올라탄 채 같이 그쪽으로 전이했다.

B 지점에서는 미스미드와 라밋슈, 그리고 브륀힐드 연합군이 프레이즈를 상대로 장렬한 전투를 펼치는 중이었다. 그곳에 리프리스가 추가로 참전했다.

중급종이 쏜 수정 화살을 방패로 막고, 중기사가 힘차게 메이스를 휘둘러 중급종을 때려눕혔다. 한 방으로는 금이 가는 정도였지만, 잇달아 다른 중기사들도 메이스를 상대에게 휘둘렀다. 객관적으로 보면 집단으로 린치를 가하는 것 같았지만, 이 경우에는 어쩔 수가 없다. 방심하면 자신이 당하니까.

그러는 사이에도 하급종 무리가 잇달아 달려들었다. 그런 하급종을 무기로 쳐서 떨어뜨리며, 쓰러진 프레이즈의 핵을 꼼꼼하게 부수는 중기사들.

쓰러뜨리는 방법도 이제는 요령이 생긴 것 같았지만, 그만큼 다들 피로가 쌓인 듯했다. 움직임이 어딘가 모르게 매우 둔해졌다.

“어?”

저편에서 엄청난 속도로 전쟁터를 달려오는 붉은 기체가 보였다. 에르제는 아니다. 에르제가 있는 곳은 C 지점으로, 이곳은 B 지점이다. 그렇다면, 엔데인가?

전투가 시작되면 곧장 모습을 감출 줄 알았는데. 의외로 의리가 강한 걸까?

엔데는 양손에 쥔 쌍검을 휘두르며, 순식간에 잇달아 프레이즈들을 물리쳤다. 그야말로 무쌍 상태다.

가까이 날아가 보니 엔데가 가슴 해치를 열고 고개를 내밀었다.

“여어, 토야. 슬슬 좀 쉬고 싶은데 괜찮을까?”

“조금 더 도와줄 수 없어?”

“응, 조금 사정이 있어서. 시간상 안 될 것 같아. 그 대신에

충고 하나 해 줄게."

장난스럽게 미소를 지으며 엔데가 검지를 세웠다. 충고? 뭐지?

" '상급종' 이 이곳을 기준으로 북서쪽에서 약 5분 후에 출현할 거야. 사람들은 일단 뒤로 물러나 있게 하는 편이 좋아."

"뭐……?!"

상급종?! 프레이즈가?!

"어째서?!"

"아마 이렇게 많은 수가 결계를 빠져나온 탓에, 일시적으로 결계의 구멍이 커진 거겠지. 아마 그곳에서 한 대 정도 빠져나오면 구멍도 원래 크기로 돌아갈 테니, 그 뒤로는 그렇게 걱정하지 않아도 될 거야."

걱정하지 않아도 된다니……! 그럴 리가 없잖아!

"아무튼, 조심해. 그럼 이만 가 볼게."

"앗, 엔데?!"

스으으. 유령이 사라지듯이 눈앞에서 용기사와 함께 엔데가 사라졌다. 역시 엔데는 전이 계열 마법도 사용할 수 있는 건가. 앗, 지금 그런 생각을 할 때가 아니다!

〈코하쿠! 북서쪽에 있는 모두를 모두 대피시켜! 상급종이 5분 후에 출현한다는 모양이야! 서둘러!〉

〈?! 아, 알겠습니다.〉

통신이 전해졌는지 북서쪽에 있던 프레임 기어가 잇달아 퇴각했다. 그 사이에도 주변의 프레이즈를 부수어, 지도의 프레이즈 표시수가 2517마리까지 줄었다. 이제 거의 다 끝나갔는데!

이미 3시간 가까이 싸워서, 모두의 피로도 극에 달해 있었다. 이 상태로 상급종을 상대할 수 있을까?

갑자기 대기를 뒤흔드는 듯한 진동음이 울려 퍼졌다. 찌릿한 공기의 떨림 속에서, 눈앞의 하늘에 금이 가기 시작했다.

하늘, 이라고 하기보다는 공간에 균열이 생긴 것이었다. 균열이 순식간에 크게 벌어지며 일부가 파직 하고 깨졌다. 그리고 그곳에서 거대한 갈고리 모양의 발톱이 나타났다.

꽉 움켜쥐어 부수듯이 파직파직 하늘을 깨고, 거대한 몸이 안쪽의 일그러진 공간에서 이쪽 세계로 모습을 드러냈다.

그 모습을 비유하자면, 악어, 인가? 하지만 악어는 다리가 여섯 개가 아니고, 머리에 저토록 긴 뿔이 나 있지도 않다. 그리고 긴 꼬리 끝에 돌기 같은 것이 나 있지도 않고, 등에 저런 지느러미가 나 있지도 않다.

지금까지의 다른 프레이즈와 마찬가지로 몸체는 수정 같았지만, 하급, 중급종이 심플한 보디라인이었던 것에 반해, 이 상급종은 구조가 복잡했다. 깔쭉깔쭉하고 거친 라인의 수정 몸체 안에서 붉은 핵 세 개가 비쳐 보였다.

한마디로 말해 괴수다. 크기도 보통이 아니었다. 중급종보다도 훨씬 커서, 프레임 기어가 작게 보일 정도였다.

비유가 별로 좋지는 않다고 생각하지만, 저게 실제 악어 크기라고 한다면, 그 옆에 144분의 1 스케일의 프라모델 로봇을 세워 둔 모습과 흡사했다. 딱 그런 비율이었다.

"너무 크잖아…… 어우……."

나는 무심코 꿀꺽 마른침을 삼켰다. 이 녀석을 쓰러뜨려야 한다는 말이야?!

멍하니 있는데, 수정 악어가 쩌억 하고 입을 크게 벌렸다. 그러자 목 안쪽의 한 장소에 빛이 점점 밝게 모여들었다. 큰일이야! 저 빛은 쥐가오리 형태 때와 똑같았다!

〈코하쿠! 저 녀석의 입 앞에 있는 모두를 대피시켜!〉

〈네?〉

내가 그렇게 외쳤지만 안 될 듯했다. 늦었다!

"큭!"

나는 지면에 【게이트】를 열어 강제로 그 위치에 있던 프레임기어 몇 대를 아래로 떨어뜨렸다.

그리고 모두 내가 있는 곳 뒤쪽으로 전이시킨 순간, 굉음이 울려 퍼지며 빛줄기가 악어의 입에서 발사되었다.

쿠가가가가가가가가가가가가가가가가가가가가가가가가가가가가가가가가가!!! 지면을 에어 내며 빛은 일직선으로 저 먼 곳을 향해 사라져 갔다. 정신을 차려 보니 빛이 지나간 위쪽의 모든 것이 사라지고 없었다.

엄청난 위력이야……. 애니메이션에서 본 '하전입자포(荷電粒子砲)' 같았다. 아마 전기를 사용해서 만든 힘은 아니겠지만.

충전에 시간에 걸리는 것은 쥐가오리와 마찬가지인 듯했지만, 위력의 차원이 달랐다. 저런 걸 직격으로 맞았다간 대파 정도가 아니라 흔적도 남지 않고 소멸한다.

————이게, 상급종.

【스토리지】 안에서 리시버를 꺼내 공용 채널로 맞췄다. 다른 나라의 왕이 명령을 하면 감정이 상할 수도 있다는 생각이 들어, 세세한 지시는 각국의 대장에게 맡겼지만, 지금은 상황이 상황이다. 다행히 이쪽에 있는 프레임 기어는 통신이 닿는 범위라 괜찮을 듯했다.

〈브륀힐드 공왕이 모든 조종사에게 고한다! 상급종 프레이즈 앞쪽에는 서지 마라! 예비 동작이 있으니 언제 발사할지는 예측할 수 있지만, 고개를 돌리면 넓은 지역이 모두 말려들 우려가 있다! 항상 바로 옆이나 등 뒤에 있어라!〉

사사삭, 하고 정면 근처에 있던 프레임 기어들이 크게 움직여 상급종의 바로 옆으로 돌아갔다.

악어형 프레이즈는 그것을 예측했다는 듯 몸을 돌리더니,

채찍처럼 붕붕거리는 소리를 내면서 중기사 한 대를 향해 꼬리를 휘둘렀다.
파키긱! 하는 소리를 내며 중기사가 멀리 날아갔다. 그리고 지면에 크게 구르며 부품이 산산조각이 났다.
〈본진! 지금 내 목소리 들려?! 그쪽에 방금 전이된 사람 있어?!〉
〈토야 오빠. 유미나예요. 지금 전이된 분은 중상이지만 간신히 살아 계세요. 플로라 씨가 치료하고 있으니 걱정 안 하셔도 될 것 같아요.〉
케르베로스를 통해 유미나가 텔레파시로 연락해 와 나는 가슴을 쓸어내렸다. 아무래도 즉사하지는 않은 모양이었다.
위협을 하듯, 악어 녀석은 꼬리를 좌우로 흔들면서 이쪽으로 다가왔다. 움직이는 속도는 그다지 빠르지 않았다.
이 정도라면 피하는 것은 그다지 어렵지 않겠다고 생각한 순간, 꼬리의 끝에 있던 스파이크 형태의 돌기물이 마치 미사일처럼 발사되었다.
일단 하늘 높이 올라간 돌기 하나하나가 일순 폭발하는가 싶더니, 갑자기 무수히 많은 수정 화살이 비처럼 지상으로 쏟아지기 시작했다.
"【실드】!"
눈에 보이지 않는 방패가 내 주변을 방어해 수정 화실의 비를 튕겨 냈다. 다른 사람들도 방패로 간신히 수정 화살을 막았다.

"제발 적당히 좀 해……! 클러스터 폭탄도 아니고……!"

클러스터 폭탄이란 '집속탄' 이라고도 한다. 모폭탄(母爆彈) 안에 많은 자폭탄(子爆彈)이 가득 들어 있어, 넓은 범위를 단숨에 공격할 수 있는 폭탄이다.

권총이나 화살처럼 공격 범위가 '점' 이 아니고, 기관총처럼 궤도를 그리며 공격하는 '선' 도 아니다. 공격 범위가 '면(面)' 이다. 넓은 범위에 공격할 수 있기 때문이 이것처럼 성가신 것도 없다.

게다가 지금 조금 전의 그 돌기물이 꼬리에서 이미 재생되기 시작했다.

저 꼬리는 너무 성가셨다. 일단 저것부터 잘라 낼까?

아니, 이 녀석도 프레이즈인 이상, 잘라 내도 틀림없이 곧장 재생된다.

생각하는 사이에 악어형 상급종이 쿠웅, 쿠웅, 하고 움직이기 시작했다.

"【슬립】!"

너무 커서 다리가 있는 여섯 군데만 마찰 저항력을 급격하게 낮췄다. 악어가 호들갑스럽게 옆으로 쓰러져 성공인가 했는데, 프레이즈는 꼬리를 마구 휘둘러 또다시 수정 화살을 비처럼 떨어뜨렸다.

"큭! 역효과인가?!"

프레이즈는 화살 비를 막는 우리를 시야에 포착하더니(프레이즈에게 눈은 없지만), 몸을 일으킨 뒤, 또다시 입을 쩍하고 벌려 빛을 모으기 시작했다.

큰일이야!

〈모두 흩어져! 대피하라!!〉

내 말을 들을 필요도 없이, 필사적으로 빛이 뻗어가는 곳 밖으로 피하는 중기사들.

다시 굉음과 빛줄기가 우리의 눈앞을 꿰뚫었다. 끝없이 직선으로 땅을 깎아 낸 빛이 멀찍이 있는 산을 사라지게 하였다. 대체 위력이 어느 정도인지 감도 잡히지 않았다. 이쪽에 피해자는 없었다. 없었지만…….

대체 어떻게 쓰러뜨리지……? 프레이즈이니까, 저 핵 세 개를 파괴하면 이기겠지만, 어떻게…….

너무나도 거대해서 핵까지 무기가 닿지 않았다. 몸이 너무 두꺼웠다. 칼날의 길이가 50미터 정도 되는 정검(晶劍)을 만들면 닿긴 할 것 같지만…….

재료는 주변에 가득하다. 하지만 시간이 없었다. 그런 것을 【모델링】으로 만들려고 하면 한 시간 가까이 걸린다. 게다가 그런 걸 어떻게 휘두르지?

미스릴 골렘 때처럼 【게이트】로 상공에 내던져도 대미지가 전혀 없을 듯했다……. 아니, 설사 부서진다고 해도 또 재생한다.

악어형 프레이즈가 꼬리를 옆으로 휘둘러 귀찮다는 듯이 우리를 공격했다. 그 공격을 피하지 못하고 몇 대인가 중기사가 멀찍이 날아가 버렸다.

그리고 또 비처럼 쏟아지는 수정 화살. 단순한 공격이긴 했지만 이건 상당히 타격이 심했다. 아무리 방패로 방어해도 어깨나 다리에 작게 손상을 입었다. 이 상태로 조금 전 같은 공격을 받으면, 움직임이 둔해져 빠르게 피할 수가 없다.

"이렇게 있어 봐야 계속 밀릴 뿐이야……. 단숨에 공격이다!"

나는 양손에 각각 정검을 쥐고, 공중을 달려 악어의 옆쪽에 도착했다. 흐릿하게 빛나는 1미터 정도의 핵이 몸속 깊숙한 곳에서 비쳐 보였다.

"에에잇!"

좌우의 정검을 교차시키듯 연속으로 깎아 냈지만, 도저히 핵까지는 대미지를 줄 수 없을 듯했다. 이 녀석이 진짜 악어라면 아마 조금 큰 등에가 자신을 찌른 수준의 느낌이겠지.

갑자기 프레이즈의 등지느러미에서 부웅 하고 떨리는 듯한 소리가 나더니, 다음 순간 나는 공중으로 화악 날아가 버렸다.

"아니……!"

나는 공중에서 빙글빙글 회전하며 간신히 자세를 바로잡았다. 부딪친 곳은 없었기 때문에 대미지도 없었지만……. 뭐지, 방금 그건?!

저 등지느러미로 충격파 같은 것을 발산할 수 있는 건가?

그때 또 수정 비가 쏟아졌다. 이제 다른 사람들이 들고 있는 방패도 한계다. 그나마 다행인 것은 이 공격이 적과 아군을 구별하지 않는 무차별적인 공격이라는 점이었다.

몇 번인가 반복되는 공격으로 이곳에 있던 프레이즈가 거의 대부분 쓰러졌다.

이 녀석은 따지자면 섬멸형 프레이즈다. 이대로 가다간 전멸할 가능성도 있다. 어떻게든 해야 하는데…….

비처럼 쏟아지는 이 수정 화살은 정말 성가시다. 마치 유성우 같은………. 잠깐…….

나는 주변을 대충 돌아보았다. 부서진 프레이즈의 파편이 산더미처럼 주변을 가득 채웠다. 가능할까?

〈각 프레임 기어에게 전달. 3분 정도 시간을 벌어 주세요. 억지로 공격할 필요는 없습니다. 그냥 시선만 끌어 주면 충분합니다.〉

내 통신이 들렸는지, 각국의 중기사들이 악어형 프레이즈의 관심을 나에게서 멀어지게 하려고 움직이기 시작했다.

좋아, 지금이다. 나는 넓은 지역에 퍼져 있는 프레이즈의 파편에 【멀티플】로 타깃을 지정한 뒤, 【트랜스퍼】로 마력을 담아 강화했다. 저 상급종보다도 단단하고, 튼튼하게.

〈각 프레임 기어는 모두 흩어지세요! 상급종에게서 최대한 거리를 벌려야 합니다!〉

모두가 상급종에게서 멀어진 모습을 확인한 뒤, 나는 【게이트】를 열어 넓은 지역에 흩어져 있던 프레이즈의 파편을 악어형 프레이즈의 공중으로 전이시켰다. 높이는 수백 미터다. 너무 높으면 목표를 맞출 수 없다.

"먹어라. 【미티어레인(유성우)】."

나는 공중으로 전이된 프레이즈의 파편에 【그라비티】로 무게를 더했다. 그 무게는 수만 배에 달한 상황.

반짝이며 떨어지는 파편의 비가 잇달아 악어의 거대한 몸에 쐐기를 박았다.

거체의 수많은 부분에 균열을 만들면서 그 안으로 박혀 들어가는 무수히 많은 파편. 게다가 그곳에 마력을 더해 【그라비티】로 무게까지 증가시켰다.

키기기기기기기기기기기기기기기기기기기기기기! 마치 칠판을 긁는 듯한 소리를 내면서 악어의 거대한 몸이 지면에 박혔다.

파직, 파직, 하고 거대한 몸의 이런저런 부분에서 균열이 퍼지는 소리가 들려왔다. 꽤 많은 마력을 쏟았지만, 아직도 부족한가. 나는 더욱 파편에 무게를 더했다.

하나의 균열이 다른 균열로 전달되었고, 그게 더욱 균열을 크게 만들어 잇달아 연쇄작용이 일어났다.

악어형 프레이즈는 입을 벌리고 그 광선탄을 쏘려고 했지만, 입이 있는 곳에 파편이 꽂혀 벌릴 수가 없었다. 킥, 키긱, 하고 삐걱거리는 듯한 소리가 들렸다.

"부서져라."

나는 결정타를 날리기 위해 마력을 더욱 쏟아부어 파편 쐐기가 더 깊이 박히게 했다. 결국 더 이상 버티지 못하고 악어의 몸이 크게 산산조각이 났다.

〈지금이에요! 재생되기 전에 핵을 부수세요! 세 개 전부!〉

부서진 거대한 몸에서 굴러 나온 핵에 모두가 달려들어 손에 든 무기로 공격하기 시작했다.

순식간에 커다란 핵에 균열이 갔고, 싱겁게 부서져 버렸다. 남은 두 개도 마찬가지로 부수자, 상급종은 더는 그 큰 몸을 유지할 수 없어 후드드득 무너져 내렸다. 이윽고 악어는 거대한 수정의 잔해로 변해 버렸다.

우오오오오오오오오오오오오오오오오!!! 미스미드와 라밋슈, 그리고 리프리스와 브륀힐드의 모든 사람이 무기를 머리 위로 올리며 승리의 함성을 외쳤다.

아직 프레이즈가 조금 남아 있긴 했지만 이 B 지점의 소탕은 거의 완료되었다고 할 수 있었다.

간신히 성공인가. 마력을 상당히 많이 쓰긴 했지만.

지금까지 중에 가장 많이 소비한 거 아닐까? 이번엔 저런 상급종에 대한 대책도 생각해 둬야겠어.

'이곳은 브륀힐드 기사단에게 소탕을 맡기고, 미스미드와 라밋슈, 리프리스는 A 지점으로 이동합니다. 각자 전이 준비. 이걸로 단숨에 끝냅시다!〉

〈오오!!〉

B 지점에 있던 프레임 기어를 대부분 A 지점으로 보냈다. C

지점 쪽도 거의 해치운 상태다. 프레이즈 표시수를 보니 478마리까지 줄어든 상태였다. 아무래도 이제는 소탕전에 들어가면 그만인 듯했다.

고비는 넘겼다. 아마도. 간신히 격퇴에는 성공했다. 하지만 유론을 구했는가 하면, 가슴을 펴고 그렇게 말할 수는 없었다.

그 상급종이 발사한 광선탄에 말려든 사람이 있을지도 모르기 때문이다.

"생각해 봐야 소용없는 일인가."

조금 나른한 몸을 일으킨 뒤, 나는【스토리지】를 열어 부서진 상급종의 파편을 저장했다.

〈야에, 노른 씨, 이쪽은 맡길게요. 저는 A 지점으로 가겠습니다.〉

〈알겠습니다.〉

〈옛서.〉

A 지점으로 돌아가기 전에 본진으로 전이했다. 갑자기 나타난 나를 보고 린제가 달려왔다.

"토야 씨, 괜찮으신가요?!"

"응, 일단은. 굉장히 피곤하긴 하지만."

육체적으로도 정신적으로도 꽤 많이 지쳤다. 이렇게 연속으로 전투한 적도 없고, 마법을 마구 쓴 적도 없었으니까.

루가 가지고 온 의자에 털썩 걸터앉았다. 아……….. 긴장을 풀면 이대로 하얀 재가 될 것 같아.

〈토야? 들려?〉

〈에르제?! 무슨 일 있어?!〉

나는 번쩍 고개를 들었다. 설마 상급종이 또 출현한 건 아니겠지?!

〈일단 이쪽은 보이는 프레이즈를 다 소탕한 것 같은데…… 아직 근처에 더 남았는지 확인해 줄래?〉

〈어? 응, 잠깐만.〉

지도를 검색해 보니 C 지점의 프레이즈는 깔끔하게 사라지고 없었다. 이제는 A 지점과 B 지점에 조금 남아 있을 뿐이었다. 수도 274마리까지 줄었다.

〈괜찮아. 이제 그쪽에는 없어. 본진으로 귀환시킬 테니, 모두에게 전해 줘.〉

〈알았어.〉

나는 C 지점에 있던 모두를 본진으로 복귀시켰다. 그러는 사이에 B 지점도 모두 프레이즈를 물리쳐, 이제는 A 지점에 프레이즈가 남아 있는 정도였다. 프레이즈 표시수도 점점 줄어갔다.

이윽고 표시수가 제로가 되었을 때, 영상판 앞에 앉아 있던 모두가 일제히 환호성을 질렀다.

본진에서는 나라와 관계없이 모두 손뼉을 치고 승리의 함성을 외치며 기뻐했다. 혹시나 해서 한 번 더 검색했는데, 프레이즈는 표시되지 않았다.

〈모두에게 전달합니다. 작전 완료. 프레이즈가 전멸되었습니다. 지금부터 모두를 본진으로 귀환시키겠습니다. 수고하셨어요.〉

잇달아 본진에 나타난 프레임 기어에서 내린 조종사들은 서로 껴안으며 기쁨을 만끽했다.

개중에는 가슴 해치에서 뛰어내려 다친 사람도 있었다는 듯했지만.

"피곤해……."

정신없이 잠들고 싶었지만, 아직 사후 처리가 남아 있었다.

일단 쓰러뜨린 프레이즈의 회수. 그리고 본진에 있는 사람들을 각국으로 돌려보내기. 프레임 기어의 전이……. 이런 것들은 내가 아니면 할 수 없는 일이니까.

그 외에 또 뭐가 있었던가? 아, 유론의 천제는 무사한가?

별생각 없이 지도를 검색해 봤는데, 수도 셴하이가 표시되지 않았다. 어? 이상하네. 분명히 이 근처였을 텐……데…….

나는 한 가지 사실이 번뜩 떠올라, 지도에 B 지점에서 발사된 상급종의 광선탄이 어느 쪽을 향했는지 확인해 보았다. 역시 두 발째 광선탄의 궤도와 조금 전까지 셴하이가 있었던 장소가 일치했다.

천제국 유론의 수도, 셴하이는 이날을 경계로 지상에서 사라졌다.

◇ ◇ ◇

그 일이 있은 지 며칠이 지났다. 전체적으로 이번에 입은 피해는 대파된 프레임 기어가 36기, 경상자가 24명, 중상자가 4명, 사망자가 0명.

아군의 사망자가 나오지 않아 다행이긴 했지만, 여러모로 생각해 볼 점이 많은 결과였다.

유론의 수도는 괴멸, 수많은 도시와 마을이 지도에서 사라졌다. 조금 더 효과적으로 움직였다면 어떻게든 피해를 막을 수 있지 않았을까?

"이제 유론은 어떻게 되는 걸까요?"

"글쎄. 우리는 더 이상 간섭할 필요가 없겠지. 원래 아무런 관계도 없었으니 말이야."

회의실에 앉은 서방 동맹 중, 미스미드 국왕이 내 질문에 흥미 없다는 듯이 대답했다.

"하지만 이제부터 유론을 둘러싸고 다른 나라끼리 분쟁이 시작되는 게 아닐까요? 안 그래도 프레이즈에게 공격을 받아 유론 사람들이 피해를 보았는데, 전쟁까지 시작되면……."

"하노크는 유론과는 거리를 두고 있으니, 그럴 걱정은 없네. 마왕국 제노아스도 다른 나라에는 간섭하지 않는 원칙을 지키고 있으니 괜찮을 테고 말이야. 이셴은 곧 내전이 일어날 분위기이고, 호른 왕국은 무력 침공을 좋아하지 않는 나라라고 하더군."
"그렇다면 펠젠, 노키아, 로드메어가 움직일지 말지 여부인데……."
라밋슈 교황의 말을 듣고 벨파스트 국왕와 레굴루스 황제 두 사람이 그렇게 대답하며 생각에 빠졌다.
"아마도 세 나라 모두 당분간은 상황을 지켜보겠지. 생각해 보게. 수수께끼의 존재가 그 엄청난 타격을 주었는데, 과연 그곳을 통치하려고 할까? 그런 일이 자신의 나라에서 일어났을지도 모른다고 생각하니, 등골이 오싹해."
확실히 리프리스 황왕의 말대로일지도 모른다. 그리고 당연히 또 똑같은 일이 벌어질지도 모른다고 생각할 게 분명하다.
"그럼 유론은 지금 통치자가 없는 상태인가요?"
"아니, 그게 말이지. 천제에게는 세 아들이 있었는데, 그중 한 명은 셴하이에 있어 천제와 운명을 같이했네. 그리고 또 한 명은 다른 도시에 있었지만, 역시 프레이즈의 습격으로 죽었지. 하지만 한 명은 운 좋게도 살아남아 새로운 천제가 되겠다고 나섰다고 하더군."
벨파스트 국왕이 리니에 국왕에게 유론의 현 상황을 알려 주었다. 새 천제가 등장한 건가. 그럼 유론도 재건될 수 있을지 모른다.
그렇게 생각했을 때, 벨파스트 국왕이 불쾌한 듯한 표정을 지었다.

"그런데, 그 새 천제가 이번 유론 괴멸은 모두 브륀힐드 공왕, 즉, 토야가 한 짓이라고 떠벌리고 다니는 모양이야."

"네에?!"

대체 어떻게 하면 그런 결론이 날 수 있지?! 이유를 알 수 없는 트집에, 나는 황당해서 벌어진 입을 다물 수 없었다.

"듣자 하니, 소환술로 프레이즈를 불러낸 토야가 셴하이와 마을을 습격했다고 주장하는 듯하더군. 전선이 된 요새를 하노크 측 국경에 세운 것이 증거라고 하면서 말이야. 게다가 토야가 프레이즈를 불러낸 모습을 봤다는 자도 있다는 모양이네. 유론 국민을 대량으로 학살하고, 그 시체를 제물로 바쳐 대규모 소환술을 사용하는 것을 봤다는 자가 말이지. 목숨을 겨우 부지해 도망한 자의 증언이라더군."

그, 그게 뭐야?! 너무 날조가 심하잖아!! 어디 가십 기사도 아니고, 어디서 그런 소문이 퍼진 거지? 내가 프레이즈를 불러내는 모습을 봤다는 녀석은 또 누구야?!

"꽤 자세히 아시네요?"

"실은 그쪽이 말이지, 서간을 보내 왔거든. 이번 일은 모두 토야의 자작극이며, 자신들은 피해자다. 토야가 자국군의 군사력을 과시하여 서방 동맹의 주도권을 잡기 위해 저지른 일이다. 그렇게 주장하지 뭔가."

"브륀힐드가 그런 엄청난 군사력을 보유하고 있어서는 위험하다. 군사력을 빼앗아 대국인 벨파스트, 레굴루스, 그리고 유론이 관리하는 것이 가장 좋다. 그렇게 적혀 있었지."

벨파스트 국왕에 이어 레굴루스 황제가 그렇게 말했다. 그쪽에도 보냈어요?!

"그, 그래서 뭐라고 답을 보내셨죠?"

"답이고 뭐고. 만약 그게 정말이면 당해 낼 수 있을 리가 없지 않은가. 유론의 수도를 사라지게 할 정도의 상대에게 과연 대항할 수 있을까? 그러니 브륀힐드에 얌전히 항복하겠다고 보냈지."

"짐은 그것이 사실이라면 정말 중대한 사태다. 이 서간을 브륀힐드 공왕에게 보여 주어 진의를 확인하겠다. 공왕은 성격이 급해 무언가 잘못이 있으면 귀국에 바로 항의를 할지도 모르나, 진실을 밝히는 것은 대국의 임무. 모두 맡겨 두게, 라고 했다."

둘 다 너무해. 전부 이쪽에 떠넘기는 것 같은 태도는 대체 뭐야?! 물론 상대하는 것도 바보 같다는 점은 공감하지만.

그런데 뭐냐……. 이렇게 되고 보니 유론 같은 거야 어떻게 되든 알 바 아니라는 생각이 드네…….

아니아니, 그곳에 사는 사람들은 아무런 죄도 없잖아. 유론의 일부 지배층이 터무니없는 사람들이라고 해서, 모두가 그런 것은 아니다……. 틀림없이. 응.

"일단 유론은 그냥 내버려 둬도 되지 않을까요? 나라가 그렇게 됐으니 이쪽에 뭔가 수작을 부릴 여유도 없을 테고요. 게다가 우리는 유론과 국경을 맞대고 있는 것도 아니니까요."

리니에 국왕의 말도 맞다. 이미 유론에는 이전 같은 국력도 군사력도 없다. 하노크를 습격할 우려도 없었기 때문에, 국경에 있는 그 요새는 곧 하노크에 반환할 예정이다.

유론은 그냥 방치. 결정. 어떤 간섭도 하지 않고, 최소한의 교류만 하기로 했다.

새 천제의 행동 탓에 서방 제국은 유론을 신뢰할 수 없게 되었다. 제대로 된 충신이 있었다면 그런 짓을 못 하게 말렸을 텐데 말이야. 뭐지? 콩 심은 데 콩 나고, 팥 심은 데 팥 난다는 말이 떠오르는데…….

아무튼 새 천제는 2주 후에 암살되었다. 유론 국내에서 유력 귀족들의 패권 다툼이 일어난 듯했다. 여기저기에서 자신이야말로 진정한 천제라고 주장하는 사람이 나타났다.

그런 재난을 피해 많은 유론 국민이 다른 나라로 흘러들어 유랑민이 되었다고 한다.

참고로 유론에서는 새 천제를 암살한 사람으로 내가 지목되었다는 모양이었다. 아아, 싫다, 싫어, 그 나라.

"그래서 어떻게 했는가?"

"아무 짓도 안 했어. 그냥 그러고 싶으면 그러라고 하면 되지 뭐. 상대하면 할수록 손해니까."

"우~ 토야라면 유론 따위, 진짜 아주, 아주아주 쉽게 물리칠 수 있을 텐데."

스우가 의자에 앉은 내 무릎 위에 앉아 뚱한 표정을 지었다. 아무리 그래도 말이야~.

모처럼 놀러 와서 상대해 주고 있는데, 스우는 유론 이야기를 듣더니 나보다도 더 화를 내기 시작했다.

"토야는 원래 유론을 도와준 게 아닌가? 그게 왜 비난을 받아야 하냔 말이다. 조사도 잘 해 보지 않고 자기들 편한 대로만 말하다니. 속이 텅 빈 종이호랑이 주제에, 목소리만 참 크구먼!"

"더는 귀찮은 일을 늘리고 싶지 않으니까, 그냥 내버려 두는 게 제일이야."

"그게 무슨 말인가. 화를 낼 때는 내야지. 이쪽이 진심으로 화났다고 알리지 않으면 계속 얕보고 말걸세. '타협' 을 해 봐야 서로에게 좋을 게 없어. 따끔한 맛을 봐도 눈을 뜨지 못하는 어리석은 자도 있는 법이니까."

말이 제법 매서운걸. 이건 그건가? 아버지인 오르트린데 공작이 외교관이라서?

"그럼 어떻게 해야 하는데?"

"그 유론의 새 천제라고 하는 자를 붙잡아 무작정 한 대 때리고 설교를 해 줘야 하네. 부끄러운 짓은 그만해라! 하고 말이야."

네네, 외교 실패~ 뭡니까, 그 골목대장 같은 해결법은.

물론 나를 위해 화내는 거니 고맙긴 하지만. 나는 또 귀엽게 발끈하는 스우의 머리를 쓰다듬어 주었다.

"고마워. 하지만 정말로 괜찮아."

"……토야는 너무 착해서 탈이구먼. 물론 그게 좋은 점이다만……. 걱정하는 사람 입장도 좀 돼 보게."

스우가 나를 돌아보더니 꼬옥 껴안았다. 그게 참 기뻐서 나도 스우를 꼭 안아 주었다.

문득 고개를 들어 보니 방문을 살짝 열고 티 세트를 든 셰스카가 고개를 빼꼼 내밀고 있었다.

"…………차를 가져왔습니다, 로리타 마스터."

"거기, 메이드. 나랑 얘기 좀 할까?"

아냐. 절대 아냐. 지금 스우를 안은 건 가족 같은 느낌으로, 그런 게 아냐. 적어도 지금은 아직.

"이제 와서 숨길 것도 없는데 말이죠. 마스터의 성적 취향은 이 셰스카가 모두 파악하고 있답니다. 신경 쓰지 마시고, 마음껏 즐기세요."

"잠깐 여기 앉아 보래도. 설교해 줘야겠어."

"조교라면 기쁘게 받을게요."

"됐으니까, 얼른 와!"

나는 그 뒤로 약 한 시간 동안 에로 메이드에게 설교를 퍼부었다. 하지만 설교를 하는데 얼굴을 붉히며 '더 매도해 주세

요.' 라고 말해서, 오싹해진 나는 중간에 그만두었다. '매도 플레이……' 라니, 이해 안 되는 말을 다 한다니까.

셰스카를 두고 성 밖으로 나갔다. 오늘은 스우에게 약혼반지를 선물했는데, 그에 더해서 바빌론도 보여 줄 생각이었다. 계속 스우만 빼놓는 것도 가여우니까 말이야. 일단 절대 말하지 말라고 다짐은 받아 두었다.

【게이트】를 통과해 바빌론에 도착하자, 그곳의 풍경을 보고 스우가 눈을 크게 뜨며 감탄했다.

"굉장해! 굉장해, 정말, 너무 굉장해! 하늘의 성이야! 천공의 성은 정말로 있었구먼!"

사실 그 성은 아니야. 여긴 멸망의 주문은 없거든. 바빌론에 솟아 있는 '성벽' 의 성을 보고, 스우는 더욱 흥분했다.

"어서 오세요, 마스터."

"다녀왔어, 리오라. 노엘은?"

"낮잠을 자는 중이에요."

또? '탑' 의 관리자는 틈만 나면 잔다. 밥 먹을 때 외에는 항상 자고 있다고 해도 과언이 아니다.

"토야, 이 사람은?"

"이 '성벽' 의 관리자, 프레리오라야. 아래에는 거의 안 내려오니, 스우하고는 처음 만났겠구나."

"프레리오라라고 합니다. 리오라, 라고 불러 주세요."

핀스트라이프 점퍼스커트의 옷자락을 잡고 정숙하게 인사

하는 리오라. 이런 점은 딱 바빌론 자매의 장녀답다.

"리오라. 전의 그 시스템 이야기인데."

"네. 로제타와도 이야기해 봤는데, 아마 실용화할 수 있을 거라 생각해요. 하지만 설마 '새틀라이트 오브' 기술을 프레임 기어에 적용할 수 있을 거라고는 생각도 못 했어요."

바빌론 방어 시스템의 하나, '새틀라이트 오브'. 그것은 습격해 오는 적을 공중을 나는 오레이칼코스제 구체(球體)가 요격하는 자동 방어 시스템이다.

나는 그것을 개량하여 프레임 기어에 탑재할 생각이었다. 즉, 원격 조작이 가능한 다수 공격 시스템을 만들 생각이다. 물론 아이디어는 로봇 애니메이션에서 얻었다.

공중을 나는 물체는 구체가 아니라 검 같은 형태로 만들고, 재료는 프레이즈의 파편(성가시니 이후로는 '정재(晶材)' 라고 부르겠다.)을 사용할 생각이었다. 그 정도의 크기라면 '공방' 에서 복제하는 것도 가능하다.

문제는 어느 정도 마법에 재능이 없으면 조작할 수 없다는 점이다. 마력량에 따라 활동 시간이 제한되기도 하니까. 모든 사람이 사용할 수 있는 무기는 아니지만, 장거리 공격이 가능하다는 점은 큰 장점이다.

이 무기를 임시로 '프라가라흐' 라고 불렀는데, 어느새인가 그걸로 굳어져 버렸다. 물론 좋다. 어차피 이쪽 세계 사람들은 유래를 모르니까.

현존 기체의 제어 시스템으로는 일단 잘해야 네 개를 동시에 전개하는 게 고작인 듯했다.

역시 '창고' 에 있는 신형 설계도가 필요할 듯하다……. 으으음.

제2장 기사 공주의 첫사랑

프레이즈의 대습격이 있은 지 한 달이 지났지만, 특별히 주목할 만한 정보가 들어오진 않았다.

길드 마스터인 레리샤 씨가 와서 유론에서 일어난 일에 대한 설명을 요구한 정도일까. 길드의 지점은 유론에도 있었기 때문에, 꽤 타격을 입은 모양이었다.

아직도 유론에서는 내전(이라고 하기도 힘들 만큼 사소한 다툼이었지만)이 계속되었다. 각 지역의 유력 귀족이 자신이야말로 진정한 천제라고 하며 나섰다가 공격당해 물러가고, 또 누가 나서면 공격당해 물러나고의 반복이었다.

이미 유론은 하나의 대국이라기보다는 몇 개인가의 도시 국가가 존재하는 '유론 지방'에 가까워지고 있었다. 어쩌면 그 중 몇몇은 동맹을 맺어 로드메어 같은 연방국이 될지도 모르지만, 그렇게 되기까지는 아직 좀 더 시간이 걸릴 듯했다.

"권불십년 화무십일홍……인가."

"뭐야? 그건?"

"한 번 성하면 반드시 쇠퇴한다. 열흘 붉은 꽃이 없는 것처럼 부귀영화는 오래가지 못한다는 의미야."

혼잣말을 듣고 고개를 갸웃한 모니카에게 나는 현대어로 설명해 주었다. 물론 유론은 나라치고는 오래간 편이지만.

유론이 황폐됐다는 소식은 금방 다른 나라로 퍼졌다. 그리고 그 원인은 수수께끼의 마물이 날뛰었기 때문이라고 알려졌다.

사실 내 탓이라고 부르짖은 사람들은 유론의 일부 귀족뿐으로, 길드는 발표를 통해 '미지의 마물 출현', '프레이즈라고 명명', '고대 문명 붕괴의 원인인가' 라는 정확한 정보를 모험자들에게 조금씩 흘렸다.

또 길드는 프레이즈의 특성과 약점도 공개했다. 덕분에 실력이 좋은 모험자 파티라면 하급종 정도는 충분히 상대할 수 있을 듯했다.

또 어느 나라에서 출현할지 알 수 없으니까. 이런 대책도 필요하다.

엔데의 말을 믿는다면 한동안 대규모 출현은 없을 테지만…….

"그래, '프라가라흐' 는 역시 네 개가 한계야?"

"그러, 네요. 그 이상 탑재하면 아마 본체 자체가 움직이지 않을 테니까요."

전쟁터에서는 역시 그래선 안 된다. 표적이 될 뿐이니까. 이건 조종사의 마력량이 문제가 아니라, 순수하게 구식 프레임 기어의 한계인 듯했다.

프라가라흐 네 개를 등에 X 자 형태로 짊어진 나이트 바론(흑기사)에서 로제타가 내렸다.

프라가라흐는 그 자체가 정검이기도 했기 때문에, 그냥 손에 들고 무기로 사용할 수도 있었다.

마력을 대량으로 소비하는 프라가라흐 공격은 마구 연속적으로 사용할 수 없었다. 【트랜스퍼】로 내 마력을 저장해 두면 어떤가 제안했지만, 조종사의 마력과 싱크로하여 조종하는 것이라, 그렇게 하면 나 이외에는 조종할 수 없는 도구가 되어 버린다는 모양이었다.

이 무기도 해결할 문제가 많구나…….

〈주인님, 드릴 말씀이 있습니다.〉

〈응? 코하쿠야? 무슨 일인데?〉

왕성에 있는 코하쿠가 텔레파시로 말을 걸었다.

〈주인님을 만나고 싶다며 다른 나라에서 사절이 왔다고 합니다.〉

〈다른 나라에서 사절? ……유론이면 그냥 내쫓아.〉

〈아니요. 레스티아 기사 왕국이라는 나라라고 합니다.〉

레스티아 기사 왕국이라면……. 거긴가. 프레이즈에게 습격당할 때 내가 도와줬던 힐데가르드 공주의 나라.

그러고 보니 도와줬을 때, 정검을 줬더니 아주 기뻐하면서 보답을 하고 싶다고 했었지? 그래서 온 건가?

일단 기다리게 하는 것도 그래서 【게이트】를 통과해 왕실의 알현실로 이동해 보니 그곳에는 아무도 없었다. 응?

"아, 폐하. 이쪽입니다."

오도카니 서 있자, 메이드장인 라피스 씨가 손짓하며 나를 불렀다.

"레스티아에서 사절이 온 거 아니었나요?"

"그게……. 폐하가 안 계시니 조금 기다려 달라고 했는데, 기사단의 훈련을 보고 싶다고 하셔서……."

에구구. 역시 기사 왕국의 사절인가. 다른 나라의 기사들도 신경이 쓰이는 모양이다. 물론 본다고 해서 곤란할 건 없지만.

훈련장에 가 보니 로건 씨와 여성 기사 한 명이 모조검으로 대결을 하는 중이었다. 아니, 잠깐만…… 저 사람은 힐데가르드 공주잖아! 뭐 하는 거야?!

"하아아아아앗!"

날카로운 기합과 함께 뻗어 나간 공주기사의 일격이 로건 씨의 검을 하늘 높이 튕겨 냈다. 오오, 대단해.

"거기까지!"

훈련장에 니콜라 씨의 목소리가 울려 퍼졌다. 주변에 모인 사람들이 와앗, 하고 환성을 질렀다. 우리 기사단에 섞여 몇 명인가 레스티아의 기사들도 보였다.

"가, 감사합니다, 공주님."

"저야말로요."

두 사람은 인사를 하고 시합을 끝냈다. 내 모습을 눈치챘는지 공주는 잔달음으로 달려왔다. 긴 금발이 하늘거리며 바람에 흔들렸다. 여전히 갑옷 차림이기는 하지만 미소가 예뻤다. 야에랑 같은 나이랬지?

"폐, 폐하! 오랜만입니다!"

"아, 예. 오랜만이네요. 그런데 왜 힐데가르드 공주님이 여기에 계세요?"

무심결에 인사하고 말았지만, 그런 것보다 왜 이곳에 힐데가르드 공주가 있는지가 더 궁금했다.

"그때의 인사를 하고 싶기도 하고, 여쭙고 싶은 것도 있었기 때문에……. 하지만 저는 따라왔을 뿐입니다."

"따라오다니……. 누굴요?"

"나다."

레스티아 기사의 뒤에서 노인 한 명이 앞으로 나왔다. 일흔 살 정도일까? 길고 흰 수염을 기르고 지팡이를 짚은 노인이었다. 지팡이를 짚고 있긴 하지만 허리도 곧고, 정정했다. 혹시 이 사람은…….

"만나서 반갑소, 브륀힐드 공왕. 내 이름은 갸렌 유나스 레스티아. 레스티아 기사 왕국의 선왕이자, 공왕 폐하와 같은 금색 랭크 모험자요."

노인이 품에서 길드 카드를 꺼내 나에게 보여 주었다. 진짜다. 그럼 이 사람이 또 한 명의 골드 랭크 모험자인가.

"앗, 안녕하세요. 모치즈키 토야입니다. 길드 마스터인 레리샤 씨에게 선왕 폐하에 관해 이야기는 들었습니다."

"홋홋홋. 저번에는 아주 좋은 물건을 줘서 참 고맙소이다. 인사도 하고 브륀힐드도 구경할 겸, 찾아왔습니다."

"이거 참, 감사합니다. 별로 볼 것은 없지만, 편히 지내다 가셨으면 합니다."

선왕 폐하가 손을 내밀기에 손을 잡으려고 했는데, 나는 허공을 붙잡고 말았다. 어라?

"꺄아앗?!"

갑자기 비명이 들려 뒤를 돌아보니 라피스 씨가 엉덩이를 누르고 몸을 비틀고 있었다. 그리고 그 등 뒤에는 손바닥을 쥐었다 폈다 하는 선왕 폐하가 있었다. 어?

"아, 미안하오. 평소의 습관이 나와 버려서. 흐음. 상당히 단련한 엉덩이구먼. 아가씨, 평범한 메이드는 아니지?"

"할아버지! 여기는 레스티아가 아니니 자중하시라고 그렇게 말씀드렸는데!"

"미인을 보면 손이 자연스럽게 움직여서 말이지. 지금까지는 참았지만, 한계인가 보구나. 카카카."

힐데가르드 공주가 선왕 폐하에게 화를 냈다. 아무래도 레스티아에서는 이런 행동이 일상다반사인 모양이다. 이전에 선왕 폐하에 관해 물었을 때, 쓴웃음을 지었던 것은 이것 때문이었던가?! 터무니없는 할아버지네…….

그런데 어느새 뒤로 돌아간 거지? 라피스 씨도 원래 첩보 기관의 일원이었다. 쉽게 배후를 허용하지는 않을 텐데.

이 할아버지, 보통이 아니야. 역시 금색 랭크 모험자인가. 그냥 변태 영감일지도 모르지만.

"죄송합니다! 이건 그러니까…… 할아버지의 발작 같은 거예요! 아, 한 번 만지면 이제는 괜찮을 테니, 걱정하지 말아 주십시오!"

"네에…… 참 고생이 많으시겠어요……."

대체 이게 무슨 발작이야. 이런 사람이 기사 왕국의 선왕이라니……. 상상했던 거랑 너무 달라.

일단은 왕성으로 돌아가기로 했다. 공주와 함께 온 레스티아 기사들은 우리 기사단 숙소로 안내했다. 몇 명인가는 공주와 선왕의 호위를 위해 따라왔지만.

그리고 성내로 안내할 때마다.

"꺄아악?!"

"훗훗훗."

"할아버지!"

이런 일이 반복되었다. 우리 메이드들의 피해가 심각하다. 일이 일이니, 이거 국제 문제 아닌가?

【그라비티】라도 사용해 두는 게 좋을까?

"어라? 토야 아니야. 안녕."

복도 모퉁이를 돌려고 할 때, 카렌 누나와 만났다. 그러자 다음 순간, 레스티아 선왕이 번개처럼 움직여 누나의 등 뒤로 돌아 또 엉덩이를 향해 손을 번뜩이며 뻗었다.

하지만 그 순간, 선왕 폐하가 혼자서 빙글 회전하여 바닥에 뒹굴었다.

"……이럴 수가."

손 하나 까딱하지 않고 치한을 격퇴한 누나는 평소처럼 아무런 변화도 없었다. 선왕 폐하도 멍한 표정을 지으며 바닥에 계속 쓰러진 채였다.

"토야, 이 사람은 누구야?"

"네? 아, 레스티아 기사 왕국의 선왕 폐하예요."

"흐~응. 힘이 넘치는 할아버지네."

아직도 눈을 껌뻑이기만 하는 레스티아 사람들에게 나는 카렌 누나를 소개했다. 일단 이곳에서는 나 이외의 왕족인 셈이니까.

"누나의 무례를 용서하세요. 죄송합니다."

"아, 아니요! 원래는 이쪽이 전면적으로 잘못한 거잖아요! 할아버지에게는 좋은 약이 됐을 거예요. 천벌이에요."

실제로도 정말 천벌이지만, 굳이 그렇게 말을 하지는 않았다. 하지만 여신님의 엉덩이를 만지려고 했는데 이 정도로 끝났으니, 오히려 행운이라 할 만했다.

"역시 폐하의 누님. 할아버지를 격퇴한 여성은 처음 봤어요. ………저어, 왜 그러시죠?"

카렌 누나가 지그시———— 힐데가르드 공주를 바라보았다. 무언가를 살피는 듯한, 마음속까지 들여다보는 듯한 눈이다. 이윽고 누나가 천천히 입을 열었다.

"너…… 사랑에 빠졌구나?"

"후에엣?!"

힐데가르드 공주가 얼굴을 새빨갛게 물들이며 어쩔 줄 몰라 했다. 항상 다부졌던 그 표정은 온데간데없이 이마에 가득 땀을 흘렸다.

"무, 무슨 말씀인가요?! 사사, 샤랑이라니, 사랑이라니! 그, 그럴리가!"

"누후후후. 연애에 관해 내가 꿰뚫어 보지 못하는 건 없어. 상의하고 싶으면 얼마든지 해도 돼. 나중에 나한테 한번 와 보렴."

그 말을 남기고 누나는 식당으로 떠났다. 힐데가르드 공주가 새빨개진 뺨을 누르고 무언가 혼자서 중얼거렸다.

"괜찮으세요?"

"후, 후엣?! 아, 아, 괘, 괜찮아요! 네, 괜찮아요! 하으……."

전혀 괜찮아 보이지 않는데……. 당장에라도 머리에서 연기가 피어오를 것 같은 느낌이다.

그건 그렇고, 사랑에 빠졌다라. 연애신인 누나가 한 말이니 틀림없겠지. '기사 공주' 라고는 하지만, 역시 여자아이구나. 좋아하는 사람을 떠올리고 이렇게 얼굴이 빨개지다니.

조금 전부터 이쪽을 힐끔힐끔 보는데, 그런 자신의 모습을 내가 봐서 부끄러운 걸까? 이럴 때는 역시 태연하게 넘기는 게 제일이겠지?

"그럼 선왕 폐하, 힐데가르드 공주님. 가시죠."

"저, 저어, 힐데가르드가 아니라, 힐다라고 불러 주세요! 저어, 친한 사람들은 그렇게 부르거든요……."

공주가 꼼지락거리면서 그렇게 말했다. 확실히 이름을 부르기가 좀 힘들긴 하다. 본인이 그렇게 불러 달라고 하니, 그렇게 불러 주자.

"알겠습니다. 그럼 힐다 공주님, 이쪽으로 가시죠."

"네, 넷!"

"훗훗훗."

힐다 공주가 웃으며 대답했다. 그리고 그 모습을 보고 선왕 폐하가 작게 웃었다.

뭐가 이상했나?

"묻고 싶다는 게 뭔가요?"

성 안의 응접실에서 세 사람이 앉을 수 있는 소파에 레스티아 선왕 폐하와 힐다 공주를 앉게 하고, 나는 그 맞은편에 앉아 두 사람의 말을 듣기로 했다.

두 사람 모두 신분을 숨기고 온 모양이었다. 확실히 갑옷에는 레스티아 문장이 새겨져 있지 않았다.

선왕 폐하는 옛 모험자라 여기저기에 인맥이 있는 듯, 여기까지 오는 데 아무런 문제도 없었다고 한다. 꽤 파격적인 사람이라고 하니까.

아무래도 이야기를 들어 보니 신분을 숨기고 *미토코몬 같은 행동까지 한다는 듯하다……. '여기 계신 분이 누구라고 생각하느냐. 선대 국왕, 갸렌 님이시다!'. '어이구야~!' 같은? 설마. 수리검을 가진 닌자가 있는 건 아니겠지?

물론 남에게 피해를 주든 말든 멋대로 행동한다는 점에서는 나도 남의 말을 할 수 있는 처지가 아니지만.

"실은 저번 유론 붕괴 건으로……."

힐다 공주가 말을 꺼냈다. 아하, 그건가.

그 전투는 당사자가 다른 나라 사람이었다는 점과 유론의 앞뒤가 맞지 않는 소문으로 인해 정확한 사정을 알기 힘든 상태였다. 특히 동방 쪽에서는 그런 경향이 현저했다.

사건이 일어난 동방보다도 서방 쪽이 더 상황을 자세하게 알고 있다는 것도 얄궂은 일이긴 하지만, 서방 대부분의 나라가

*미토코몬(水戸黄門) : 에도 시대(1603~1867년)를 배경으로 한 사극 드라마. 주인공 미토 미쓰쿠니 일행이 전국을 유랑하며 암행어사처럼 잘못을 바로잡는 이야기.

참가하기도 했으니, 어쩔 수 없는 일이긴 하다.

길드도 정확한 정보를 흘렸을 테지만, 일이 일인 만큼 믿기 어려운지도 모른다. 마법이 통하지 않고 재생 능력을 지닌, 공간에서 출현하는 마물……. 지금까지 그런 마물은 없었으니까.

나는 두 사람에게 유론에서 일어난 일을 자세히 설명했다.

"역시 그 프레이즈의 대습격이 있었던 거군요. 그건 그렇고, 벨파스트, 레굴루스, 미스미드, 리프리스, 라밋슈, 리니에 연합군이라니……."

"그만큼 힘을 모으지 않으면 이길 수 없는 상대였어요. 실제로도 상급종의 일격으로 센하이가 사라져 버리기도 했고요."

"정말 무서운 이야기야……. 그래, 같은 일이 또 일어날 가능성은 있는 건가?"

선왕 폐하가 걱정하는 것도 당연하다. 왜냐하면 레스티아에도 하급종이라고는 하지만 프레이즈 무리가 나타난 적이 있으니까. 어설프게 얼버무리는 것보다 정확하게 알려 주는 것이 좋을 듯했다.

"당분간은 없을 거라 생각해요. 하지만 언젠가 이번처럼 대습격이 일어날 가능성은 충분히 있습니다. 그래서 이것저것 싸울 준비를 하는 중이고요."

"프레임 기어, 라는 거인병을 말하는 거군."

알고 있었던 건가? 어느 정도 정보가 새어 나갔을 거라고는 생각했지만.

설명하는 것보다 보여 주는 것이 더 빠르다고 생각해서, 나는 두 사람뿐만 아니라 호위 기사들까지 다 데리고 성의 북쪽에 펼쳐진 평야로 전이했다.

처음으로 경험하는 전이에, 선왕 폐하와 힐다 공주는 물론 호위하는 사람들도 매우 놀랐다. 나는 바빌론에서 흑기사를 지상으로 전이시켜, 사람들을 더욱 놀라게 했다.

"이게 프레임 기어 '나이트 바론(흑기사). 프레이즈에 대항하기 위한 최종 병기 중 하나입니다."

다들 너무나 큰 충격을 받아 말도 나오지 않는 모양이었다. 나는 【스토리지】에서 리시버를 꺼내 조종석에 앉은 모니카를 불렀다.

"전체적으로 한번 움직임을 보여 줘. 너무 터무니없는 짓은 하지 말고."

〈알았어, 마스터.〉

모니카가 걷고, 달리고, 검을 빼고, 겨누고, 찌르고, 들어 올리고, 내려치고 하는 등, 다양한 동작을 선보였다.

"이…… 프레임 기어라는 것은 유론 전투 때 몇 기나 투입되었지?"

"예비로 준비해 둔 것까지 포함하면 대략 250기 정도네요. 프레이즈 측이 13000마리 정도 있어서 정말 고생했어요."

"이게, 250……. 그렇게 많은 병력을 가지고 브륀힐드 폐하는 뭘 하실 생각이실까?"

선왕 폐하가 이쪽을 떠보는 듯한 눈빛으로 바라보았다. 야심을 가지고 있는 게 아닐까 생각하는 모양인데, 그렇게 생각해도 어쩔 수 없으려나?

"믿어 주실지는 모르겠지만, 이걸 이용해서 다른 나라를 침략할 생각은 없어요. 물론 우리를 공격한다면 그 정도로는 끝나지 않겠지만요. 가장 큰 목적은 프레이즈에 대항하기 위한 거예요. 그래서 서방 동맹 각국에도 어지간한 상황이 아니고서야 빌려주지 않을 정도죠."

"어지간한 상황이란 뭐지?"

"거대 괴수의 토벌이나, 산사태 같은 재해가 나서 사람을 구출해야 할 때 등이에요."

실제로 각국에 몇 번인가 빌려준 적이 있다. 인명 구조에 사용하는 거라면 아무런 문제가 없으니까. 물론 대여료도 받지 않았다. 어디까지나 호의로 지원하는 것이기 때문이다. 아, 하지만 거수를 상대로 싸우거나, 망가뜨리면 재료비를 받았다.

"만약에 말이야. 우리 레스티아도 귀국과 동맹을 맺으면 이녀석을 빌릴 수 있는 건가?"

"전쟁이나 불법적인 용도가 아니라면요."

다른 나라에 빌려주면 해석을 하여서 기술을 빼내는 것이 아닌가 하는 우려도 있었지만, 반대로 할 수 있다면 한번 해 보라고 말하고 싶다. 나나 로제타조차도 '공방'의 힘을 빌리지 않으면 처음부터 하나하나 만들 수는 없다. 그 변태 박사급 천재가 나타나 주지 않으려나?

분석하면 팔이나 다리 정도는 만들 수 있을지 모르지만, 중추부는 절대로 못 만들 테고, 무엇보다 연료인 에테르리퀴드를 못 만들리라 생각한다. 물론 되돌려 받지 못할 정도로 분해했다면, 다시는 빌려주지 않을 거지만.

"이번에 브륀힐드를 찾은 목적 중 하나는 귀국과 우호 관계를 맺기 위해서네. 동맹에 가입할지는 국왕인 내 자식에게 일단 물어봐야 하지만, 아마 반대는 하지 않겠지."

"저희도 매우 기쁜 일이지만, 다른 나라와 의논을 해 봐야 합니다."

아마 이쪽도 반대하는 사람은 없을 테지. 레스티아는 기사 왕국이라는 명성답게 고결한 정신을 지니고 있고, 국민들의 신뢰도 매우 두터운 나라인 모양이었다. ……이 할아버지를 보면 도저히 그런 생각을 하기 힘들지만.

하지만 레스티아가 가입하면 '서방 동맹' 이라는 명칭을 바꿔야 하지 않나? 레스티아는 동방에 있으니까. 음~ 아무튼 그런 거야 나중에 생각하면 된다.

"으랴아아아아아아아아!!"

"하아아아아아아아아앗!!"

검이 서로의 몸에 닿기 직전에 멈추었다. 힐다 공주의 목검은 야에의 옆구리에. 야에의 목검은 힐다 공주의 목덜미에 닿기 전에 아슬아슬하게 정지해 있었다. 완벽한 무승부다.

"거기까지!"

심판 역할을 자진한 내가 그렇게 외친 목소리가 지하 훈련장에 울려 퍼졌다.

힐다 공주가 우리 나라에서 가장 검을 잘 쓰는 사람과 싸워 보고 싶다고 해서, 일단 야에를 추천했다. 검술만 따지면 야마가타 아저씨보다도 위이기 때문이다.

1년간, 야에에게 얼마나 많은 인터넷상의 검술 사이트와 동영상 사이트를 보여 줬는지 모른다. 야에는 그것들을 보고 스펀지가 물을 흡수하듯이 자신의 것으로 만들어 더욱 검술의 진화를 이루어 냈다. 이미 야에의 검술은 본가의 '코코노에 진명류'와는 많이 다른 유파로 변했다고 생각한다.

그런 야에와 무승부를 만들어 낸 힐다 공주도 엄청난 실력이지만.

서로의 검을 내리고 두 사람은 깊이 숨을 내쉬었다.

"즐거운 시합이었습니다. 폐하는 정말 멋진 기사를 거느리고 계시군요."

"아니요? 소인은 기사단이 아닙니다."

"네?"

시합 후, 야에와 악수하면서 힐다 공주가 고개를 갸웃했다.

"소인은 토야 님의 약혼자입니다."

"약혼자?"

"말 그대로 결혼을 약속한 사람이라는 말이에요."

옆에서 끼어들자 힐다 공주의 움직임이 멈췄다. 어? 왜 그러지?

끼, 이, 익, 하고 어색하게 고개를 돌려 힐다 공주가 이쪽을 바라보았다. 응? 눈에 빛이 사라졌네……?

"약혼, 자, 가, 계셨, 군, 요?"

"네? 네에……. 그렇죠. 어? 못 들으셨나요? 유미나랑 루와 약혼했다고 대대적으로 발표했었는데요."

"유미나? 루?"

누구죠, 그 사람들? 이라고 묻듯이 되묻는 힐다 공주. 아무래도 정말 모르는 모양이었다. 어쩌면 동방까지는 소식이 전달되지 않았을지도 모른다.

"벨파스트와 레굴루스의 공주님입니다. 두 사람 모두 소인과 마찬가지로 토야 님의 약혼자입니다."

"네에엣?! 야, 약혼자가 세 사람이나?!"

"정확하게는 여섯 명입니다."

"여섯……?!"

말문이 막힌 힐다 공주. 으음. 질려 버린 건가? 일부다처가 용인된 세계이지만, 대상인이나 귀족의 경우 두셋 정도, 드물게 엄청나게 많은 아내를 두는 임금님이 있을 뿐, 보통 왕족이면 많아도 다섯 명 정도일 뿐이니까 당연할지도.

물론 정식 '아내' 가 그 이상이 아닐 뿐, 첩이나 내연녀는 꽤 많이 두는 편이라는 듯하다.

하지만 대부분은 정실과 결혼을 한 뒤, 조금씩 상대가 늘어난 것이지, 나처럼 결혼 상대가 이미 여러 명 결정된 경우는 드물다고 한다.

"저는…… 어쩌면……. 예상외…… 아니, 아직……."

뭔가 혼자 중얼거리기 시작한 힐다 공주의 눈앞에 내가 손을 갖다 대 보았다. 안 되겠어, 전혀 앞을 볼 생각을 안 해.

"지금이야말로 누나가 등장할 차례야!"

"우앗. 깜짝이야!"

등 뒤에서 갑자기 말소리가 들려 나는 무심코 화악 뒤로 물러났다.

그곳에는 오른손을 높이 든 채, 후음~ 하고 콧김을 거칠게 내뿜으며 떡 하니 카렌 누나가 서 있었다.

이 사람(사람이 아니라 신이지만), 순간이동도 할 수 있는 건가? 신이라 그런지 정말 신출귀몰하단 말이지.

"거기 있는 너! 즉, 너의 짝사랑 상대는 토야구나?!"

"후아앗?! 무, 무순, 무손, 소리, 소리세요?! 그런 일은! 그런 일은!!"

처억! 누나가 손가락으로 가리키자, 힐다 공주가 화륵 하고 불이 붙은 것처럼 얼굴을 붉게 물들이며 허둥댔다. 어? 그게 뭐야? 그 말은…… 그랬던 건가?

아니, 하지만……. 우리는 이제 딱 두 번째 만나는 건데…….

아, 설마.

힐다 공주를 손가락으로 가리키면서 혼자 우쭐대는 누나를 잡아끌고 나는 작은 목소리로 말했다.

"자, 잠깐만요. 설마 이상한 힘을 쓴 건 아니죠? 일부러 쉽게 반하도록 만들었다든가, 매료 계열 힘을 사용했다든가."

"나를 뭐로 보고. 그런 건 사용 안 했어. 저 아이는 처음부터 토야에게 연심을 품었거든. 그것도 첫사랑. 반짝반짝하고 아름다워."

그런 것까지 안단 말이야? 근데 좀 늦지 않나? 첫사랑.

그럼…… 나는 어쩌면 좋지? 이거?

꼼지락거리는 힐다 공주에게 뭐라고 말을 걸면 좋을지 망설이는데, 야에가 힐다 공주 앞으로 다가갔다. 앗, 치정 싸움만은 제발 그만둬!!

"힐다 님은 토야 님을 좋아하시는군요?"

"히엣?! 아니요, 저어! 그건 말이죠……. 야에 씨 같은 약혼자가 있는지 몰라서……. 뭐라고 하면 좋을지…… 저어…… 죄송합니다……. 기분 나쁘셨죠……?"

"아닙니다. 소인도 힐다 님과 같은 입장이었던 적이 있었기 때문에, 그 마음을 잘 압니다."

야에의 말을 듣고 힐다 공주가 고개를 번쩍 들었다.

"토야 님이 맨 처음 유미나 님과 약혼을 했을 때, 소인은 그냥 동료였을 뿐이었습니다. 자신의 마음을 전하지도 못하고, 마음속에 담아 두기만 했지요. 하지만 토야 님과 유미나 님은 그런 소인을 받아 주었습니다."

"그랬군요……."

"그러니까 힐다 님도 소인과 마찬가지로 토야 님의 약혼자가 되면 그만입니다."

""네에?!""

나와 힐다 공주의 목소리가 겹쳤다. 잠깐! 왜 그렇게 되는데?! 안 그래도 스우를 막 받아들인 참인데, 벌써 일곱 명째라니, 너무 성급하지 않아?!

"참고로 토야 님의 약혼자 정원은 아홉 명으로 정해져 있어요."

"아홉 명?!"

너무 깜짝 놀란 나머지 힐다 공주의 목소리가 뒤집혔다. 그 말을 꺼내다니?! 난 아직 인정한 적 없어!!

"여전히 인기가 많아. 이 누나까지 우쭐해질 정도야."

"저기요!!"

나는 옆에서 마구 부추기는 바보 누나를 노려보았다. 너무 좋아하는 거 아니야?!

"그, 그, 그러니까 폐하의 아내가 될 수 있는 사람이 앞으로 세 명 더 있다는 거군요?! 첩이나 내연녀가 아니라! 되겠습니다. 저, 일곱 명째가 되겠습니다!"

“그럼 나중에 다른 사람에게도 소개하겠습니다. 마음 든든한 동료가 생겨, 소인, 정말 기쁩니다.”

“고마워요, 야에 씨!”

덥썩, 하고 야에의 손을 잡는 힐다 공주. 잠깐만. 이거 뭔가 이상하지 않아?! 왜 이쪽 사람들은(특히 여성!) 상대의 의견을 안 듣는 거야?! 내 의견은 그냥 무시인가?!

어쩌지?! 이건 유미나랑 루 때와 똑같은 흐름이다. 이대로 가다간 그냥 분위기에 휩쓸려서……! 으응? 이제 와서 새삼스럽게, 인가?

이쪽 사람들에게 결혼이란 서로 좋아하는 사람이 하는 것도 있지만, 집안의 인연을 더욱 깊게 하기 위한 의미도 지니고 있다. 그래서 그런지, 애정은 결혼한 뒤에 키우면 된다는 생각도 보편적이었다. 특히 상류 계급은 그런 경향이 컸다.

왕가 정도 되면, 완전히 그런 생각이 틀에 박혀 있을지도 모른다. 물론 싫어하는 상대와 결혼하지는 않겠지만.

눈앞에서 급격하게 전개되는 이야기. 슬슬 말려야 하지 않나 생각하던 나보다도 먼저 움직인 사람이 있었다.

“이야기는 잘 들었다! 하지만 그 결혼을 순순히 허락할 수는 없지!”

“할아버지?!”

“또 귀찮은 사람이 나타난 것 같은 느낌이…….”

어디에선가 선왕 폐하가 나타나 ‘기다려라!’ 라고 연극을 하듯이 손을 뻗었다. 가부키 배우입니까, 할아버지?!

이 흐름은 '손녀를 데려갈 생각이라면 날 쓰러뜨려라!' 같은 전개일 것 같은데?! 이쪽은 그럴 생각이 없거든요……?

"기사 왕국의 공주가 결혼하는 것이니, 나름의 각오를 보여 줘야겠다! 나와 승부해라!"

빙고~ 하, 진심입니까…….

어쩔 수 없지. 대충 져 줄까? 현재로서는 공주를 아내로 맞아들일 생각이 없다. 예쁘기는 하지만, 아직 아무것도 모르는 사이니까.

하지만 나이를 먹었다고는 해도, 골드 랭크 모험자니……. 상대하기 좀 힘들려나?

"나를 멋지게 쓰러뜨려 이 시련을 극복해 보여라! 승부다, 힐다!"

"네! 할아버지!"

…………………………어?

"그럼 토야 시와 레스티아 기사 왕국의 제1 왕녀, 힐데가르

드 공주의 약혼에 반대하는 사람은 손을 들어 주세요."

유미나가 엄숙하게 그렇게 말했지만, 손을 드는 사람은 아무도 없었다.

"그럼 만장일치로 힐데가르드 공주를 우리의 동지로 인정합니다. 함께 남편을 지원하는 좋은 아내, 좋은 어머니가 되기를 바랍니다."

"감사합니다! 분골쇄신하는 마음으로 힘내겠습니다!"

눈물을 글썽이며 고개를 숙이는 힐다 공주에게 다른 약혼자 여섯 명이 박수를 보냈다. 이게 대체 뭐지?

이 방에 있는 사람은 여덟 명. 나와 약혼자들 모두, 그리고 힐데가르드 공주였다. 통칭 '아내 회의'라고 하는 이번 회의를 통해, 힐다 공주가 아내가 되어도 좋다는 허가가 떨어진 모양이었다. 그런데 왜 정작 당사자인 나는 제일 끝자리에 앉아 있는 걸까?

"저기, 몇 번이나 말하지만, 왜 내 의사는 고려하지 않는 거야?"

조금 삐친 표정으로 유미나에게 시선을 보냈다.

"토야 오빠는 힐다 공주가 싫으신가요?"

"그럴 리가 없잖아."

"그럼 외모에 불만이?"

"있을 리가 없지. 예뻐."

"성격은?"

"진지하고 국민을 위해 노력을 아끼지 않는 멋진 사람."

"그럼 태생이나 조국에 문제가 있나요?"

"그건 별로 생각할 문제가 아니야. 유미나나 루도 왕녀니까."

"그럼 아무런 문제도 없지 않나요?"

"으윽."

생글생글 웃으면서 유미나가 질문을 거기서 멈췄다. 힐다 공주를 보니 얼굴을 새빨갛게 물들인 채 고개를 숙이고 있었다. 확실히 거절할 이유는 아무것도 없다……. 그런데 왜? '물러서면 평생 잡혀 살아야 돼!' 같은 예감이 들지?!

안 그래도 한 사람도 못 이길 것 같은데 일곱 명이나 되니 찍소리도 못 하고 살 것 같은 느낌이 든다!

일부다처일 경우 아내들이 확실히 연합만 하면, 남편에게는 승산이 없는 게 아닌지?!

"……다들 정말 그래도 괜찮아?"

"좋지 않았다면 조금 전에 벌써 손을 들었을 거야."

"저희는, 토야 씨를 좋아해 주면서도, 다른 약혼자들도 가족으로 인정해 주는 사람이 동료로서 적합하다고, 생각해요."

에르제와 린제가 그렇게 말했다. 이제 막 만났는데 그걸 알 수 있는 건가? ……앗, 유미나의 마안인가? 그렇구나.

마안이 발동하면 유미나는 그 사람의 본질적인 색을 오라처럼 볼 수 있다고 한다. 마음이 깨끗한 사람은 반짝반짝하고 빛나고, 어딘가 꺼림칙한 점이 있거나 나쁜 마음을 먹고 있으면

탁하게 보인다, 하는 식으로.

무의식 아래의 본질까지 꿰뚫어 볼 수 있다고 하는데, 구체적으로는 잘 모른다. 유미나도 색과 감각으로 판단한다고 말했다.

즉, '왠지 모르겠지만' 안다는 말이다. 하지만 본질적인 것이기 때문에 '나쁜 척하지만 실제로는 좋은 사람'과 '좋은 사람을 연기하지만 실제로는 속이 검은 사람'을 구별할 수 있다. 그런 유미나가 괜찮다고 하는 거니, 실제로도 그렇겠지만…….

"저는 좋은 기회라고 생각해요. 저나 유미나 씨는 왕녀지만 서방 나라의 왕녀예요. 하지만 유론이 그렇게 된 이상, 힐다 씨는 동방 최대국의 공주님. 서방과 동방, 양쪽과 인연을 맺어 놓으면 무서울 게 없지 않을까요?"

루가 그런 말을 했다. 뭔가 불온한 생각인 것 같은데…….

확실히 레스티아와 끈끈하게 인연을 맺어 놓으면, 동방에서도 나름대로 융통성을 발휘할 수 있다…….

"하지만……."

"왜 이리 답답하게 그러는가. 토야는 더 자신감을 가지게. 형님의 말씀대로 '인기 만점'이니까 말이야!"

"인기 만점이라니……."

"인기 만점 아닌가? 이곳에 있는 모두가 토야를 아주 좋아하니까!"

꾸밈없는 스우의 말을 듣고 나는 얼굴이 빨개졌다. 으악! 굉장히 기쁘기도 하고, 굉장히 부끄럽기도 해!

으으으으으으음……. 너무 분위기에 휩쓸려 뭔가를 결정하고 싶지는 않지만…….

힐끔, 하고 힐다 공주를 보니 나를 불안한 듯이 바라보고 있었다. 그렇게 울 것 같은 표정은 짓지 말아요.

"……알았어. 모두가 좋다면 뭐."

앗. 모두가 힐다 공주 쪽으로 모여 축하의 말을 건넸다. 꺄, 꺄, 우후후, 하는 광경을 보고, 나는 역시 색시들에게는 이길 수 없을 거라는 생각이 새삼 들었다. 어딘가 모르게 장래에 대한 일말의 불안감이 느껴졌다.

"그런데, 힐다 공주님. 선왕 폐하와의 승부 말인데……."

"부디 힐다라고 불러 주세요. 이제부터 저는 폐하의 약혼자이자, 첫 번째 기사이니까요."

힐다 공주, 아니, 힐다가 미소를 지으며 나를 바라보았다. 그 자랑스러운 듯한 표정을 보고 나는 가슴이 두근거렸지만, 그건 비밀로 해 두자.

"알았어. 힐다. 그런데 선왕 폐하와의 승부 말인데, 승산은 있어?"

"솔직히 어렵다고 생각합니다. 할아버지와 싸워 승리할 확률은 10퍼센트 정도가 아닐지……."

낮네. 역시 저 할아버지는 꽤 강한 모양이다. 하지만 10퍼센트면 전혀 승산이 없는 것은 아니다.

"실은 그것도 실력으로 쟁취한 승리가 아니라, 뜻밖의 불운과 이쪽의 행운이 겹쳤을 때의……."

"한마디로 우연이라는 말이구먼."

"네……."

스우, 너무 직설적으로 얘기하면 안 되지. 봐, 풀이 죽었잖아.

하지만 반대로 그렇게 큰 차이가 있으니, 상대가 방심할 수도 있다는 생각이 들었다. 할아버지가 마음을 놓고 덤비면, 그런 점을 이용해 승리를 거머쥘 수 있을지도 모른다.

시합 때 사용하는 무기는 검. 마법 없이 신체 능력만을 사용하는 승부였지?

"토야 님, 어떻게 안 되겠습니까?"

"음~ 칼끝에 눈이 순간적으로 안 보이게 하는 가루를 뿌려 둔다든가, 손잡이에 폭약을 설치해 둔다든가? 무기와 방어구에 마법을 잔뜩【인챈트】를 걸어 둔다든가."

"그, 그렇게 해서 이기는 것은 좀……. 기사도 정신에 어긋나요~."

그렇겠지. 하지만 방법이라면 얼마든지 있다. 즉, 직접 상대에게 마법을 쓰지만 않으면 되는 거잖아. 큭큭큭.

"또 얼굴이 사악해졌습니다……."

"뭔가 치사한 짓을 떠올린 거겠지. 하지만 솔직히 안심되는 면도 있어."

"듬직한 것 같기도, 그렇지 않은 것 같기도……."

와, 그렇게 할 말 못 할 말을 막 다하다니. 그렇게 비겁한 수법을 생각하진 않았어.

이번엔.

시합이 개시되자마자 선왕이 빠르게 접근해 힐다를 몰아붙였다. 수세에 몰리긴 했지만, 힐다는 간신히 날아오는 목검을 피하고, 막고, 흘리며 버텼다.

"왜 그러냐?! 너의 공왕 폐하를 향한 마음은 겨우 그 정도이냐?!"

"……저는 토야 님을 믿습니다. 토야 님의 말씀대로 움직이면 반드시 승리할 수 있을 겁니다!"

"호오? 그럼 날 이겨 봐라!"

선왕 폐하는 더욱 빠르게 연타 공격을 하며 손녀딸을 몰아붙였다. 점차 힐다의 방어가 허술해져 갔다. 나무 방패로 막더라도 충격은 계속 팔에 전해진다. 그게 계속 쌓이면 당연히 움직임이 둔해진다.

지하 훈련장의 관객은 나와 약혼자들뿐이었다. 호위하는 사람들은 모두 밖에서 대기하는 중이다.

나는 힐다에게 될 수 있는 한 방어에 치중하고, 상대의 틈을 절대 놓치지 말라고 말해 두었다. 목적은 일발역전. 상대의 틈을 노려 한 방에 끝낼 생각이었다.

힐다가 목검을 방패로 밀며 선왕 폐하와의 거리를 벌렸다. 힐다는 꽤 체력 소모가 많았던 모양인지, 벌써 거칠게 숨을 쉬었다.

그에 반해 할아버지 쪽은 아주 여유 있는 모습으로, 엷은 미소까지 지었다.

"으음……. 강하군요. 기사의 검술이지만, 거친 실전의 격렬함도 느껴집니다. 힐다 님이 부드러움이라면, 상대는 그야말로 강철. 기술이라기보다는 억지로 밀어붙이는 검술에 가깝습니다……."

"하지만 어떻게든 버티는 중이잖아? 꽤 괜찮게 끌고 온 것 같은데."

"그건 완전히 방어에 치중했기 때문이에요. 하지만 이 상태로는 이길 수 없어요. 아마 한계가 찾아와 쓰러지겠죠."

야에, 에르제, 루. 우리 색시 무투파 세 사람이 시합을 분석했다. 그건 그렇고 루도 참 다부져졌네……. 쿠데타 때에 습격을 당해 몸을 떨었던 모습이 거짓말 같다. 물론 그때는 너무 많이 놀랐기 때문인 것도 있겠지만.

전투 능력은 야에나 에르제에 조금 미치지 못하지만, 그래도 지금은 상당한 실력이다. 야에나 내 전투 방법이 섞여서, 이제는 상당히 독자적인 무술이 되어 버렸지만.

"이제 때가 됐으려나. 상대의 순간적인 틈을 놓치지 말았으면 하는데."

"하지만 선왕 폐하가 틈을 과연 보일까요? 아무리 한 수 아래의 손녀딸이 상대라고는 하지만……."

"만들지 않을까? 만들게 할 거야. 내가."

네? 어리둥절한 표정을 짓는 유미나를 그냥 두고 나는 마력을 집중했다. 다행히 동영상이 인터넷에 잔뜩 있어서 그렇게 어려운 일은 아니었다.

이게 마지막이라는 듯이 힐다를 향해 달려가는 선왕 폐하. 지금이다!

힐다의 2미터 정도 등 뒤에 【미라주】로 만든 동영상의 환영을 흘렸다.

"?!"

선왕 폐하가 눈을 번쩍 뜨며 순간 움직임을 멈췄다. 무슨 일이 벌어졌는지는 모르지만, 그 틈을 계속 기다리던 힐다는 온 힘을 다해 선왕 폐하의 몸에 목검을 적중시켰다.

"크윽?!"

진검이었으면 상반신과 하반신이 분리되었을 공격. 선왕 폐하는 그대로 천천히 지면에 쓰러졌다. 좋아!

"……토야 오빠."

"왜?"
"힐다 씨 등 뒤에 아주 잠깐 보인 끈 같은 수영복을 입은 여성은 누구죠?"
내 스마트폰 화면에는 마이크로 비키니를 입은 수영복 모델 누나가 선정적인 포즈를 취하고 있었다. 누구인지는 모르겠지만, 꽤 아슬아슬한 수영복이라는 사실만큼은 확실했다. 갈색 피부에 매혹적인 눈동자, 박력 넘치는 쭉, 빵, 쭉한 몸매.
"이겼다! 이겼어요! 토야 님! 해냈어요!"
나는 기쁨에 들뜬 힐다에게 손을 흔들어 주었다. 다른 색시들도 미소를 지으며 손뼉을 쳐 주었지만, 아주 작게 이렇게 중얼거렸다.
"저렇게 간단히 틈을 보일 줄이야……."
"남자란 정말……."
"……갑자기 막 화가 났지? 언니."
"꽤 가슴이 컸어요……."
"저런 수영복을 좋아하나요……? 토야 오빠?"
"어? 토야, 어디 가?"
스우 이외에는 아무도 웃지 않았다. 더는 이곳에는 못 있겠어! 삼십육계 줄행랑이다!
나는 관객석에서 훈련장으로 뛰어내려, 아주 잘했어! 라고 하듯이 힐다에게 다가갔다. 뒤에서 차가운 시선이 날아들었지만, 절대 돌아봐선 안 된다.

"토야 님! 이겼어요! 이걸로 저도 토야 님과 해로할 수 있게 됐어요!"

왜 할아버지가 틈이 생겼는가. 그런 것은 신경도 쓰지 않고 기뻐하는 힐다 옆에서 한쪽 무릎을 꿇은 선왕 폐하가 작은 목소리로 신음을 흘렸다.

"잘 쓰러뜨렸다……. 하지만 제2, 제3의 내가 너희 두 사람 앞을 가로막고 더 큰 시련을……."

"대체 어느 나라의 마왕인가요?"

나는 선왕 폐하에게 회복 마법을 걸어 주었다. 정말 이 사람, 기사 왕국의 국왕이었던 거 맞아? 아아, 그러고 보니 데릴사위라고 했었지? 아무리 봐도 기사답지 않더라니.

회복이 다 됐는지 선왕 폐하는 벌떡 일어서서 힐다를 바라보았다.

"자신이 얼마나 미숙한지 통감했다. 진 것은 진 것이지. 너의 각오는 아주 잘 알았다. 결혼을 허락하마. 네 아버지는 내가 설득할 테니 걱정 안 해도 된다. 지금부터 너는 레스티아가 아니라, 브륀힐드의 기사가 되어라."

"할아버지……."

"토야 님. 검을 휘두르는 것밖에 할 줄 모르는 손녀딸이지만, 아무쪼록 잘 부탁드립니다."

"……알겠습니다. 안심하세요."

그렇게 말하며 고개를 숙이는 선왕 폐하.

"……그런데 말이지. 조금 전의 그 수영복 여인은 누구지?! 한 번 더! 한 번 더 그 모습을 눈에 새기고 싶다만!"

"수영복?"

"아……. 선왕 폐하. 여기서는 좀 그러니, 별실에서 괜찮을까요?"

"오오, 그런가! 힐다, 너는 다른 분들에게 마음가짐에 대해 한 말씀 듣거라. 그럼 어서 가십시다! 토야 님!"

쭉쭉 나를 잡아당기는 선왕 폐하. 틈을 만든 원인이 환영인데도 불평을 안 하는 건가. 혹시 이 사람, 처음부터 져 줄 생각이었던 건가? 그런 생각이 조금 들었다.

그 뒤, 선왕 폐하가 사정사정해서, 나는 그런 계열의 수영복 아이돌 영상을【드로잉】을 이용해 몇 장이나 복사해 주어야 했다. 대체 어디서 넘치는 건지, 이 에로 파워는…….

피로를 느끼며 방으로 돌아가 보니 스우와 힐다 이외의 모두가 나를 보더니 마구 추궁하기 시작했다. 요약하면 내 이상형에 대해 마구 질문받았다. 가슴이 큰 사람이 좋냐, 몸매는 날씬한 편이 좋냐, 그렇게 에로틱한 모습을 좋아하느냐, 등등.

마지막에는 모두 그 마이크로 비키니를 입겠어! 라고 말을 꺼내서, 나는 무릎을 꿇고 그러지 말라고 애원했다. 나는 색시들이 그런 모습을 하기를 원하지도 않았고, 무엇보다 그런 차림은 자극이 너무 강하다.

……………좀 아까웠으려, 나?

◇ ◇ ◇

며칠 후. 레스티아 사람들을 모두 데리고 【게이트】를 열어 기사 왕국으로 이동했다.

나는 왕성으로 들어가, 선왕 폐하와 힐다의 주선으로 국왕 폐하인 기사왕, 레이드 유나스 레스티아 폐하와 그 가족을 응접실에서 만났다. 선왕 폐하가 보증해 주긴 했지만, 일단은 통과해 두어야 하는 절차였다.

너무 성급한 것이 아닌가 했지만, 상식적으로 뭔가를 하기에는 새삼스러운 것 같아 생각을 고쳐먹었다. 선왕 폐하와 나는 비슷한 동류일지도 모른다. ……나도 저렇게 야한 할아버지가 되는 걸까……?

"후……. 아버지의 엉뚱한 면은 하루 이틀이 아닙니다만, 이번에는 특히나 심하군요. 물론 힐다의 결혼 자체에는 전혀 반대하지 않습니다. 딱 적절하다고 해야 할지, 힐다는 엄청난 말괄량이니, 공왕 폐하는 아주 어울리는 분이라고 생각합니다."

"저도 그렇게 생각해요. 잘됐구나, 힐다. 행복해지렴."

"축하해, 힐다. 공왕 폐하, 여동생을 잘 부탁드립니다."

오오…… 멀쩡해. 임금님도, 왕비님도, 왕자님도. 할아버지가 저 모양이라 다들 괴짜가 아닐까 하고 긴장했는데, 아주 평범한 가족이네.

아니, 저런 할아버지이기에 멀쩡하게 자란 건가……? 반면교사 삼아서.

세 사람 모두 온화해 보였고, 성격도 매우 좋아 보였다. 국왕 폐하는 쉰 정도인가? 짧은 수염과 짙은 갈색 머리카락에 흰머리가 섞이기 시작한 모습이지만, 그게 오히려 꽃중년 같은 느낌을 풍겼다. 젊었을 때는 인기가 아주 많았을 것 같다.

에스테르 왕비님은 마흔 중반 정도이려나? 둥실둥실한 느낌이 우리 쪽 세실 씨와 느낌이 비슷했다. 양갓집 아가씨가 그대로 나이를 먹으면 이런 느낌일까. 자애심 넘치는 어머니라는 느낌이다.

힐다의 오빠, 라인하르트 왕자는 그야말로 왕자님 그 자체였다. 나이는 스물다섯 살 정도로, 힐다와 똑같이 금발인데, 아마 어머니에게 물려받은 듯했다. 큭, 잘생겼어……. 이미 약혼자도 있다는 모양이었다. 국민에게 친절하고, 검을 잘 다루고, 똑똑하기까지. 차기 국왕 폐하는 너무 완벽한 거 아닌지?!

"아버지, 어머니, 오라버니……. 반드시 행복해지겠습니다!"

힐다가 굵은 눈물을 흘리며 어머니의 가슴에 뛰어들었다. 감동적인 장면이지만, 당사자로서는 그냥 훈훈하게만 바라보기가 힘들었다. 꼭 사이좋은 가족을 찢어 놓는 듯한 착각이 들어서.

"실은 일을 급하게 진행한 데는 이유가 있네. 아들이 왕위를 라인하르트에게 물려주고 퇴위를 하려고 하는데, 그 식전에 사용하는 보검(寶劍)에 조금 문제가 생겨서 말이야."

"보검……이요?"

"오래전부터 왕가에 전해지는 성검(聖劍)입니다. 성검 레스티아. 나라의 이름이 부여된 우리 나라의 상징이라고도 할 수 있는 검입니다."

힐다의 설명에 귀를 기울이는 중에, 기사 한 명이 방 안에 들어와 공손하게 봉인이 된 긴 상자를 국왕에게 건네주고 떠나갔다.

기사왕이 무언가 짧은 주문을 외우자, 철컥 하는 소리와 함께 뚜껑의 봉인이 풀렸다. 그리고 푸쉿 하고 공기가 들어가는 소리가 났다. 완벽하게 밀봉된 봉인 상자인가. 상자 안에는 검 한 자루가 놓여 있었다.

금과 은으로 장식된 아름다운 검이었다. 조금 폭이 넓은 브로드 소드네. 옆에 놓여 있는 칼집도 멋지게 장식되어 있어, 그야말로 '왕자(王者)의 검' 이라는 느낌이었다.

"하지만 이건……."

내가 눈썹을 찌푸린 이유. 그 멋진 검이 반으로 뚝 부러져 있었다. 이래서는 모든 것이 무용지물이다.

"이 성검 레스티아는 웬만한 일이 아니고서는 봉인을 풀지 않아. 왕위 계승 의식이나 나라 전체가 동원된 전쟁 정도에나 봉인을 풀지. 최근에는 3년 전, 힐다의 기사 서훈 식전 때에 사용된 게 마지막이었네."

"라인하르트에게 왕위를 물려주기로 하고 그 식전을 준비하기 위해 오랜만에 봉인을 풀었는데, 이렇게 되어 있었습니다. 왜 부러졌는지는 모릅니다. 모르지만, 이래서는 식전을 열 수 없습니다. 최악의 경우, 레스티아와 비슷한 가짜를 사용해야 할지도 모른다는 생각에 아쉬움 가득하던 때에, 힐다에게 공왕 폐하에 관한 이야기를 들었습니다."

기사왕이 허리의 검을 손에 들었다. 아, 내가 힐다에게 준 검이다.

"이렇게 대단한 검을 직접 만들 수 있다면, 레스티아의 복원도 가능하지 않을까, 그렇게 생각하여 내가 브륀힐드로 간 것이네. 물론 그것도 구실 중 하나일 뿐, 나는 자네에게 흥미가 있었지만 말이지. 힐다가 푹 빠진 남자가 어느 정도나 되는 자인가, 확인해 볼 요량이었네."

"하, 할아버지?!"

"최근 몇 개월간, 입만 열만 공왕 폐하에 관한 이야기뿐. 게다가 받은 검을 보고는 한숨을 내쉬고, 여행하는 상인이나 음유시인을 보면 브륀힐드에 대한 정보를 꼬치꼬치 캐묻고는 일희일비. 그런 모습이었으니 나도 쉽게 알 수 있을 정도였어."

"오, 오오, 오라버니까지?!"

허둥대는 힐다보다도 나는 눈앞의 성검에 더 주목했다. 흐음……. 꽤 오래된 것 같은데……. 도신 한가운데에 고대 문자가 새겨져 있네? 손잡이에는 수정 같은 보석이 박혀 있고.

"들어 봐도 될까요?"

"상관없네."

손잡이를 잡고 나는 검을 유심히 확인해 보았다. 미묘하게 마력의 흔적이 느껴져.

"혹시 여기에 특수한 마법 부여되어 있지 않았나요?"

"역시 대단하군. 보기만 했는데도 꿰뚫어 본 건가? 눈치챈 대로 이것에는 검을 든 자를 회복시키는 효과가 부여되어 있었지. 그 검을 들고 있으면, 작은 상처 정도는 금방 낫고, 중상이라도 조금씩이긴 하지만 회복됐네."

그렇구나. 【힐링】 효과가 부여되어 있었던 건가. 하지만 그 효과는 이미 소실되었다. 아니, 발동되지 못하게 되었어.

"나라 최고의 대장간 직인도 두 손 두 발 다 들었지. 일단 이 검의 재질 자체를 본 적이 없다고 하더군. 회복 효과도 없어져, 이제는 방법이 없다고 생각했었는데……."

"이 고대 문자는 무슨 뜻인가요?"

"글쎄. 왕가에는 아무것도 전해지지 않아서 말이야. 고대 파르테노어라고는 한다만."

그랬구나. 그럼 조금 확인해 볼까?

"【리딩/고대 파르테노어】."

무속성 마법 【리딩】. 어떤 언어인지만 알면 자동으로 변역해 주는 편리한 마법……이다…….

"이 자식……."

나는 풀썩 어깨를 늘어뜨렸다. 힘이 빠졌다. 이 문자는 이른바 사인이다. 제작자가 새기는 자신의 작품이라는 증명. 【리딩】으로 읽어 들인 문자. 그곳에는 이렇게 새겨져 있었다.

'레지나 바빌론 작'.

뭐라고 해야 할지, 참……. 그 박사, 이런 것에도 손을 댔단 말이야? 이것도 무슨 인연인가? 새삼스럽지만.

"왜 그러시죠, 토야 님?"

"아니……. 이 검 말인데……. 아무래도 프레임 기어를 만든 사람의 작품인 것 같아……."

"뭐라고……?!"

선왕 폐하가 눈을 휘둥그렇게 떴다. 나도 이런 곳에서 이 이름을 볼 줄은 꿈에도 몰랐다. 이거 정말 '성검(聖劍)' 맞아? '성검(性劍)' 아니고?

"아마 5000년이 넘게 지났을 테니, 마력이 고갈되지 않았을까요. 계속 봉인해 둔 거죠? 아마 마력을 대기에서 흡수하지 못해 점점 손상되었을 거예요……."

아마 상태를 보존하는 마력이 다 떨어졌을 때, 작은 흠이 점점 커져 순식간에 금이 가지 않았을까 한다. 나라의 식전 때에만 대기에 닿았을 테니, 마력도 그다지 흡수하지 못했을 테고 말이다. 당연히 언젠가는 다 떨어질 수밖에.

동물도 먹이를 먹지 못하면 점점 말라 죽어 가는데, 그것과 비슷한 일이다.

"5000년? 하, 하지만 이 검은 우리 왕가의 시조가 사용하던 것. 그렇게 오래 지났을 거라고는 생각하기 힘든데……."

"레스티아가 건국된 때가 몇 년 전이었죠?"

"약 300년 전입니다. 정확하게는 291년 전입니다. 성검을 손에 넣어 그 힘으로 이곳의 싸움을 끝내고 기사 왕국을 건설했다고 전해집니다."

…………눈치챘다. 왕자의 설명을 듣고 그 가설이 내 뇌리에 떠올랐다. 아니, 가설이 아니라 확신이라 해도 좋다. 왜냐하면 같은 상황을 몇 번이나 마주했으니까!

이건 틀림없이 '창고'에서 떨어진 물건이다. 그리고 그걸 이곳의 시조인 기사가 주운 뒤, 그 힘을 사용해 나라를 만들었다라……. 생각해 보니 뭔가 굉장하네…….

'창고'의 바보 같은 실수 때문에 대체 얼마나 피해를 보는 건지. 이번에는 좋은 방향으로 일이 진행되었지만. 결국 아무리 훌륭한 아이템이라도 어떻게 쓰느냐에 따라 다르다는 말이다.

"아무튼, 그런 것까지 다 알았으니 고칠 수 있어요. 문제없습니다. 이전과 마찬가지로 마법도 부여할 수 있고요."

나는 검에 【모델링】을 걸어 도신을 붙였다. 이전에 부여한 마력은 사라졌지만, 새로 회복 마법을 부여하면 되니 문제는 없다. 마력 축적량도 조금 많아지게 설정해 두자. 아마 이제 봉인 상자에 넣지 않으면 괜찮을 거라 생각한다.

"오오……!"

"자, 완성입니다. 이제 원래대로 돌아왔어요."

"감사합니다. 이걸로 식전도 문제없이 진행할 수 있겠군요. 정말 감사합니다!"

국왕 폐하는 성검을 오른손에 들고 그 검으로 가볍게 왼팔을 베었다. 붉은 상처가 났지만, 그 상처는 곧장 아물며 회복되어 갔다.

"확실히 원래대로군. 게다가 이전보다 더 빨리 회복되는 것 같아."

어라? 혹시 한 단계 위의 회복 마법을 부여한 건가? 그러면 마력의 고갈도 빨라지는데……. 음, 회복량도 늘려 뒀으니 문제는 없겠지.

평소에 대기에서 마력을 흡수하면 어느 정도 검에 축적된다. 그래서 그 마력을 이용해 검을 쥔 자를 회복시키거나, 자신의 상태를 유지하는데, 당연히 사용하면 마력이 줄어든다.

줄어든 만큼을 대기 중의 마력을 흡수하여 채워야 하는데, 천천히 축적되는 대기 흡수로는 마력이 급격하게 채워지지 않는다. 채운 만큼 마력을 다 사용하면 회복 효과도 사라져 버린다.

【큐어힐】이라면 열 번 회복할 수 있지만, 【메가힐】인 탓에 다섯 번밖에 회복하지 못하는 상태로 만들었을지도 모르겠다

고 나는 생각했다. 일단 마력 축적량이 많도록 설정해 두었으니, 이전보다는 더 오래 버틸 거라 생각은 하지만.

어쨌든 이전의 성검도 만능은 아니었으니 문제없지 않을까 한다. 무제한 회복되는 것은 불가능한 일이니까.

순간 나라면 만들 수 있을지도 모른다는 생각이 들기도 했지만, 역시 어렵겠지? 최악의 경우, 그 '불사의 보옥' 처럼 언데드 같은 상태가 될 수도 있다. 아이템 쪽에 목숨을 내맡겨서는 인간으로서 끝장이다.

"이전 물건과는 조금 다르겠지만……."

"아니, 충분합니다. 감사합니다."

국왕 폐하는 성검을 칼집에 꽂았지만, 이번엔 상자에 되돌려 놓으려 하지 않았다. 굳이 그렇게까지 하지는 않더라도 1년에 한 번, 하루 종일 대기에 노출하면, 더는 부러지지 않는다고 설명해 주었다. 그러자 국왕 폐하는 매년 건국일이 되면 봉인을 풀겠다고 말했다.

그리고 나는 신국왕의 즉위를 축하하는 의미로 정검 하나를 선물하기로 했다. 일전에 선왕 폐하, 국왕 폐하, 힐다, 이렇게 세 사람에게 주었는데, 그때는 왕자가 있는지 몰랐으니까.

디자인은 성검과 똑같이 만들었다. 가볍고 날이 잘 들고, 절대 부러지지 않는 튼튼한 것으로. 완벽한 전투용 검이다. 날이 너무 잘 들어 같은 정검이 아니면 시합을 못 하는 것은 불편한 점이지만. 같은 검이 아니면 틀림없이 상대의 검이 부러질 테니까.

"와아, 대단합니다. 실은 부러웠습니다. 다들 가지고 있는 수정검이 말이지요. 그런데 이건 그 이상이군요. 그 무엇보다도 대단한 축하 선물입니다."

기뻐해 줘서 나도 기뻤다. 이 사람도 형님이 될 사람이니, 이 정도는 당연하다.

며칠 후, 새로운 레스티아 기사 왕국의 국왕이 탄생했다. 그 식전 중에는 제1 왕녀, 힐데가르드 공주와 브륀힐드 공왕인 나의 약혼도 발표되어, 힐다는 명실공히 나의 약혼자가 되었다.

막간극 연심(戀心) 이모저모

"……다. 힐다? 힐다!"

"하앗?!"

의식 속으로 갑자기 흘러들어온 오빠의 목소리에 레스티아 기사 왕국의 제1 왕녀, 힐데가르드――――― 힐다는 그렇게 얼빠진 목소리를 내고 말았다.

"뭐, 뭐, 뭐, 뭔가요, 오라버니. 갑자기~!"

"갑자기가 아니지. 몇 번이나 불렀잖아. 조금 전부터 마음에 딴 데 가 있는 것처럼 전혀 집중을 안 하다니. 내가 즉위해서 무슨 불만이라도 있는 거야?"

"그, 그럴 리가요! 조금 생각을 했을 뿐이에요!"

힐다의 오빠, 라인하르트에게 힐다가 황망히 그렇게 대답하자, 회의실은 조금 웃음바다가 되었다.

이곳은 레스티아 기사 왕국. 그리고 그 상징이라 할 수 있는 기사단의 회의실이었다.

현재, 기사단은 제1부터 제12까지의 소대로 나뉘어 있는데, 힐다는 제2 기사 소대의 소대장을 맡고 있었다. 참고로 오빠인 라인하르트는 제1 기사 소대장이다.

레스티아에서는 기사단장을 국왕이 맡는다. 이것은 국왕이 전투의 선두에 서서 사람들을 지키고 이끌어야 한다는 초대 국왕의 선언을 지키기 위한 것이었다.

그리고 현재, 그 단장의 지위에 있는 사람은 라인하르트와 힐다의 아버지인 국왕, 레이드 유나스 레스티아였지만, 현재의 국왕은 가까운 시일 내에 퇴위할 예정이었다.

그리고 그 지위는 왕자인 라인하르트가 이어받는다.

즉, 라인하르트가 새로운 기사단장이 된다는 말이었다.

지금은 그에 따라 제1 기사 소대의 새 소대장을 선정하는 회의가 진행되는 중이었다.

"무언가에 열중하는 것은 너의 좋은 점이기도 하지만, 나쁜 점이기도 해. 하지만 이런 곳에서 그렇게 행동하면 안 되지. 딱딱 맺고 끊도록."

"참……. 저도 잘 알아요."

"음, 무슨 생각을 했는지는 굳이 캐묻지 않겠지만 말이야."

라인하르트는 태연한 표정으로 들고 있는 새 소대장 후보 리스트를 훑어보았다.

힐다는 자신이 마음속으로 무슨 생각을 했는지 들킨 것 같아서 조금 부끄러웠다.

하지만 작게 기침을 하고 냉정함을 되찾으면서 오빠와 마찬가지로 눈앞의 후보 리스트를 살폈다.

잠깐은 진지하게 다른 소대장이 추천하는 사람의 이야기를 들었지만, 힐다는 이윽고 무의식적으로 자신의 허리에 찬 검을 힐끔힐끔 바라보기 시작했다.

이 나라에 세 자루밖에 없는 수정검. 나머지는 할아버지와 아버지가 가지고 있다. 무시무시할 만큼 날카로운 그 검은 신검이나 마검이라고 해도 고개를 끄덕일 수 있을 정도였다. 레스티아 기사 왕국 왕가에 대대로 전해져 내려오는 성검 레스티아마저도 이 검 앞에서는 빛을 잃는다.

힐다의 뇌리에 그때 일이 선명하게 떠올랐다. 검도 마법도 통하지 않는 괴물에게 습격을 당해 절망에 빠져 있던 그때, 씩씩하게 나타난 흰 코트를 입은 소년.

그때의 일을 떠올리면 지금도 가슴이 뜨거워졌다.

처음에는 살았다는 안도감이 밀려왔다. 그리고 소년이 떠난 뒤에는 자신의 약한 모습 때문에 스스로가 한심하게 느껴져, 그런 감정을 불식하기 위해 더 강해지자고 다짐했다. 그와 동시에 자신을 구해 준 소년이 어떤 인물인지 관심이 갔다.

성으로 돌아가는 도중에 만난 여행하는 상인에게 브륀힐드 공왕에 대한 이야기를 들은 것은 뜻밖의 행운이었다.

강할 뿐만이 아니라 그 사람됨이 훌륭하다는 이야기를 듣고, 힐다는 더욱 소년에게 마음이 끌렸다.

용을 잡고, 골렘을 퇴치하고, 쿠데타를 진압한 모습에서는 역시 강한 무력이 눈에 띄었지만, 그뿐만이 아니라, 용에게 습격당한 미스미드 마을의 부흥을 위해 용의 소재를 제공하고, 서민도 쉽게 책을 읽을 수 있는 시설을 만드는 등, 그 소년의 활약은 여러 분야에 걸쳤다.

힐다의 마음속에서는 이미 소년에 대한 동경과도 같은 감정이 싹트기 시작했다.

"……다, 힐다? 힐다!"

"하앗?!"

다시 오빠의 목소리 탓에 생각의 바다에서 밖으로 나왔다. 역시 두 번씩이나 이러자, 오빠의 얼굴에 어이없다는 감정이 떠올랐다.

"죄송합니다……."

그렇게 중얼거린 힐다는 회의 시간 내내 가시방석에 앉아 있는 것 같은 심정으로 시간을 보내야 했다.

"하아……. 저질러 버렸어……."

요즘엔 계속 이런 상태다. 뭘 해도 잘되지 않는다.

원인은 힐다도 잘 알았지만, 어떻게 하면 좋을지 전혀 감이 잡히지 않았다.

"꺄————?!"

"호호홋."

"아, 할아버지다."

이 성에서 여성의 비명 소리가 들리면 80퍼센트는 선왕인 갸렌 유나스 레스티아 탓이었다. 비명을 지른 사람은 아마 얼마 전에 들어온 신입 메이드일 것이라고 힐다는 추측했다.

예상대로 복도 저편에서 지팡이를 짚으며 할아버지인 선왕, 갸렌이 다가왔다. 지팡이가 필요 없을 정도로 건강하지만, 이 할아버지는 그런 겉모습에 집착하는 습관이 있었다.

"오오, 힐다. 오늘은 평소보다 더 풀이 죽은 얼굴이구나."

"그냥 내버려 두세요……."

1년 내내 아무런 고민이 없는 할아버지와는 달리 이쪽은 고민이 많은 몸이에요. 힐다는 그 말을 간신히 집어삼켰다. 힐다도 화풀이는 하고 싶지 않았다.

쓸데없이 느긋하고 밝은 할아버지를 상대할 기력이 없던 힐다는 그 옆을 그냥 아무 말 없이 지나갔다.

"잠깐만. 애야, 잠깐 기다려라. 실은 조금 전에 모험자 길드에서 편지가 도착했다."

"모험자 길드에서……?"

할아버지는 이 세계에서 둘밖에 없는 최고위 금색 랭크 옛 모험자였다. 모험자 길드와는 두터운 인맥을 자랑하고 있어, 그쪽의 정보도 어느 정도는 손에 넣을 수 있었다.

"놀라지 마라. ———유론이 초토화됐다."

"네?! 유론이?!"

힐다가 크게 외쳤다. 놀라지 말라는 말을 들어도 이건 놀랄 수밖에 없는 일이었다.

천제국 유론. 동방 대륙의 레스티아와 어깨를 나란히 하는 대국.

힐다는 그 유론이라는 나라를 별로 좋아하지 않았다.

왜냐하면 유론인 상인은 일단 사람을 속이려 했기 때문이다. 그리고 속은 사람이 바보라고 생각하는 사람이 많았다.

또 그 사람들은 아무렇지도 않게 상황을 모면하기 위해 거짓말을 했다. 레스티아에 와서 죄를 저지른 유론인을 잡으면, 그 사람들은 일단 자신은 나쁜 짓을 한 적이 없다고 말한다.

예를 들어 도둑질을 한 사람을 잡으면, 점원이 물건을 훔치도록 부추겼다고 말한다. 상대가 가해지고, 자신이 피해자라고 말한다. 그것도 터무니없는 변명을 늘어놓으면서, 이상한 사람은 상대라고 큰소리친다. 그런 제멋대로인 모습을 보면 항상 어이가 없을 뿐이었다.

그리고 본국은 자국 상인들의 행동을 잘 알면서도 벌을 주려고 하지 않았다. 알아도 모르는 척, 그냥 넘어가려고 했다. 상인에게 뇌물을 받는 공무원이 매우 많았기 때문이었다. 그런데 그런 행동조차도 나쁘다고 생각하지 않았다.

주변 사람들도 다 하는 일이다. 뭐가 나쁘냐. 다른 사람은 다들 그러면서도 잘 사니 자신도 하는 것뿐이다. 자신만 손해를 볼 수 없다. 그런 논리였다.

그래서 레스티아는 유론 상인과는 국가와 관련된 거래는 하지 않았다. 아무리 좋은 이야기가 있어도 거절했다.

믿을 수 없는 나라. 그게 천제국 유론이었다.

그 유론이 초토화되었다고 한다. 유론은 일단 군사 국가다. 유론은 그 수의 우위를 점한 무력으로 100년간 주변 소국을 멸망시켰다.

그들은 전쟁을 할 때 암살, 배신, 속임수 등, 수단을 가리지 않고 사용할 수 있는 것은 뭐든 사용했다. 그런 점도 있어 정정당당함을 존중하는 레스티아 사람들에게 유론은 받아들이기 힘든 나라였다.

"어느 나라에게 공격을 당한 거죠? 설마 마왕국 제노아스가……."

"아니. 나라에게 멸망 당한 것이 아니다. 너도 알지 않느냐. 전의 그 '프레이즈' 라는 마물에게 당했다."

"프레이즈……!"

그 수정 괴물은 도저히 잊을 수가 없었다. 자신의 무력함을 알려 준 것을 넘어, 굴욕까지 안겨 준 그 마물.

"그 프레이즈가 몇천이나 무리를 지어 유론을 습격했다는 모양이다. 개중에는 성처럼 큰 프레이즈도 있었는데, 그 녀석이 내뿜은 수상한 빛 때문에 제도 센하이가 사라졌다더군."

"그럴 수가……!"

"자, 여기서부터가 중요한데, 그 유론을 초토화시킨 프레이즈 무리를 섬멸한 자가 있다. 브륀힐드 공국의 공왕. 듣자 하니, 고대 문명 시대의 유산인 거인병 아티팩트를 부활시켜 프레이즈를 전멸시켰다는 모양이다."

"네?!"

힐다는 조금 전보다도 더 큰 목소리로 그렇게 되물었다. 지금 힐다의 마음속을 가득 채운 사람의 이름이 언급되었으니 어쩔 수 없는 일이었다.

힐다는 할아버지에게 자세한 이야기를 들었다. 브륀힐드의 공왕은 우호적인 관계를 맺고 있는 다른 나라와 일치단결하여 프레이즈를 쓰러뜨렸다고 한다.

게다가 유론에게는 아무런 대가를 요구하지 않았고, 그 영지를 빼앗지도 않았다고 한다.

역시 공왕 폐하. 그 젊은 나이에 한 나라를 짊어지고 있을 만한 그릇이다. 힐다는 그렇게 감탄했지만 아무래도 어른은 견해가 다른 듯했다.

"개인이 그토록 엄청난 힘을 지니고 있다니, 실로 두려운 일이야. 공왕이 마음만 먹으면 나라 한둘은 정말로 멸망시킬 수 있을 테니까. 이 레스티아조차도 말이다. ――――힐다. 너는 공왕 본인을 만났을 때, 어떤 인상을 받았지?"

갸렌이 힐다를 바라보았다. 힐다는 머뭇거리면서도 솔직하게 느낀 바를 말했다.

"……예의 바르고, 올곧은 심성을 지녔다는 느낌이 들었습니다. 어려운 사람들을 위해 손을 내밀 때는 주저하지 않는…… 아니, 그것을 당연하다고 생각합니다……. 저의 근거 없는 추측일지도 모르지만요."

"흐음……."

딱 한 번 만났을 뿐. 이야기를 나눈 것도 불과 몇 분. 겨우 그 정도로 상대의 무엇을 알 수 있다는 것일까. 힐다는 자신이 한 말이, 그랬으면 하는 자신의 바람이라는 사실을 깨달았다.

"레스티아로서는 과연 그 공왕과 어떤 관계를 맺으면 좋을지 전혀 감이 잡히지 않는군. 프레이즈가 유론을 습격한 것은 공왕 본인이 꾸민 짓으로, 공왕의 자작극이라는 이야기도 있으니 말이다. 공왕이 수정 괴물을 소환하는 것을 봤다고 주장하는 사람도 있는 모양이야."

"그럴 리가! 당연히 거짓말입니다! 그렇게 말하는 것은 유론의 상투 수단 아닙니까!"

"그래. 나도 그런 것이 아닐까는 생각한다. 자신들을 공국의 피해자라고 호소해서, 배상금이나 거인병을 받아 내려는 심산이 아닐까 하고 말이다. 여전히 그 나라는 공갈 협박에 능한 강도나 다름없군."

갸렌 선왕이 흰 수염을 쓰다듬으면서 중얼거렸다. 레스티아도 비슷한 경험을 했던 적이 있다. 레스티아 왕가에 전해지는 성검을 500년 전에 레스티아가 유론에게서 도둑질해 간 물건이라고 주장한 것이다. 물론 레스티아는 상대도 하지 않았지만.

"아무튼 레스티아로서는 방침을 정해야 한다. 그래서 말이다. 나는 브륀힐드로 가 볼 생각이다. 바로 공왕 본인을 만나 본심이 무엇인지 알아볼 생각이야."

"네에에에에에에에에에?!"

힐다가 눈을 번쩍 떴다. 힐다가 놀란 이유는 레스티아의 선왕인 할아버지가 직접 브륀힐드로 가는 것 때문이 아니라, 단지 '그게 뭐예요?! 혼자만 가려 하다니, 치사하게!' 라는 터무니없는 생각 때문이었다.

"저도 가겠습니다!"

"응? 하지만……."

"저도 가겠습니다! 아버지에게 말씀드리고 오겠습니다!"

갸렌의 대답도 듣지 않고, 힐다는 국왕인 아버지에게로 달려가기 시작했다.

"……그렇게 억지로 선왕 폐하를 따라왔다는 것입니까?"

"네에, 맞아요……. 그런 거예요."

야에의 말을 듣고 힐다가 쓴웃음을 지으며 차를 마셨다.

오늘은 새로 약혼자가 된 힐다와 친목을 다지기 위해, 성의 테라스에서 다과회를 열었다.

물론 힐다 이외의 참석자는 유미나, 에르제, 야에, 루, 스우, 이렇게 여섯 명이었다. 약혼자인 토야는 이곳에 없었다.

이런 여자들끼리의 모임은 꽤 자주 열렸다. 친목을 다지기 위한 것도 있었지만, 서로의 상황, 토야에 관해 깨달은 다양한 시점을 보고하기 위해서이기도 했다.

'토야 오빠는 그냥 내버려 두면 이상한 방향으로 폭주하니까요.'

그것이 유미나의 변이었다.

"그런데 이쪽으로 와도 정말 괜찮아? 조금 전 이야기를 들어 보니 레스티아 기사단에서 무슨 직책을 맡고 있었던 것 같은데……."

"아, 그거라면 괜찮습니다. 오라버니의 후임자를 찾을 때 미처 뽑히지 못한 후보자를 제 후임으로 임명했거든요."

미소를 지으면서 힐다가 에르제의 질문에 대답했다. 이미 힐다는 레스티아의 기사가 아니라, 브륀힐드, 아니, 토야의 기사가 되기로 결심했다.

"힐다는 여기서 산다니 부럽구먼. 나도 여기서 같이 살고 싶은데……."

무릎 위에 앉은 코하쿠를 매만지면서 스우가 입을 삐죽였다. 그런 태도를 보이는 사촌을 유미나가 타이르듯이 말했다.

"스우가 사라지면 숙부님이 슬퍼하실 거야. 조금 더 같이 있어 드려. 게다가 언제든 이곳에 올 수 있잖아?"

"그건 그렇다만……. 그쪽에 있으면 자꾸 토야를 생각해서 말이지. 유미나 언니가 있으니 괜찮을 거라고 생각은 하지만, 좀 걱정이 되더군. 토야는 어딘가 얼빠진 면이 있으니까."

말이 너무 심하다고 생각했지만, 힐다를 제외한 모든 사람이 깊이 고개를 끄덕일 정도로 그 말은 사실이기도 했다.

조금만 눈을 떼도 토야는 무슨 짓을 할지 알 수 없다. 어느새인가 별난 지인을 데리고 오거나, 엄청난 일에 말려들거나, 이해할 수 없는 것을 만든다.

그 결과 큰 피해는 없지만, 매번 깜짝깜짝 놀라니 심장에 좋지 않다.

"언제였던가, 그때는 옷을 씻는 이상한 상자를 만들었었지?"

"응……. '세탁기' 였나? 씻은 옷이 너덜너덜해지긴 했지만."

에르제와 린제가 일전에 토야가 만든 진귀한 물건에 관해 이야기했다. 본인이 말하길, 바람 마법의 강약을 잘못 조정한 데다, 마력의 칼날까지 발생시킨 것이 실패의 원인이라는 모양이었다.

"얼마 전에는 '드라이어' 라고 해서, 머리를 말리는 도구인가를 만들었어요. 완벽한 실패작이었지만요……."

"용처럼 불을 뿜었었지요……."

루의 말을 듣고 야에가 한숨을 내쉬었다. 본인이 있었다면 아마 이것도 바람 마법과 불 마법의 균형을 잡기가 어려웠기 때문이라고 변명을 하지 않았을까.

"그런 발상은 대체 어디서 나오는 건지."

"토야 오빠가 항상 그렇죠, 뭐."

유미나가 그렇게 결론을 내리는 말을 듣고, 그런 한마디로 결론을 내기는 힘들지 않은가 하면서도 에르제는 은근히 납득되었다.

아마 힐다 이외에는 다들 똑같은 생각이다.

"저어, 신입으로서 여러분의 이런저런 이야기를 듣고 싶은데요……."

"좋아. 뭔데?"

긴장한 듯한 힐다와는 달리 가볍게 그런 대답을 하면서 에르제가 테이블 위에 있던 포테이토칩에 손을 뻗었다. 이번 모임은 힐다의 환영회도 겸하고 있었다. 다들 대답해 줄 수 있는 질문에는 대답해 줄 생각이었다.

"토야 님의 부모님은 어떤 분이신가요? 약혼자가 된 이상, 저도 인사를……."

"아~ ……그거 말이야. 실은 우리도 만난 적이 없어."

"네? 호, 혹시 돌아가셨다든가……?"

"그런 것은 아닐 거예, 요……. 토야 씨, 가족에 대해서는 별로 이야기를 하려고 하지 않아서……."

린제가 난처한 표정으로 그렇게 말했다. 린제는 약혼자인데도 상대의 가족 구성에 대해 잘 모른다는 사실 때문에 일말의

섭섭함을 느꼈다.

물어보려고 하면 토야는 난처한 표정을 지으며 이야기를 다른 곳으로 돌리려고 했다. 말하고 싶지 않다……라기보다도, 이야기하기를 주저한다는 사실을 린제를 비롯한 모두도 잘 알고 있었다.

그 이야기를 듣고 힐다도 핫, 하고 눈치챘다. 그만한 힘을 지닌 사람이니, 어쩌면 가족이 멀리하고 있을지도 모른다. 강한 힘은 불행을 부를 때도 있다.

"역시 가족과의 사이가……."

"뿌뿌~ 가족이 토야를 미워하는 건 아니야. 아주 조~금 복잡해서 너희에게 설명하기 어려울 뿐이지. 지금은 좀 더 기다려 줘."

갑작스러운 목소리를 듣고 그 자리에 있던 일곱 명(플러스 한 마리)은 의자에서 날아오를 듯이 깜짝 놀랐다.

"카, 카, 카, 카렌 형님?!"

아무도 없던 루의 바로 옆쪽 의자에 모두의 약혼자인 토야의 누나, 모치즈키 카렌이 포테이토칩을 먹으며 앉아 있었다.

"어느새……."

전혀 기척을 느끼지 못했기 때문에 힐다는 놀라움을 감추지 못했다. 마치 처음부터 그곳에 있었던 것처럼 편히 앉아 있었지만, 조금 전까지는 틀림없이 빈자리였다.

전이 마법을 사용한 걸까? 남동생과 비슷한 특기가 있다고 해도 이상하지는 않았다.

그런 생각을 하는 힐다를 보고 카렌은 생긋하고 웃었다.

"서두를 필요 없어. 천천히 그 아이를 알아 가면 그만이니까. 아마 때가 되면 이런저런 이야기를 해 줄 거야."

"네에……."

"물론 좋아하는 사람에 관한 거라면 뭐든 알고 싶다! 는, 사랑하는 소녀의 마음은 뼈저리게 잘 알아. 그 · 래 · 서! 귀여운 올케들에게 이 형님이 토야의 '비밀' 정보를 가르쳐 줄게!"

움찌이일, 하고 그 말을 들은 모두의 귀가 반응했다. 아니, 코하쿠는 반응하지 않았지만.

카렌의 정면에 있던 린제가 꿀꺽 마른침을 삼키면서 말했다.

"어, 어떤 정보인가, 요?"

"후흐응~ 바로! 소년의 어린 시절, '유소년기의 첫사랑'! 이야!"

"처, 첫사랑?! 토야 오빠의 첫사랑이요?!"

유미나가 흥분한 모습으로 카렌에게 고개를 불쑥 내밀었다. 토야는 그런 이야기를 전혀 하지 않는다고 해도 과언이 아니다. 물론 약혼자에게 자신의 첫사랑을 자랑스럽게 말하는 남자는 상당히 기분 나쁘겠지만.

토야와 카렌은 전혀 피가 섞이지 않았다. 당연히 유소년기에 같이 산 적도 없으니, 토야의 그런 마음을 알 수 있을 리도 없었다. 하지만 카렌은 연애의 신이었다.

연애에 얽힌 것이라면 카렌에게 할 수 없는 것이란 아무것도 없었다. 이미 천계에서 토야의 연애 정보는 모두 확인한 상태다. 그야말로 첫사랑 상대부터 이상형의 변천, 처음으로 산 야한 책까지, 전부.

히죽거리며 카렌이 그 자리에 있는 모두를 둘러보았다.

"듣고 싶어?"

""""""""꼭이요!""""""""

모두가 고개를 끄덕였다. 그 모습을 보고 스우의 무릎 위에 있던 토야의 충실한 신수는 초조함을 느꼈다. 주인의 프라이버시가 지금 폭로되려 하고 있었기 때문이다.

코하쿠는 자신이 사람의 감정에 대해서 잘 모른다는 사실을 자각하고 있었지만, 이것만큼은 주인에게 바로 전해 줘야 한다고 생각했다.

코하쿠는 곧장 텔레파시로 자신의 주인에게 상황을 전달하려고 시도했지만, 전혀 연결되지 않았다. 왜지? 그런 생각을 하며 고개를 들었는데, 이쪽을 보고 윙크하는 카렌과 눈이 마주쳤다.

백호(白虎)인 신수는 확신했다. 저 사람이 텔레파시를 못 하도록 방해하고 있다고. 어떤 방법인지는 전혀 모르겠지만.

〈주인님. 힘이 미치지 못한 저를 용서하십시오.〉

어쩔 수 없다. 코하쿠는 마치 그렇게 말하듯이 눈을 감았다.

◇　◇　◇

"우엣취이!"

"감기인가요? 폐하?"

레인 씨의 말을 듣고 코를 풀면서, 나는 괜찮아요, 괜찮아요, 하고 대답했다. 감기는 아닌 것 같은데, 이상하게 등골이 오싹하네. 이전에도 이런 일이 있었지……? 굳이 신경 쓸 필요는 없나?

우리는 성의 서쪽에 있는 숲을 개간해 *필드 어슬레틱 시설을 만드는 중이었다.

아이들의 오락과 기사단의 훈련을 위한 시설이었다.

코스는 초심자 코스, 중급자 코스, 상급자 코스 등, 세 곳으로 나누었다. 알게 쉽게 말하면 어린아이용, 어른용, 기사단 훈련용이었다.

오른쪽인 이쪽을 통해 숲 안의 코스로 들어가 빙 돌아 왼쪽으로 나가면 되는데, 삼중원을 상하로 자른 듯한 반원이 각각의 코스로, 가장 안쪽이 어린이용, 가운데가 어른용, 가장 바깥쪽이 기사단 훈련용이었다.

어린이용은 징검돌을 건너거나, 로프를 이용해 벽을 기어오

*필드 어슬레틱 시설: 자연적인 지형이나 통나무 등을 이용한 코스 위에 장애물이나 도구를 배치하여 체력을 기를 수 있도록 만든 시설.

르거나, 통나무를 건너는 등, 놀면서 몸을 단련하는 간단한 어슬레틱 코스였다.

어른용은 좀 더 어려운 암벽등반, 회전하는 통나무, 정글로프로 연못 건너기 등이 준비되어 있었다.

그리고 기사 훈련용인데.

"으아아————————!"

"로건 씨도 두 번 실패라."

첨벙! 연못에 떨어지는 소리를 들으면서 단장인 레인 씨가 판지에 끼워 둔 종이에 엑스 표시를 적어 넣었다.

현재는 기사단 멤버 중에서 신체 능력에 자신이 있는 사람 몇 명을 뽑아 완성된 코스를 시험해 보는 중이었다.

"거의 다 건넜는데."

"아니요. 벽에 달라붙어 있을 때 위에서 물을 흘리면 원래 저렇게 돼요."

"처음에는 기름을 흘릴까 생각했어요."

"악마십니까?"

레인 씨가 어이없다는 듯이 그렇게 중얼거렸다. 그런가?

마지막 징검돌에 기름이 뿌려져 있다든가, 미끄러운 급경사 언덕을 오르는데 기름이 흘러내린다든가, 그런 것들은 평범하다고 생각하는데.

어슬레틱 설비는 다양하게 만들었다. 그중에는 체중의 몇 배 무게가 가중되는 그라비티존 같은 것도 있었다.

【그라비티】를 부여한 구역의 연못 위를 수평 사다리를 이용해 건너는 코스다. 【그라비티】가 너무 강했는지, 탈락자가 꽤 많이 나왔다. 음~ 일단 훈련이니 너무 약해도 좀 그렇다. 응, 이대로 가자.

"크허억?!"

기사 한 명이 또 연못으로 떨어졌다. 떨어진 기사들은 연못에서 기어 올라와 투덜거리며 다시 시작 지점에 줄을 섰다.

"이제 요령을 알았어. 다음에는 반드시……!"

"이렇게 된 이상 오기로라도 돌파해 주겠어!"

"절대 안 진다아아아아아!"

파이팅이 넘쳐 아주 좋다. 쉽게 돌파할 수 없게 만들어 뒀지만 말이지.

"굴러오는 바위에, 튀어 오르는 다리, 진자 단두대. 정말 이래도 되나요?"

"안전성은 충분히 확인했어요. 바위는 크게 다치지 않도록 가볍게 만들었고, 단두대는 날카롭지 않아 베이지 않거든요. 어디까지나 긴장감을 높이기 위한 소품에 불과해요."

레인 씨의 걱정도 잘 알지만, 어린아이용과는 달리 이쪽은 반쯤 노는 감각으로 이용해서는 곤란하다. 일단 훈련입니다, 훈련. 긴장감을 가지고 코스를 활용해 주어야 해요.

"우효오오오오오오――――――?!"

급경사 미끄럼대에서 쑤욱 기세 좋게 뛰어오른 기사. 기사는 공중에서 버둥거리며 헤엄을 치듯이 움직였지만, 착지할 수 있는 안전권에 닿지 못해 배를 부딪치고 곧장 연못에 빠졌다.

"힘이 부족했네요~. 속도가 빨라 무섭다고 힘을 빼면 그렇게 되는 거예요."

"……이 코스, 정말로 통과할 수 있나요?"

"전 가능한데요?"

"폐하가 가능해 봐야 전혀 참고가 안 돼요!"

하아, 하고 레인 씨가 한숨을 내쉬었다. 응?

그리고 몇 번이나 기사단의 도전이 계속되었는데, 저녁이 되어서야 겨우 부단장인 니콜라 씨가 너덜너덜한 모습이긴 했지만 골인하는 데 성공했다. 봐요, 통과했잖아요.

니콜라 씨가 골인 지점에서 되돌아오자, 기사단 사람들이 환호성을 지르며 달려와 영차, 영차 하고 울면서 헹가래를 쳐 주었다.

"야호! 성공이야!"

"우리는 승리한 거야!"

"악마가 만든 코스를 돌파했어!"

"부단장님, 만세~!"

누가 악마야. 너무하네 정말.

그런데 좀 그렇다. 돌파당하니 그것도 좀 분하다고 해야 하나? 정기적으로 개량해 파워업을 해야 할지도 모른다.

그래도 모두가 통과하기 전에는 이대로 둬도 되려나?

훈련을 끝내고 성으로 돌아가 보니 평소처럼 모두가 나를 맞이해 주었는데…….

"어, 어서 오세요, 토야 군!"

"토야 '군'?"

평소에는 '토야 오빠' 라고 불렀는데, 유미나가 이상한 말투를 사용했다.

"어, 어서 오세요, 토야 군."

"훈련 지도 수고하셨, 어요, 토야 군."

"루? 린제?"

루랑 린제까지 이상해졌다.

그런데 왜 셋 다 그런 옷을 입었어? 조금씩 디자인은 다르지만 모두 세일러복이었다. 잘 어울리긴 하지만.

"앗, 야에! 머, 먼저 가!"

"기다리십시오! 소인은 이 복장이 조금 껄끄럽습니다! 스커트가 너무 짧아서요!"

"나, 나도 스커트는 익숙하지 않아서, 조금……!"

기둥 뒤에서 에르제, 야에, 힐다가 뭔가 다투는 듯했다. 다들 거기서 뭐 해?

아무래도 세 사람도 세일러복을 입은 듯한데, 뭐지? 여학생 붐인가?

"오오, 토야! 돌아왔는가? 우리 모습이 어떤가?"

"스우까지? 대체 무슨 일이야?"

나에게 달려온 스우까지 세일러복이었다. 손에 든 기관총 장난감은 대체 뭐지?

귀엽지만, 스우는 너무 '억지로 입힌' 느낌이 강해서, 그냥 코스프레 같다. 다른 사람들은 딱 나이에 맞아서 잘 어울렸지만.

"토야는 이런 걸 좋아한다고 들었다만? 첫사랑인 '쇼코 누나' 랑 똑같은 옷이네."

"……………………………………………………응?"

머리가 새하얘졌다. 잠깐, 응?

쇼코 누나라면, 그 쇼코 누나, 인가?

내가 아는 쇼코 누나라면 딱 한 사람밖에 없다. 옛날에 우리 집 바로 옆에 살던 쇼코 누나다.

게다가 스우, 지금 첫사랑이라고 말했지……? 어떻게 그걸 아는 거야?!

"저, 저희, 연상은 될 수 없지만, 하다못해 똑같은 모습 정도는 연출하고 싶어서……."

유미나가 얼굴을 붉히며 그렇게 말했다.

아니아니아니아니아니! 그래서 세일러복을 입었다고?! 쇼코 누나가 다녔던 학교는 분명히 세일러복이 교복인 여학교였지만!

"자, 잠깐만……! 어~ 누, 누가 쇼코 누나 얘기를……?"

"카렌 형님이."

"그 바보 누나가————————————————!!"

그런 얘기까지 하다니?! 대체 어떻게 안 거야?! 아무에게도 이야기한 적이 없는데!

"그, 그 외에 또 무슨 얘기 들었어……?"

"다른 거요? 음……."

"용건도 없는데 매일 만나러 갔다든가?"

"누나의 관심을 끌려고 공원에서 꺾은 꽃을 선물했다든가?"

"누나가 이사한다는 말을 듣고 펑펑 울었다든가?"

"오오오오오오……."

나는 카펫이 깔린 바닥에 무릎을 꿇었다. 이거 뭐야?! 무슨 벌칙 게임인가?!

그거, 초등학교에 들어가기 전 얘기거든요?! 누구에게나 있지 않나?! 미숙한 나머지 저지른 쓰디쓴 추억 하나 정도는!

참고로 쇼코 누나는 내가 중학생 때, 결혼했다고 한다. 지금 행복하게 잘살고 있을까?

그런 거야 어떻게 되든 상관없다. 첫사랑을 들키다니, 너무 창피해…….

"저어…… 역시 안 어울리나요?"

"……아니, 잘 어울려. 다들 정말 예뻐."

걱정스럽게 날 들여다보는 린제에게 나는 엄지를 척 하고 들어 보였다.

아마 만든 곳은 자낙 씨의 가게이겠지만, 용케도 이런 버전이 있었네. 하복에 동복. 유미나가 입고 있는 새하얀 세일러복은 보기 힘들지 않을까? 코스프레용 세일러복도 섞여 있는 건가?

그런 디자인을 내가 건네준 적이 있었나……? 스마트폰으로 그림을 검색해 대충【드로잉】으로 그려 건네줬으니.

큭, 모두의 세일러복을 봐서 눈이 호강하긴 했지만, 그건 그거고, 그 바보 같은 누나에게는 정의의 철퇴를 내려줘야겠어.

"토야? 내 케이크는 왜 이렇게 작아?!"

"글쎄요? 평소의 행실이 나빴던 거 아닐까요?"

나는 모른 척, 내 몫인 쇼트케이크를 먹었다. 참고로 카렌 누나의 쇼트케이크는 딸기가 간신히 올라갈 정도로 얇았다.

물론 자른 사람은 나다. 당연하지만 그만큼 내 케이크는 두꺼웠다. 프라이버시를 침해한 내 원한이 얼마나 강한지 잘 알길 바란다.

느긋하게 케이크를 먹는 내 앞에 유성처럼 카렌 누나의 포크가 꽂혔다. 그 포크가 노리는 것은 나의 커다란 딸기였다.

"그렇게 나오기예요?!"

카킹! 나는 손에 든 포크로 카렌 누나의 포크를 막았다. 이미 자신의 몫을 다 먹은 카렌 누나가 내 케이크에 손을 대는 폭거에 나선 듯했다.

"동생이면 누나에게 그걸 내 · 놓 · 으 · 렴~!"

"누나라면 동생 걸 빼 · 앗 · 지 · 마 · 세 · 요!"

"워워, 두 사람 다 진정하세요."

서로 노려보는 우리 사이에 유미나가 끼어들었다.

"형님한테는 저희 몫을 조금씩 나눠 드릴 테니, 같이 먹어요."

"역시 유미나야!"

쳇. 줄 필요 없는데. 한 번 따끔한 맛을 보여 주지 않으면 제멋대로 날뛴다고, 이 사람은. 사람이 아니라 신이지만. 신이면 좀 신답게 굴 것이지. 세계신에게 일러바칠까?

카렌 누나는 유미나와 약혼자들에게 케이크를 조금씩 얻어 행복한 표정을 지었다.

"다들 참 착하네~ 좋아, 이 형님이 좋은 걸 가르쳐 줄게."

"좋은 거요?"

"토야가 처음으로 손에 넣은 야한 책은."

"잠깐————————! 무슨 말을 하려고요?! 대체 무슨 소릴 하려는 거냐고 묻잖아요!! 제발 그런 짓 좀 하지 말아 줄래요, 누나?!"

나는 카렌 누나의 등 뒤로 접근에 입을 막았다.

아아아, 귀찮아! 신은 너무 사악해!

그 후. 나는 더 이상 사생활을 유출하면 간식이 없을 거라고 협박하여, 간신히 사태를 수습했다. 눈물을 흘리며 '간식만은 제발!' 이라고 말했으니 아마 괜찮겠지.

정말 터무니없는 신이 가족이 되어 버렸다…….

제3장 가지치기 의식

"점점 추워지네."

브륀힐드는 슬슬 겨울로 접어들었다. 이전에 가 본 적이 있는 엘프라우 왕국 정도는 아니지만, 그런대로 이곳도 추운 편이었다. 눈도 쌓인다는 모양이다.

"추위 대책은 괜찮은가?"

"이 나라에는 집마다 난로가 다 있으니 괜찮을 겁니다. 장작도 충분하더군요. 단지, 화재에는 조심해야 할 듯합니다."

그렇다. 일단 불이 났을 때를 대비해 소방단도 만들었고, 펌프로 소화할 수 있도록 설비도 해 두었다고 한다. 역시 코사카 씨. 빈틈이 없다. 마을을 따라 흐르는 수로는 불을 끌 때 도움이 될 듯했다. 일단 순찰을 하게 할까? 딱따기 같은 거로 소리를 내면서.

다행히 겨울은 그렇게 길지 않다는 모양이었다. 1년이 365일 이상인 세계라, 길지 않다는 게 어느 정도 기간인지는 잘 모르겠지만.

서류 작업을 끝내고 안뜰 훈련장으로 가 보니 힐다와 레베카 씨가 시합하는 중이었다.

정식 약혼자가 된 뒤로 힐다는 이 성에 살기 시작했다. 새삼스럽긴 하지만, 보통 약혼자라고 해도 일단은 다른 나라의 공주님이니, 결혼할 때까지는 따로 사는 게 자연스러운 것 같은데 말이야.

유미나 때 그런 흐름이 어영부영하는 사이에 그대로 굳어져서, 루도 힐다도 그대로 눌러앉은 느낌이다. 스우만큼은 역시 같이 살고 있지 않지만, 일주일에 두 번은 이곳에서 자고 간다.

물론 자는 곳은 내 방이 아니라, 유미나의 방이다. 요즘엔 레네하고도 같이 잘 때가 있다고 하지만.

자러 오는 건 좋은데, 다음 날 아침에 제발 날 깨우러 오지 말았으면 한다. 일주일에 두 번씩 일어날 때마다 플라잉 보디 프레스를 당하니, 너무 힘들다.

그 통증이 떠올라 한숨을 내쉬는데, 레베카 씨와의 훈련을 끝낸 힐다가 나에게 달려왔다.

"토야 님!"

"수고했어, 힐다."

나는【리프레시】로 힐다의 피로를 풀어 주었다. 힐다는 틈만 나면 이곳에 와서 훈련한다. 역시 기사 왕국의 공주다.

힐다는 만났을 때 입고 있던 레스티아의 갑옷이 아니라 브륀힐드의 경장 갑옷을 걸쳤다. 힐다는 기사이긴 하지만 우리 기사단의 일원은 아니다. 본인이 말하길, 나라가 아니라 나의 기사이기 때문이라고 한다. 기사단 내에 나와 너무 가까운 사람이 있으면 단장인 레인 씨가 활동하기 힘들기도 하니, 딱 좋다.

"어디 가세요?"

"잠깐 모험자 길드에 가 보려고. 브륀힐드 지부가 완성됐다고 해서 어떤가 보러 가는 거야."

"저어, 같이 가도 될까요……?"

"좋아. 같이 가자."

같아 가 봐야 별로 재미있지는 않을 테지만, 마을을 둘러보는 것도 나쁘지 않다. 게다가 빨리 이 나라에 익숙해졌으면 하기도 하니까.

나는 힐다를 데리고 성 밖으로 나갔다. 그대로 성 아래쪽으로 내려가 보니 아이들이 추위에도 아랑곳하지 않고 열심히 뛰어다녔다.

"폐~하. 안녕하세요~."

"안녕하세요, 폐~하!"

"응, 안녕. 너무 멀리는 가지 말고."

""네~!""

아이들이 힘차게 인사하고 들판이 있는 쪽으로 달려갔다. 전부터 생각한 건데, 역시 학교를 만들까? 읽고 쓸 줄 알아야 이것저것 도움이 되는 것을 배울 수 있다. 음, 가르쳐 줄 교사가 없긴 하지만.

그런 쪽의 인재 부족은 여전하다.

"아이들이 굉장히 즐거워 보이네요. 좋은 일이에요."

"응. 아무튼 아이들을 일하러 보내는 것만큼은 안 해도 돼."

브륀힐드는 비교적 풍족한 나라라 할 수 있었다. 음식이 부족하지 않았고, 일자리도 나름대로 있었다. 하지만 특별한 산업이 없었다. 자전거 정도일까? 농업, 공업, 상업 등, 다양한 분야에서 이것저것 시도는 하고 있지만 말이지.

농업은 플로라에게 신종 개량을 부탁해 두었으니, 일단 거기서부터 시작이다. 하지만 우리는 토지가 별로 넓지 않기 때문에 그것만으로는 조금 부족하려나?

그런 생각을 하는 사이에 목적지인 길드에 도착했다. 이미 모험자 길드 브륀힐드 지부는 운영을 시작해, 나름대로 분주해 보였다.

일단 나는 후드를 쓰고 안으로 들어갔다. 안에서는 시끌시끌 떠들썩한 소리가 들렸다. 여전히 의뢰 보드 앞에는 사람들이 가득했다. 그립다, 이 분위기.

힐다는 처음으로 길드에 들어와 보는지 두리번거리며 안절부절못했다.

"어서 오세요. 처음 오시는 분인가요?"

"아……. 아니요, 조금 견학을 온 것뿐인데, 지부장은 있나요?"

접수처에 서 있는 고양이 귀 누나에게 모호하게 대답을 한 뒤, 슬쩍 길드 카드를 보여 주었다. 이 대륙에 두 개밖에 없는 골드 랭크 길드 카드다.

"고……! 하와와……! 자, 잠시 기다려 주세요!"

고양이 귀 누나가 다급히 안쪽 계단 위로 올라가는 모습을 다른 동료들이 어리둥절한 표정으로 바라보았다. 순간 길드 내에 있는 몇 명이 이쪽을 주목했지만, 금방 다들 보드 쪽으로 시선을 돌렸다. 몇 명인가는 힐다를 바라봤는데, 이상할 것도 없는 얘기다. 눈에 띄니까.

"지부장실로 안내하겠습니다. 공왕 폐하!"

고양이 귀 누나의 안내를 받아 우리는 길드 안쪽의 계단을 올라 어떤 방 안으로 들어갔다. 그곳에서는 내가 이미 알고 있는 사람이 기다리고 있었다.

"어? 레리샤 씨가 지부장이신가요?"

그곳에서는 엘프 길드 마스터, 레리샤 씨가 미소를 지으며 기다리는 중이었다. 분명히 레리샤 씨는 서방 지구의 길드 마스터 중 한 명이었을 텐데. 강등된 건가?

"아닙니다. 길드 마스터는 각각 거점이 되는 지부를 선택할 수 있는데, 저는 아직 결정하지 않았었습니다. 그러던 중에 이곳이 개설된다는 이야기를 듣고 마침 잘됐다 싶어 자원한 겁니다."

"아, 그런 거구나……."

나는 후드를 벗고 앉으라는 대로 의자에 앉았다. 방 안은 의외로 깔끔하게 정리되어 있었고, 다양한 서적과 책이 책장에 꽂혀 있었다. 마력이 담긴 소품도 여기저기 있네. 역시 길드 마스터다워.

"공왕 폐하는 같이 계신 레스티아 공주님과 약혼을 하셨다고 들었습니다. 축하합니다."

"아……. 감사합니다."

"앗, 감사합니다!"

힐다, 목소리가 너무 커. 내 시선의 의도를 깨닫지 못한 채, 힐다가 쑥스러운지 몸을 꼼지락거렸다.

"그런데 유론 사건은 정말 큰일이었습니다. 그 나라에 있던 길드 대부분이 초토화되었으니까요. 간신히 살아남은 자들도 중상을 입었습니다. 그래도 모험자는 필요하므로 재건을 서두르고는 있습니다만, 꽤 시간이 걸릴 듯합니다."

역시 꽤 큰 피해를 보았구나. 프레이즈에 관한 정보는 다른 길드 마스터에게까지 전해졌지만, 말단 직원들에게까지는 전해지지 않았다. 만약 철저하게 연락이 됐으면, 도망치든 어떻게 하든 할 수 있었을 텐데.

"그 뒤로 프레이즈 출현 정보는 들어오지 않았나요?"

"현재로써는 어느 지부에서도 그런 보고가 올라오고 있지는 않습니다. 폐하는 또 그런 일이 벌어질 가능성이 있다고 생각하십니까?"

"이걸로 끝일 가능성은 없어요. 프레이즈가 내일 다시 올지, 아니면 1년 후에 올지, 10년 후에 올지는 모르지만요."

고개를 숙인 채 생각하던 레리샤 씨가 턱에 손을 댔다.

"아무튼 지금은 세심하게 주의를 기울이는 수밖에 없겠지요. 단지 재건이 끝났을 때 또다시 유론에 나타나거나 하지는 않았으면 합니다."

레리샤 씨는 농담하듯이 그렇게 말했지만, 나는 실제로 그럴 가능성도 있다고 생각했다. 그쪽 공간에 세계의 벌어진 틈이 생겼던 것만은 확실하니까. 또 무언가를 계기로 그곳의 틈이 벌어질 가능성도 충분히 있다.

녀석들은 인간과 아인, 마족 같은 지적 생명체를 노린다. 그래서 마을 자체는 크게 피해를 보지 않은 곳도 가끔 있었지만, 역시 대량 살육이 일어난 곳에서 살고자 하는 사람은 거의 없는 듯했다.

유랑민이 된 유론 사람 중에는 이웃 나라로 도망쳐 도적이나 산적이 된 사람도 있고, 그런 사람들을 쓰러뜨려 돈을 버는 모험자가 된 사람도 있었다. 다들 그 사건으로 인해 인생이 뒤바뀐 것이다.

"유론 국내에서는 아직도 그 대습격을 폐하의 짓이라고 주장하는 자들이 있습니다. 하지만 유론 밖으로 한 발만 나가도 그 말을 믿는 사람은 아무도 없습니다. 다른 나라로 나간 유랑민들이 진실을 더 잘 압니다. 그래서 그런 말을 하는 자들은 점점 신뢰를 잃고 세력이 약해지고 있습니다."

"그러고 싶으면 그러라고 하죠. 전 유론에 흥미가 없거든요."

"민중의 지지를 얻기 위해 '원수인 브륀힐드를 용서하지 마라!' 라고 하면서, 폐하에게 손해를 끼칠지도 모릅니다만?"

"그때는 그 지도자를 해치우겠어요. 얌전히 앉아 얻어맞을 정도로 성인군자는 아니거든요. 예를 갖추면 예로, 주먹을 휘두르면 주먹으로 갚아 줘야죠."

불똥이 튀면 털어 낼 수밖에 없다. 유론을 동정하지 않는 것은 아니지만, 그것과 이것은 다른 이야기다. 거짓말을 내세운 트집 때문에 피해를 보고 싶진 않다.

"길드에서도 일단은 그런 소문을 퍼뜨려 놓겠습니다. '브륀힐드 공왕은 관대하지만, 자국이 피해를 보면 가차가 없다' 라고 말입니다."

그건 그거대로 좀……. 쓸데없이 말이 과장될 것 같은 느낌이 든다. 새삼스럽긴 하지만……. 안 되겠어, 화제를 바꾸자.

"길드 운영은 어떠신가요?"

"그럭저럭입니다. 일용 잡무 계열은 꽤 많은 편이고, 토벌 계열도 벨파스트, 레굴루스 방면에서 꽤 의뢰가 들어오는 편입니다. 문제는 상급자 위주의 의뢰가 없다는 것이군요. 그만큼 평화롭다는 것이겠지만요."

확실히 이곳 근처에는 마수도 없고, 도적이나 산적도 없다. 한몫 단단히 잡아 보려는 사람에게는 역시 성에 차지 않을지도 모른다.

그때 계단 아래쪽에서 다투는 목소리가 들려왔다. 뭐지?

레리샤 씨에게 물어보니 길드에서는 일상다반사인 모양으로, 하루에도 몇 번씩은 다툼이 일어난다고 한다.
그러고 보니 나도 몇 번인가 말려든 적이 있다.

'이봐, 꼬마야. 여기는 네가 올 곳이 못 된다.'
'야, 애송아. 여자를 데리고 다닌다고 잘난 척하면 안 되지, 앙?'
'이 몸이 모험자의 마음가짐이 뭔지 가르쳐 주마. 수업료는 네 지갑이다!'

…………정말 한심한 사람들이었어.
길드는 기본적으로 모험자들끼리의 분쟁에는 개입하지 않는다. 길드가 손해를 입었을 때는 별개지만.
한마디로 날뛰지 말고 밖으로 나가라, 그 말이다. 그런 점도 생각해 정면의 길이 넓은 이곳에 길드를 세웠다고 할 수 있다.
이윽고 우르르르 몇 명인가 밖으로 나가는 발소리가 들렸다. 길드 사람들이 내쫓은 걸까?
"어? 밖에서 계속 싸우려는 모양입니다."
방의 창문으로 아래를 내려다보며 레리샤 씨가 그렇게 중얼거렸다.
아아, 나도 그런 말 자주 들었지. '밖으로 나와라!' 라고 말이야. 그건 길드에 피해가 가서 그런 게 아니라, 사람들 면전에서 상대에게 창피를 주려고 밖으로 나가는 것이다. 물론 반대로 내가 창피를 줬지만.

"으음. 한 사람을 저렇게 많은 사람이 공격하다니, 창피하지 않은 걸까요? 게다가 상대는 여성입니다."

흥미가 생겼는지 레리샤 씨 옆에서 창문 아래를 내려다보는 힐다.

"하지만 실력은 저 여성이 위입니다. 보세요, 한 사람이 당했습니다."

"그러네요. 허리의 무기를 보니 도끼를 사용하는 분 같은데, 정말 저것을 사용할 수 있다면 힘이 상당하신 분일 거예요. 움직임도 좋고요. 하지만 훈련된 움직임이라기보다는 자연스럽게 익힌 것 같아요. 그건 그렇고, 저 사람, 상당히 별난 차림이네요?"

"저 차림은 분명히 대수해에 사는 부족의 하나, 라우리 족의 민족의상입니다. 설마 이런 곳에서 볼 줄이야."

응? 뭔가 마음에 걸리는 말이 들린 것 같은데……. 어? 라우리 족이라면 분명히…….

두 사람과는 다른 창문으로 아래를 내려다보니 남자 네 명을 지면에 때려눕히고 다섯 명째를 상대하는 갈색 피부의 소녀가 보였다.

앗! 저 아이는?!

"토야 님?"

힐다의 목소리를 등 뒤로 들으면서 방을 뛰쳐나간 나는 계단 아래의 길드 접수처를 지나 밖으로 나갔다. 그때 마침 소녀의 멋진 발차기가 상대 남자의 옆얼굴에 작렬했다.

오오오~ 주변의 구경꾼들이 환성을 질렀지만, 소녀는 흐리멍덩하게 뻗어 있는 남자 다섯 명을 흘끔 보고 한숨을 내쉬었다.

그리고 길드 밖으로 나온 나와 눈이 마주쳤다. 아, 역시나. 이 아이는 그 대수해에서 나를 깨물었던 족장의 손녀인…… 이름이 팜이었던가?

"……찾았다."

어? 어라? 방금 말했지? 이 아이, 공통어를 못 했었던 거로 기억하는데.

다닷! 팜이 갑자기 달려와 나에게 안겨들더니, 내가 넘어진 것도 상관 않은 채, 마구 뺨을 비볐다.

자, 잠깐만! 이 아이, 망토 같은 걸 걸치긴 했지만, 안쪽은 위아래를 천으로 둘러 간신히 중요 부위를 가렸을 뿐이잖아! 저기, 뭔가가 닿았거든?! 크다, 여전히 커!

"뭐, 뭐, 뭐, 뭐 하는 거죠?!"

쓰러진 채 길드 입구 쪽을 보니 얼굴을 새빨갛게 물들인 힐다가 몸을 부들부들 떨었다. 앗, 뭔가 엄청 위험한 분위기인데. 응, 알아. 몇 번인가 경험해 봤으니까.

"거기 당신! 토야 님에게서 떨어지세요!"

"넌 뭐야? 이 녀석은 팜 거거든? 팜은 이 녀석의 아이를 낳을 거야."

"아, 아, 아, 아니?!"

더욱 빨이 붉어진 힐다가 차마 말을 잇지 못했다.

전개가 너무 갑작스러워서 뭐가 뭔지 모르겠어요. 설명 좀 해 줘요!

"그건 인정할 수 없어요."

"왜? 토야랑 팜 사이에 생긴 아이가 여자라면 우리 부족이 키우고, 남자라면 너희가 키우면 되잖아."

말도 안 된다. 유미나가 그렇게 말하듯이 한숨을 내쉬었다.

"아쉽지만, 당신은 토야 오빠의 아내가 될 자격이 없어요. 물러가 주세요."

"아내가 될 생각은 없어. 아이만 만들면 돼. 토야의 아이라면 수해(樹海)를 다스리는 여왕이 될 수 있을 거야."

생각이 단순하다고 해야 할지, 뭐라고 해야 할지. 조금 전부터 이 말을 계속 반복할 뿐이었다. 팜이 말하길, 나를 찾아 대수해(大樹海) 밖으로 나온 모양이었다. 여행 도중에 공통어도

배웠다고 하니, 꽤 머리가 좋은 것 같다.

길드에서의 소동이 있고 나서, 또 '아내 회의' 가 열렸다. 테마는 '팜을 받아들일 것인가 말 것인가?' 였다.

"너희가 왜 반대하는지 모르겠어."

"당신이 아이를 낳든 말든 그건 우리가 상관할 바가 아니에요. 하지만 그게 토야 오빠의 아이라면 얘기가 달라요. 당신은 토야 오빠의 행복보다 부족의 번영을 선택한 거잖아요? 그런 사람에게 토야 오빠의 아이를 낳게 할 수는 없어요."

나이가 더 어린 유미나의 눈빛에 팜이 조금 위축되었다. 솔직히 나도 무서워…….

"……적어도 전투 능력 때문에 아이를 만들고 싶은 거라면, 토야 씨가 아니라도 되지, 않나요? 토야 씨 이외의 강한 사람을 찾아 아이를 낳으면, 그만이잖아요."

역시 잔뜩 화가 나서 말을 하는 린제. 린제도 유미나와 마찬가지로 반대파였다.

"그렇게는 안 돼. 이미 토야에게는 '맹세의 어금니' 를 세웠거든. 그러니까 토야는 팜 거야."

"말도 안 되는 소리를. 토야 님은 그런 것을 인정하지 않았습니다!"

의자에서 벌떡 일어서 힐다가 외쳤다. '맹세의 어금니' 란 나를 깨물었던 그걸 말하는 모양이었다. 한마디로 '이 남자는 내 거니까 함부로 손대지 마' 라는 사인이었다고 한다.

한없이 여성이 우위에 서 있어, 남자의 사정은 돌아보지 않는 문화를 엿볼 수 있었다. 아마조네스(실제로는 다르지만)이니, 뭐…….

"대체 왜 토야 님의 아이를 가지고 싶은 것입니까? 아무래도 그런 쪽에서 무슨 이유가 있을 것 같습니다만."

야에가 팜에게 묻자, 팜은 입술을 깨물며 얼굴을 찌푸리더니 작게 중얼거렸다.

"……우리는 전투 부족이야. 하지만 다른 부족과는 달리 아이를 얻을 때 이외에는 스스로 공격을 하지는 않아. 어디까지나 우리 마을을 지키기 위해 싸워 왔어. 그런데 요즘 다른 부족들의 습격이 이전보다 훨씬 심해. 대수해 안에서 계속 지위를 지키려면 더 강한 피가 필요하지. '가지치기 의식' 에서 승리하기 위해서도."

"가지치기 의식? 그게 뭔가?"

스우가 고개를 갸웃하며 되물었다. '가지치기' 라면 그거지? 나무 일부나 나뭇잎을 잘라 형태를 정돈하거나, 열매가 맺히기 쉽게 하는 그거.

" '가지치기 의식' 이란 대수해에 사는 부족의 싸움. 10년에 한 번 부족을 대표하는 자들이 싸워서 부족의 우열을 정하는 거야. 거기서 승리한 부족이 모든 부족의 정점에 서는 '수왕(樹王)의 부족' 이 되어 대수해의 규칙을 하나 정할 수 있어."

10년에 한 번이라. 하지만 대충 알 것 같다. 한마디로 우승한 부족은 진 부족들에게 불리한 규칙을 정할 수 있다는 말이구나.

"그 규칙은 어떤 것이든 괜찮아? 예를 들어 '너희 부족은 대수해에서 나가라' 라든가."

에르제가 내가 묻고 싶었던 것을 대신 물어봐 주었다. 뭐든 마음대로 규칙을 정할 수 있다면 'A 부족은 B 부족에게 절대 복종' 같은 것도 가능한 거 아닌가? 아니, '규칙을 100개 만들겠다.' 라든가……. 역시 그건 안 되려나?

만화 같은 데서 '딱 한 가지 소원을 이루어 주지!' 같은 상황에서 반드시 나오는 바보 같은 질문이다. '소원을 늘려 달라는 소원은 안 됩니다.' 가 보통이지?

"대신수(大神樹)에게 인정받으면 돼. 부족의 긍지를 더럽히는 것만 아니라면 통과될 때가 많아."

"대신수?"

"대수해의 수호신이야. 모든 부족에 가호를 내려주고, 정령의 은혜를 부여하는 존재지."

신목(神木) 같은 건가? 그런데 정령이라니, 라밋슈에서 날뛴 그 어둠의 정령 같은 거려나? 나무의 정령…… 숲의 정령 비슷한 건가? 대수해에는 숲의 정령이 있단 말이야?

원래 정령이란 대체로 온순한 편이라는 모양이었다. 다만, 라밋슈 때는 긴 시간 갇힌 원한 때문에 폭주했던 것이라고 한다. 정령을 불러낸 라미레스와 융합을 했으니, 그런 부의 감정이 모여든 것이겠지만.

수해에 사는 사람들은 대신수를 숭배하고, 정령의 인도에 따라 생활을 하는 듯했다. 어떤 의미에서는 라밋슈와 비슷하다.

"우리 부족은 어느새 70년이나 '가지치기 의식' 에서 계속 패배했어. 다른 부족도 새로운 피를 받아들이기 시작했고. 팜과 토야의 아이라면 '가지치기 의식' 을 쟁취해, 부족에게 영광을 다시 안겨 줄 거야. 이대로 가면 바룸 족에게 우리 라우리 족이 멸망 당하고 말아."

"바룸 족……. 대수해에 사는 다른 부족인가요?"

"여자는 남자에게 따라야 한다고 하는 부족이야. 다른 부족에게서 여자를 납치해 아이를 낳게 해, 남자라면 전사로 키우고, 여자라면 어머니와 함께 내쫓아."

라우리 족이랑 거의 똑같잖아……. 남녀가 역전됐을 뿐. 둘 다 거기서 거기 같은데.

남자가 우대받는 바룸 족과 여자가 우대받는 라우리 족은 서로 반목을 거듭한다고 한다. 당연히 잘 어울릴 수 없겠지.

양 부족은 서로 대등하게 힘의 균형을 유지해 왔는데, 그 대수해에 나타난 거미형 프레이즈 탓에 라우리 족은 큰 손해를 입었다. 특히 부족을 대표하는 전사들이 죽어서 큰 타격을 입었다는 듯했다. 그래서 지금은 바룸 족이 공격해 와도 이상할 게 없는 상태라고 한다.

"이번 '가지치기 의식' 은 이미 포기했어. 바룸 족이 이겨 '수왕의 부족' 이 되지 않기를 빌 뿐이야. 하지만 다음 '가지치기 의식' 때에는 팜과 토야의 아이가 이겨 우리 라우리 족이 '수왕의 부족'이 될 테지."

정말 장대한 이야기다. 아무튼, 지금 상태로는 팜을 받아들일 수 없다. 나도 그런 식의 싸움을 위해 딸을 낳게 할 생각은 추호도 없고 말이지.

"이번 '가지치기 의식'은 언제인가요?"

"한 달 후야. 싸우지도 않고 패배하는 것은 부족의 수치이니 참가는 하겠지만, 아마 지겠지. 팜도 이곳에 있는 이상 참가할 수 없어. '가지치기 의식'은 부족끼리 다섯 명의 용사를 내세워서 싸워. 운이 나쁘면 죽을 수도 있어."

흉흉해. 듣자 하니 일단 규칙이 있는 시합이라고는 하지만. 다섯 명이 일대일로 시합을 해서, 각각 이긴 사람이 많은 쪽이 결승에 진출하는 방식인 듯했다. 이건 아무리 생각해도 '대수해 격투 대회' 같은 거네.

"……………………."

"유미나 씨?"

무언가 생각을 하는 유미나에게 루가 말을 걸었다.

"그 '가지치기 의식'으로 바룸 족이 이기면, 어떤 규칙을 추가할 거라고 생각하나요?"

"아마 라우리 족을 수해 밖으로 내쫓는 규칙일 거야. 사냥터도 좁아 살아가기 힘든 곳으로. 그렇게 하면 부족의 긍지도 상처 입히지 않고, 천천히 망하게 할 수 있어. 그리고 자신들은 원래 라우리 족의 사냥터를 손에 넣겠지."

"그럼 반대로 라우리 족이 이기면 어떤 규칙을 정하고 싶으세요?"

"반대로 바룸 족을 수해 밖으로 내쫓을 거야."

뭐라고 해야 할지……. 정말 둘이 똑같네. 사이좋게 잘 지내면 좋을 텐데. 남녀가 평등하게. ……요즘 남녀평등에 대해 깊게 생각할 기회가 늘었다……. 특히 가족 내의 남녀평등에 대해.

"결국 당신은 그 바룸 족을 내쫓기 위해 토야 오빠와의 사이에서 아이를 낳고 싶다, 그거군요?"

"그것만이 목적은 아니지만, 대략 틀리진 않아."

"……알겠습니다. 그럼 거래를 하죠. 우리가 이번에 라우리 족이 '가지치기 의식'에서 승리하여 '수왕의 부족'이 되도록 도울게요. 그 대신 당신은 토야 오빠를 포기하세요."

어?! 진짜로? '대수해 격투 대회'에 참가하겠다고?!

물론 나도 팜을 어떻게든 도와주고 싶긴 해. 아이를 만들고 싶지 않으니까. 그렇다면 그게 가장 빠른 해결 방법일지는 모르지만.

"……이길 수 있어?"

"글쎄요. 하지만 이대로 패배를 받아들이고, 10년 후를 기약하는 것보다는 좋다고 생각하는데요?"

유미나가 옅게 미소 지었다. 뭐지? 이 아이, 요즘 들어 엄청나게 박력이 넘치는데.

그런 것보다, 설사 지금 아기를 낳는다고 해도 10년 후면 겨우 만으로 아홉 살이잖아. 그런 아이를 격투 대회에 참가시키다니, 역시 좀 그렇지 않나?

"……좋아. 정말로 이길 수 있다면 그보다 더 좋은 일은 없으니까. 안 되면 역시 토야의 아이를 가질 수밖에."

"아마 그렇게는 안 될 거라고 생각해요."

유미나와 팜이 서로 미소를 지었다. 이거 뭐야, 무서워.

일시적으로 유미나와 색시들을 라우리 족 사람으로 받아들이면 조력자로서 인정해 주는 모양이었다. 나로서는 어딘가 모르게 이상한 기분이지만.

프로야구팀에 조력자인 외국인이 여덟 명이나 있는 것과 비슷한 건가. 그런데 그러면 조력자의 팀이지, 원래의 그 팀이 아니지 않나?

"유미나 님, 정말이십니까?"

"이게 가장 좋은 방법이에요. 여러분도 괜찮은가요?"

유미나가 주변을 둘러보며 물었지만 아무도 반대하는 사람은 없었다. 솔직히 말하면 나는 반대하고 싶은 마음도 있었다. 혹시라도 다칠까 봐.

하지만 반대하면.

"그렇게 팜이랑 아이를 만들고 싶은 건가요? 그런 건가요? 큰 가슴이 좋아요? 가슴이 커서 그런 거예요?"

라고 하면서, 몇 명인가가 암흑에 빠질 것 같은 기분이 들어 도저히 끼어들 수가 없었다.

우리 여성진은 그곳에 콤플렉스가 있는 사람이 많으니까……. 아직 성장기인데 말이지.

크기를 따지자면 야에〉힐다〉〉린제〉루〉유미나〉스우 정도일까. 그런데 팜은 그 야에보다도 더 크니…….

나중에 플로라에게 수상한 약을 연성시키거나 하는 건 아니겠지? 아니, 어쩌면 벌써 있을지도……. 갑자기 유미나의 가슴이 엄청나게 커지면 오히려 기분 나쁠 텐데…….

"우리가 라우리 족의 대표로 '가지치기 의식'을 승리해 '수왕의 부족'이라는 칭호를 획득해야 하는군요. 이 멤버라면 출장자는 한정될 듯합니다."

"맞아. 팜은 부족 대표자니까 꼭 나가야 할 테니, 나머지는 나, 야에, 힐다, 루 정도일까?"

에르제의 말대로 유미나나 린제는 격투전에 어울리지 않는다. 두 사람 모두 후방에서 장거리 사격을 하는 게 적합하다. 스우는 아예 전투력도 없고.

요즘에는 가끔 레네랑 같이 라피스 씨나 세실 씨에게 격투술이나 투척술을 배우고 있다고 하지만. 아무래도 메이드의 기본 소양이라는 듯하다. 스우는 메이드가 될 생각인가?

아무튼 방침이 결정되어, 이걸로 일단락된 모양이었다. 당사자면서 회의 중에 한마디도 하지 않은 나는 대체 뭘까…….

"저어, 유미나 언니, 하나 질문이 있네만……."
"뭐니?"
스우가 팔짱을 끼더니 고개를 갸웃하며 유미나에게 시선을 보냈다.
"그 '가지치기 의식' 인가에 싸우지 않는 우리도 가야 하는 건가?"
"그거야……. 그때만큼은 라우리 족 사람으로서 응원 정도는 해야겠지. 게다가 무슨 일이 있으면 대신할 필요도 있을 테고."
"토야도?"
"물론이지. 가장 관련이 깊은 관계자잖니. 역시 모두 응원을 해 줬으면 할 테고, 무슨 일이 있을 때를 생각하면 든든하니까."
나도 역시 모두에게 다 맡기고 모른 척할 생각은 없었다. 당연히 응원도 갈 거고, 혹시라도 위험한 일이 생기면 솔선해서 움직일 생각이었다. 무슨 일이 있을지 알 수 없으니까. 방해 공작 같은 게 없길 바라기야 하지만.
"으음……. 하지만 토야는 남자가 아닌가?"
'아.'
나를 포함한 모두가 그런 소리를 흘렸다. 그랬다. 라우리 족에 남자가 있는 것은 아무래도 이상하다. 무슨 일이 있었을 때, 라우리 족이 아닐 경우, '외부인은 빠져라' 라는 말을 듣기 십상이다. 어? 그럼 어떻게 하지?

"………여장을, 해야 할까요?"
"잠깐만!!! 절대 반대야!"
린제가 가만히 중얼거렸을 때, 나는 처음으로 입을 열었다.

'가지치기 의식'.

대수해에 사는 모든 부족이 대신수라고 불리는 신목 근처에 모여 대수(大樹) 정령의 가호 아래, 그 무용을 다툰다……. 그래, 그야말로 '대수해 격투 대회'다.
우리는 라우리 족 사람으로 그 대회에 참가하고 승리하여 '수왕의 부족'이 되는 것이 목적이었다.
솔직히 그렇게까지 할 필요는 없지 않을까 생각하지만, 계속 팜이 들러붙는 것도 그렇고, '가지치기 의식' 자체는 3일 정도면 끝난다고 하니, 아무튼 괜찮지 않을까 하는 생각이 들었다. 에르제와 힐다는 오히려 싸우고 싶어 하기도 했고. 조금 실력 확인 같은 면도 있었다. 그리고 잘만 되면 대수해의 부족을 장악하는 '수왕의 부족'과 인맥이 생긴다는 타산적인 이유도 있었다.

아, 다행히 여장만은 간신히 모면했다. 【미라주】로 외모만 여자로 보이게 만들면 그걸로 충분하니까. 누가 만지기라도 하면 들킬 수도 있다고 린제가 끈질기게 지적했지만, 안 그래도 노출도가 높은 라우리 족의 민족의상을 입을 생각은 전혀 없다!

【게이트】를 이용해 팜은 이미 라우리 족 마을로 돌아갔다.

그리고 대화가 불편하지 않을까 해서 무속성 마법 【트랜슬레이션】을 습득했다. 한마디로 말해 번역 마법이다. 이쪽 언어는 상대의 언어로, 상대의 언어는 이쪽의 언어로 들리는 모양이었다.

이 마법은 나와 코하쿠 일행 사이의 텔레파시와 비슷한 것일지도 모른다.

일단, 팜, 야에, 에르제, 힐다, 루가 대표 멤버였다. 누군가가 상처를 입었을 때를 대비해 보결이 필요하지 않을까 생각했지만, 대표 멤버는 어떻게든 그 다섯 명만으로 모두 이겨 보일 생각인 듯했다.

내가 참가할까도 생각했지만, 팜을 비롯한 라우리 족 사람들이 격렬하게 반대했다. 라우리 족이 성스러운 '가지치기 의식'에 남자를 대표로 내세울 수는 없다는 이유인 듯했다. 조력자나 응원은 인정해도 그것만은 양보할 수 없다고 한다.

남자는 그냥 잔말 말고 보기나 해라. 그런 거겠지. 뭔가 기를 못 펴겠다. 그래서 그런지 조금 바룸 족이 부러워졌다.

아무튼 이래저래 한 달 후.

우리는 '가지치기 의식' 이 열리는 대신수의 아래로 갔다.

"후아아아아……."

엄청 큰 나무네……. 대신수를 본 감상은 딱 그것이었다.

대체 지름 몇십 미터인지. 엄청나게 굵은 줄기에서 파랗게 우거진 나뭇가지가 사방팔방으로 뻗어 있었다. 하지만 줄기의 크기에 비해 높이는 그렇게까지 높진 않았다. 마치 파라솔의 손잡이 부분을 극단적으로 짧게 해 놓은 듯한 모양이었다.

나뭇잎 사이로 햇빛이 비쳐 지상은 환상적인 녹색 빛으로 물들었다. 그 햇빛 안에서 대수해의 다양한 부족이 한데 모여 있었다.

대신수 아래쪽에는 크고 작은 나무 밑동이 있었는데, 작은 것도 지름이 20미터는 되었다. 그것들은 하나하나가 격투 무대이자, 대신수의 일부라고 한다.

대수해의 부족은 모두 약 240개. 그중에 하나, '심판의 부족' 이라고 불리는 쟈쟈 족이 이 '가지치기 의식' 을 진행하는 모양이었다. 쟈쟈 족은 몇 대에 걸쳐 이 '가지치기 의식' 을 관장했고, 유일하게 정령에게 대신수의 아래, '신수역(神樹域)' 에서 사는 것을 허가받은 부족이었다. 그 대신 쟈쟈 족은 '가지치기 의식' 에 참가할 수 없었다. 정령의 의지를 부족에게 전달하는 신관 같은 역할이기 때문인 듯했다.

"그건 그렇고, 부족이 참 다양하네……."

나는 두리번거리며 주변을 돌아보았다. 몸집이 큰 부족, 몸집이 작은 부족, 머리에 이상한 장식을 단 부족, 잘각거리는 소리가 나는 팔찌를 찬 부족. 진기하게도 수염을 길게 기른 부족이나 후드가 달린 녹색 로브로 온몸을 감싼 부족도 있었다.

몇몇 예외는 있었지만, 전체적으로 남성도 여성도 노출도가 높았다. 역시 금기시되는 곳을 드러낸 곳은 없었지만, 개중에는 꽤 아슬아슬한 차림을 한 부족도 있어 눈을 어디에다 둬야 할지 난처했다.

"이러면 소인들도 눈에 띄지 않아 조금은 안심입니다만……."

"토야 님? 너무 여자분들을 빤히 쳐다보지 않았으면 하는데요. 외견상은 동성이니 이상하게 생각할 거예요."

루의 말에 가시가 박혀 있어, 나는 일부러 헛기침하며 자세를 바로잡았다.

옆에 있는 우리 일행은 모두 라우리 족 차림을 했다. 한마디로 가슴과 아래쪽만 천으로 가린 모습이었다. 하지만 역시 그런 차림으로는 부끄러웠는지, 허리에 파레오 같은 것을 두르고, 위에는 짧은 판초 같은 것을 걸쳤다. 싸워야 하는 에르제 일행은 움직이기 편한 복장이었지만.

나는 【미라주】를 사용했기 때문에, 외견상으로는 라우리 족 여성의 모습 그 자체였다. 일단 누가 건드려도 알기 힘들도록 반팔, 반바지 차림이긴 했다. 팔을 건드렸는데, 옷을 입고 있

는 듯한 감촉이 느껴지면 곤란했기 때문이다.

스우도 라우리 족 스타일이었지만, 이쪽은 아직 귀엽게만 느껴질 뿐 야하다는 생각조차도 안 들었다. 하지만 그 외의 다른 색시들은 꽤 두근거리는 모습이라, 나는 시선을 무심코 다른 방향으로 돌리고 말았다.

물론 다른 부족 사람들은 더 과격한 차림이라 뭐라고 말하긴 어렵지만.

"저 밑동 위에서 싸우는 거야?"

"그래. 저곳은 정령의 가호가 깃든 곳으로 목숨을 위협하는 공격은 모두 약하게 변해. 설사 진검으로 목을 치려고 해도 말이지. 물론 죽을 정도의 공격을 맞으면 기절 정도는 하지만."

대체 어떤 마법인지는 모르겠지만, 정령의 힘인 것만은 분명한 듯했다. 내 【실드】 같은 것일까? 죽지 않는다고는 해도 대미지는 전달되니 다른가? 게임으로 말하면 최소한 HP1은 남는다는 건가?

기본적으로 죽지는 않는다고 하지만, 쓰러질 때의 충격이나 그 외의 요인 때문에 죽는 경우도 제로는 아니라고 하니 방심할 수는 없다. 밑동은 지상에서 2미터 정도 높이가 있어, 그곳에서 떨어지면 장외 패가 되지만, 떨어질 때 잘못 떨어지면 죽을 수도 있다.

"마법도 사용하지 못하는 거지?"

"그래. 그것도 효과가 사라져. 게다가 이곳에서는 불은 아무리 작아도 안 쓰는 편이 좋아. 사용할 거면 신수역 밖으로 나가서 써. 심판 부족이 노려보니까."

마법도 무효가 되는 건가? 그렇다면 에르제의 【부스트】는 저 위에서 못 쓴다는 거네. 무기의 마법 부여도 무효가 된다는 모양이라, 이번에 우리 출전자가 가지고 있는 무기는 모두 평범한 것들이었다.

불이 금지된 이유는 이해가 간다. 화재라도 나면 정말 큰일이니까. 신수역에서 나가면 바로 큰 강이 흐르는데, 식사는 그쪽에서 만드는 듯했다.

응원을 온 부족 동료는 다른 나무 위에 설치된 관객석에서 그 싸움을 관전해야 했다. 주변 나무들에는 대부분 나무와 나무를 연결하는 현수교가 걸려 있었다.

"시합은 언제 시작돼?"

"곧 시작돼. 오늘은 세 부족을 이기면 끝이야. 그리고 내일 싸움에 진출할 수 있어."

음~ 약 240부족이 3회전이라니……. 그럼 대략 30부족 정도까지 줄어드는 건가. 오늘은 예선이고 내일은 본선 같은 느낌이구나.

샤리링, 하고 어디선가 방울 소리가 울렸다. 그러자 술렁거리던 주변의 소음이 사라지고, 크고 맑은 목소리가 들려왔다.

"시간이다. 참가자 이외에는 이 자리를 떠나라. 나머지는 모두 정령이 이끄는 대로."

흰 관두의 같은 민족의상을 입은 '심판의 부족' 남자가 엄숙하게 고했다. 그와 동시에 다른 부족 사람들이 우르르 트리하우스 같은 관객석이나 나무와 나무 사이를 연결한 현수교, 또는 그냥 큰 나무의 나뭇가지 위로 이동했다.

우리도 갈까.

"그럼 다들 힘내. 너무 무리는 하지 말고."

"알겠습니다."

"걱정 마."

"맡겨 주세요!"

"최선을 다하겠어요."

"가자."

팜의 뒤를 따라서 야에, 에르제, 힐다, 루, 이렇게 네 사람이 격투 스테이지인 나무 밑동 쪽으로 걸어갔다.

우리도 나무 위에 설치된 관객석으로 이동했다. 지름이 몇 미터나 되는 큰 나무의 측면에 설치된 계단을 올라 전망이 좋은 장소를 확보했다.

"가슴이 마구 두근거리는구먼."

스우가 난간으로 몸을 내밀며 아래쪽에 있는 시합 장소를 바라보았다. 이 거목의 관객석은 라우리 족이 모두 차지했다.

총 50명 정도의 응원단인데, 모두 다 여자고 남자는 나 혼자라 솔직히 매우 불편했다. 라우리 족 사람들도 내가 여성으로 보이기야 하겠지만, 정체가 남자라는 사실은 잘 알았다. 으으음, 잘 생각해 보니 【인비저블】로 투명해지는 게 더 좋지 않았을까 하는 생각이 들었다.
하지만 그렇게 하면 문제가 생겼을 때, 개입하기 어렵다. 귀찮아도 일단은 '라우리 족'의 일원이 되는 편이 좋다.
"아, 보세요. 토야 씨. 저거."
"응?"
린제가 가리킨 곳을 보니 각 부족 대표에게 스포트라이트처럼 나무 사이로 햇빛이 비쳤다. 그리고 그것이 천천히 움직여 대표들을 각자 스테이지로 이끌었다.
깜짝 놀라 머리 위의 나뭇가지를 보니 나뭇잎이 자유롭게 변형되며 나무 사이로 비치는 햇빛을 조절했다. 우와, 뭐야 이거……. 저 대신수는 정말로 의지를 지니고 있었구나. 저 햇빛의 인도에 따라 대전 상대가 결정되는 건가?
그런 생각을 할 겨를도 없이, 곧장 격투가 시작되었다. 개회식 인사 같은 것은 없나?
"전부 일대일로 대결하는 건가?"
"먼저 3승을 하면 남은 두 사람은 싸우지 않고도 승리라고 하네요."
즉, 우수한 전사 한 명이 있어도 다른 네 사람의 실력이 좋지 않아서는 3패로 탈락이구나. 승자가 계속 남아서 싸울 수 있는 연승전 형식이면 혼자서 다섯 명을 쓰러뜨리는 것도 가능했을 테지만.

전투 불가거나, 항복하면 패배. 또 장외로 떨어져도 패배. 기본적으로 반칙은 없지만, 대수해에 사는 부족으로서 현저하게 긍지를 더럽히는 행위를 한 자는 실격이었다.

한 시합을 보니 거한이 휘두른 도끼가 상대의 머리를 반으로 가른…… 것처럼 보였다. 하지만 실제로는 머리가 갈라지지 않은 채, 상대 남자는 그냥 바닥에 쓰러졌다.

저게 정령의 가호인가? 쓰러진 상대의 몸에는 무수히 많은 상처와 멍이 나 있으니, 모든 대미지를 사라지게 해 주는 것은 아니었다. 치명적인 일격을 받을 때만 발동된다는 건가. 상대는 완전히 기절한 모양이지만.

"아, 라우리 족 시합이 시작되려나 봐요."

유미나가 가리킨 곳은 이곳에서는 잘 보이지 않는 위치였다. 그래서 나는 【미라주】와 【롱센스】를 사용해 공중에 스테이지의 영상을 띄웠다.

오오. 다른 라우리 족 사람들의 경탄하는 목소리가 들렸다. 스테이지 위가 아니라면 마법을 사용할 수 있는 모양이었다.

나는 모두가 관전할 수 있을 크기로 화면 사이즈를 조정했다. 아무래도 첫 번째 선수는 루인 듯했다.

상대는 키가 큰 남자로 꽤 오래 사용한 것으로 보이는 창을 들고 있었다. 키 차이가 40센티미터는 되지 않을까? 그 남자와 대결하는 루는 칼날 길이 30센티미터 정도 되는 쇼트소드를 양손에 하나씩 쥐고 있었다.

"시작!"

흰옷 차림인 심판이 팔을 위에서 아래로 내리자마자 루가 움직였다. 루는 똑바로 창을 든 남자의 안쪽으로 돌진했다. 그 모습을 보고 남자가 루를 꿰뚫으려고 창을 뻗었지만, 루가 검으로 창을 멀찌감치 튕겨 냈다.

그리고 미끄러지듯이 상대에게 접근한 루가 왼손을 번뜩이며 남자의 옆구리를 공격했다.

퍽! 하는 둔탁한 소리가 나며 창을 든 남자가 쓰러졌다. 시간으로 따지면 1분도 지나지 않았다.

우오오오오오오오오오오오오! 뒤에 있던 라우리 족 사람들이 환성을 질렀다.

멋으로 나나 야에와 훈련했던 게 아니다. 루로서는 저 남자 정도의 움직임을 파악하는 정도야 당연히 별것 아니었다.

원래 쌍검사는 민첩함이 중요하다. 움직임으로 상대를 농락하다 신출귀몰한 각도에서 공격하는데, 도끼나 대검 같은 묵직한 위력은 없지만, 대신에 그 민첩한 움직임을 살려 상대를 제압하는 것이다.

그렇다고 해서 상대를 일격에 쓰러뜨리지 못한다는 의미는 아니었다. 루처럼 급소를 노리면 충분히 가능하다. 물론 그러려면 당연히 민첩함과 더불어 정확함도 요구된다.

루가 이쪽을 향해 크게 손을 흔들었다.

이렇게 하여 우리의 싸움은 막이 올랐다.

◇ ◇ ◇

첫째 날은 순조롭게 승리해 어려움 없이 3승을 거두었다. 순조롭다고 해야 할지, 첫째, 둘째, 셋째 선수인 루, 에르제, 야에 이외에는 싸우지도 않았다. 모든 시합을 모두 3승으로 끝내 버린 것이다. 스트레이트 승리다.

일단 봤을 때, 대진 운이 좋았다고도 할 수 있을 듯했다. 대체로 대단한 상대는 아니었다.

"내일도 이런 느낌으로 진행되면 좋을 텐데."

노을이 질 때, 태양을 바라보면서 그렇게 말했다. 이곳은 신수역에서 떨어진 강 옆의 숲속. 모든 시합이 끝나, 모두 식사 준비를 시작했다.

시합에 패배한 부족도 돌아가지 않고 각자의 식사를 준비했다. 기왕에 이곳까지 왔으니 마지막까지 시합을 보고 갈 생각인 듯했다.

우리는 성으로 돌아가 식사를 해도 됐지만, 모처럼 라우리 족 사람들이 사냥해 와 준다고 해서, 같이 음식을 먹기로 했다.

나는【스토리지】에서 바비큐 세트를 꺼내고 숯에 불을 붙이는 등, 조리 준비를 시작했다. 소금, 후추, 조미료, 소스도 꺼냈다.

이윽고 라우리 족 사람들이 토끼, 염주비둘기 같은 사냥감을 몇 마리씩이나 가져왔다. 이 근처에는 '가지치기 의식' 때 이외에는 '심판의 부족' 만이 사냥을 할 수 있어서 사냥감이 많다고 한다. 물론 이번 3일간은 많이 사냥 되겠지만, 다음 '가지치기 의식' 때 즈음이면 원래대로 개체 수가 회복된다는 모양이었다. 그것도 정령의 은혜인 걸까.

"가끔은 이렇게 자연 속에서 요리하는 것도 좋은 것 같아."

"그러네요. 아, 토야 오빠. 이쪽, 벌써 타기 시작했어요."

유미나가 바지런히 나를 도와주었다. 다른 사람들이 보기에는 모두 여자이기 때문에 자매로밖에 안 보일 테지만.

고기만 먹으면 영양소가 편중되기 때문에【스토리지】에서 호박이나 양파, 피망 같은 야채도 꺼냈다. 그것을 대충 자른 뒤, 금속 꼬치에 고기와 함께 꽂아 수제 바비큐 소스를 뿌려 먹었다. 음, 맛있다.

"이렇게 먹긴 처음인데, 굉장히 즐겁고 좋아요."

루가 자신의 접시에 고기를 올리며 웃었다. 레굴루스의 공주로 살아온 루에게는 이런 경험을 할 일이 거의 없었을 테지. 즐겁다고 하니 정말 다행이다.

하지만 나는 주변 사람들이 모두 여성뿐이라 역시 마음이 잘 진정되지 않았다. 마음 편히 즐기기에는 조금 어렵다. 레스티아 선왕 폐하라면 히죽대며 참가하고도 남았겠지만.

그런데 뒤가 뭔가 소란스러웠다. 돌아보니 건장한 남자들이 서로 치고받고 있었다. 싸움인가. 성가시게. 싸우려면 다른

데 가서 안 해 주려나.

"이렇게 많은 부족이 모여 있으니, 언쟁 정도는 일상다반사야."

그렇게 말하면서 팜이 꼬치구이의 고기를 덥석 입에 물었다. 참고로 '가지치기 의식'에 출전한 사람들에게 피해가 가서는 안 되기 때문에, 이런 분쟁은 당연히 주변의 부족 동료가 나서서 사태를 수습하는 것이 규칙이라고 한다. 그렇다면 저쪽에서 서로 다투는 사람들은 시합에 출전한 사람들이 아니구나. 그럼 어떻게 되든 상관없나?

"뭐야. 웬 이상한 녀석들인가 싶었는데, 라우리 족이었군."

싸움하는 녀석들 옆을 지나 이번에도 건장한 남자들이 이쪽으로 다가왔다. 근육을 울퉁불퉁할 만큼 단련해 역삼각형인 몸. 그리고 그보다 더 심해 보이는 흉터와 문신이 강한 위압감을 내뿜었다. 거기에 더해 빡빡 깎은 머리나 모히칸 등, 굉장히 질이 나빠 보였다.

"바룸 족, 무슨 일이지?"

팜이 고기를 씹으면서 날카롭게 남자들을 노려보았다. 이 녀석들이 바룸 족인가?

정말 하나같이 이쪽을 깔보는 듯한 눈초리다. 히죽히죽 얇은 미소를 짓고 있는 녀석도 보였다. 나는 같은 남자로서 이런 녀석들처럼은 되지 말자고 마음속으로 결심했다.

"이번 '가지치기 의식'에는 안 나올 줄 알았다. 마수 따위에게 마을의 중심 전사가 당했다고 들었는데, 참 한심하군. 역시 여자라 그런가."

"너 이 자식……. 쓰러진 전사들을 모욕할 셈이냐?!"

팜 이외의 다른 라우리 족 모두가 몸을 살짝 낮췄다. 언제든 전투태세로 이행하려는 듯이. 그런 모습을 눈치챈 바룸 족도 가볍게 자세를 잡았다. 양쪽 사이에 일촉즉발이 일어날 듯한 분위기가 감돌았다.

"특별히 그럴 생각은 없다. 단지, 우리 바룸 족이었다면 마수 따위에게 당하지는 않았을 거라고 생각했을 뿐이다."

"흥. 아무것도 모르니 그런 소리가 나오지. 너희 바룸 족이 떼로 덤벼도 그 수정 마족에는 못 당한다. 아마 전멸하겠지."

"뭐라고?!"

서로 험한 말이 오가는 상황. 서로 마구 노려보는 상황. 그야말로 견원지간인 건가.

"웃기지 마라! 너희 라우리 족이 쓰러뜨렸는데 우리 바룸 족이 쓰러뜨리지 못할 리가 없지 않나?!"

"아쉽지만 수정 마수를 쓰러뜨린 건 우리가 아니야. 여기에 있는 토야다."

"앙?!"

허어억, 이쪽으로 떠넘기면 안 되지. 바룸 족의 시선이 순식간에 나를 향했다.

"이 여자가 말이냐?!"

바룸 족 남자가 이쪽으로 다가왔다. 키가 190센티미터는 될 듯한 그 남자는 빤히 이쪽을 무례하게 바라보았다. 그리고 씨익 음흉한 미소를 지었다.

"꽤 괜찮은 여자군. 마음에 들었다."

"기분 나빠!"

"뭐라고?!"

아차, 무심코 소리를 내서 말하고 말았다. 하지만 그렇잖아?! 나로서는 건장한 남자에게 그런 말을 들으면! 온몸에 소름이 쫙 끼친다!

"이 계집이!"

잔뜩 화가 난 남자는 손을 뻗어 내 팔을 붙잡으려고 했다.

"만지지 마!"

"크허억?!"

나는 남자의 배에 발차기를 먹여, 몇 미터나 날아가게 하였다. 힘 조절을 할 수 있을 리가 없다. 몸의 위기를 느꼈으니까! 다른 의미로!

"이 자식!"

"해치워 버려라!"

단숨에 달려오는 바룸 족 남자들을 휙휙 피하면서 나는 잇달아 발차기를 날렸다. 손으로는 때리지 않았다. 왜냐하면 왠지 손으로 건드리기에는 불결하게 느껴져서!

솔직히, 이렇게까지 번들거리는 마초들에게 공격을 당하면 남자든 여자든 관계없이 누구나 무서워할 수밖에 없다! 성적(性的)인 의미에서.

"이 자식이 진짜……. 다 같이 덤벼라!"

"우오오오오오오오오오오오오오오오!!"

근육의 쓰나미가 다가왔다. 우에엑?!

"【실드】!"

"쿠어억?!"

보이지 않는 방패에 막혀 나에게 달려든 남자들이 그대로 땅에 내동댕이쳐졌다. 아~ 정말 기분 나빴어.

"바룸 족도 별것 없네. 토야 한 명에게 이런 꼴을 당하다니."

"큭……."

팜이 남은 바룸 족 남자들을 도발하듯이 비웃었다. 야~ 괜히 자극하지 마.

남은 녀석들도 얼굴을 새빨갛게 물들이며 분노를 숨기지 못했다. (외모를 봐서는) 한 명의 여자에게 당했으니, 남존여비 부족으로서는 울컥할 상황이긴 하다.

"얼른 그 녀석들을 데리고 돌아가. 더러운 남자들이 계속 있으면 민폐일 뿐이니까."

팜이 방금 한 말에는 나도 동감이다. 이대로는 마초 공포증이 생길 것 같다.

"큭, 두고 봐라!"

쓰러진 녀석들을 질질 끌고 바룸 족이 철수했다.

으으, 기분 나빴어. 무례한 남자들의 눈은 저렇게 불쾌했었구나. 저렇게 되지 않도록 조심하자.

"저게 바룸 족? 별것 없어 보이네."

"참가자는 없었던 것 같아. 저 녀석들은 바룸 족 중에서도 말단이야. 아직 다 크지도 않은 꼬마에 불과하지."

팜이 에르제에게 대답하는 말을 듣고 나는 귀를 의심했다. 대수해의 부족들은 열다섯만 되도 성인과 마찬가지 대접을 해 준다고 들었는데?! 어?! 저런 녀석들이 나보다 더 어린 애들이라고?! 엄청난 덩치를 자랑하는 아저씨들이었는데?!

말도 안 돼……. 저런 녀석들이 중학생 정도라니, 정말 말도 안 돼……. 대체 어떻게 교육하길래?? 갑자기 식욕이 사라졌다…….

바비큐를 먹은 뒤, 몇몇 보초를 세우고 교대로 잠을 잤다.

이건 숲의 짐승들을 경계하기 위한 것도 있지만, 다른 부족의 야습을 방지하기 위한 것이기도 했다. 물론 모든 부족이 그런 짓을 하는 것은 아니지만, 개중에는 그런 짓을 아무렇지 않게 하는 녀석들도 있다는 모양이었다.

우리만이라면 【게이트】를 이용해 성으로 돌아가서 잘 수도 있었지만, 그런 말을 듣고 그냥 무시해서는 뒷맛이 나쁘다.

일단 주변에는 【실드】 결계를 펼쳐 놓고, 몇 명씩 교대로 잠을 자기로 했다. 【실드】로는 임기응변 정도밖에 되지 않으니까. 참가자인 다섯 명은 피로를 모두 풀고 출전해야 하기 때문에 보초 면제다. 아침까지 푹 쉬게 하자. 아, 스우도 일어나 있어 봐야 도움이 안 될 테니 푹 재웠다.

옆에는 조금 전까지 보초를 서던 린제와 유미나가 담요를 빙글 말고 조용히 자는 중이었다.

문득 기묘한 감각이 느껴졌다. 이 기척은…….

나는 자리에서 일어서 숲 안쪽으로 이동했다. 같이 보초를 서던 라우리 족 사람들이 순간 나를 돌아보았지만, 화장실을 간다고 생각했는지 특별히 말을 걸거나 하지는 않았다.

어두운 숲속 안쪽으로 계속 들어가 보니 점점 기척이 강해졌다. 틀림없다. 이건 라밋슈 때 느꼈던…….

나는 숲 안쪽의 활짝 트인 공간에 도착해 걸음을 멈췄다.

있다. 이곳에. 이 장소에.

"내 목소리 들려?"

어둠 속의 나를 달빛이 비추었다. 사사사사, 하는 나무들의 술렁임이 주변을 감쌌다.

달빛 속에 흐릿하게 녹색 빛이 떠올랐다.

〈당신은 누구시죠?〉

녹색 빛이 조금씩 형태를 바꾸었다. 이윽고 그것은 에메랄드색 머리카락을 한 소녀의 모습으로 변화했다. 입고 있는 원피스 같은 옷을 포함해, 소녀의 온몸이 녹색으로 발광했다.

그리고 번쩍 뜬 양쪽 눈도 비취색으로 빛났다.

"정령……이구나?"

〈네. 저는 이 대수해를 관장하는 대수(大樹)의 정령. 대신수의 화신이기도 합니다.〉

"역시나. 라밋슈에서 싸웠던 어둠의 정령과 기척이 비슷하다고 생각은 했어. 물론 그쪽은 더 끈적하고 탁했지만."

대신수에서도 조금이기는 해도 기척이 느껴졌지만, 지금은 그 기척이 훨씬 더 뚜렷했다. 이렇게 나타나지 않으면 역시 기척을 뚜렷하게 느낄 수 없는 것일까.

〈싸웠다? 어둠의 정령과……? 그럼 그 아이를 해방해 준 사람이 당신인가요?〉

"해방이라고 해야 할지, 한 방 날려서 정화했어."

〈정령은 불멸의 존재. 언젠가 어둠의 정령은 또 이쪽 세계로 돌아올 겁니다. 그런 것보다도…… 당신은 누구신가요? 그 모습은 속임수이죠? 그리고 온몸에서 조금씩 새어 나오는 그 힘은 대체……?〉

응? 아, 혹시 신력인가 뭔가가 보이는 건가? 조금 전에 【실드】 같은 마법을 사용했으니까. 그때 신력이 새어 나왔을지도 모른다. 나는 【미라주】를 해제해, 원래의 모습을 보여 주었다.

"나는 모치즈키 토야. 이곳의 북쪽에 있는 브륀힐드 공국의 왕으로, 조금 복잡한 사정이 있어서 이상한 체질이 되었지만 인간이야."

〈대체 어떤 사정이길래……?〉

대수의 정령이 난처한 표정을 지었다. 음~ 어떻게 하지? 설명하기가 귀찮다. 하느님에 관한 이야기를 해 봐야 믿어 줄지 어떨지 알 수도 없고.

그렇다고 굳이 하느님을 이쪽으로 부르는 것도……. 앗, 있었어. 또 한 사람, 하느님이. 조금 불안하지만.

나는 【게이트】를 열어 브륀힐드 성 침대에서 잠들어 있던 그 사람과 함께 다시 숲 안으로 이동했다.

“아야야! 뭐, 뭐야?! 어라? 토야 아니야?”

침대가 갑자기 사라져 숲에 떨어진 카렌 누나가 멍한 눈으로 주변을 둘러보았다. 핑크 하트 마크가 잔뜩 붙은 파자마는 좀 그렇지 않나?

잘 생각해 보니 아무리 하급신이라지만 너무 거칠게 다루는 것 아닌지, 나도 참. 이 사람(신)을 보면 그렇게 대단해 보이지 않는단 말이지. 칠칠치 못하고, 장난을 좋아하고, 음식도 몰래 집어 먹고, 성격도 제멋대로니까.

하지만 미워하지 못하는 이유는 날 남동생으로 대해 주고, 나도 가족 같다고 생각하기 때문인지도 모른다.

“카렌 누나, 하느님처럼 번쩍~ 할 수 있어요?”

“호에? 번쩍~? ‘신위해방(神威解放)’ 말이야?”

“네, 아마도요.”

이렇게? 누나가 온몸에서 눈부신 빛을 내뿜었다. 하느님 정도는 아니지만, 역시 굉장하다. 아아, 역시 이런 사람이라도 신 중의 한 명이긴 하구나. 그런 느낌이 들었다.

"……조금 실례되는 생각을 한 거지?"

"제셩하니다. 놔 주혜효~ 제셩해요~."

누나가 뺨을 꼬집었다. 아프다.

간신히 놔줘서 뺨을 쓰다듬는데, 옆을 보니 대수의 정령이 지면에 무릎을 꿇고 넙죽 엎드려 있었다.

역시 정령에게도 효과가 있구나. 신의 위광(威光)은 건재하다. 카렌 누나도.

"또 실례되는 생각을 했구나?!"

"제셩해효~ 어떠케 아랐어효?"

신, 얕볼 수가 없다.

〈그럼 토야 님은 카렌 님의…….〉

"지상의 남동생이야. 신력도 세계신이 내려주신 거고."

그건 거짓말. 내려주신 것이 아니라 우연의 산물입니다. 깜빡 실수.

하지만 대수의 정령도 그 설명을 듣고 납득을 한 모양이니, 별 상관은 없지만.

〈그런 분이 왜 '가지치기 의식' 같은 곳에…….〉

"집안사람이 출장하게 돼서 응원하러 왔어. 아, 심판은 공평하게 부탁할게."

〈네에…….〉

심판을 보는 것은 쟈쟈 족이니 관계없을지도 모르지만.

그리고 카렌 누나는 아무래도 신력을 완전히 차단할 수 있는 모양이었다. 하지만 나는 그럴 수가 없어서 대수의 정령이 눈치를 챘다는 듯하다. 하지만 해(害)도 없고, 시간이 지나면 그런 능력이 생긴다고 하니, 그냥 내버려 둘까? 신력이라는 것은 가르쳐 준다고 해서 어떻게 되는 것도 아니라는 모양이니까.

"그건 그렇고, '가지치기 의식'? 혹시 축제야?"

〈처음에는 다툼을 해결하기 위한 수단으로 여는 결투였지만, 제가 가호를 내리고 생명을 지켜 주게 되었습니다. 지금은 확실히 축제라 할 수 있겠군요. 명예와 권리가 얽혀 있습니다만.〉

"대수의 정령은 생명을 키우는 특성을 지니고 있었지? 아하, 잘 알겠어."

흐음. 대수의 정령은 생명을 보호하는 힘을 지니고 있는 건가. 그래도 죽는 사람이 나오는 걸 보면, 만능은 아닌 것 같지만.

모든 사람을 지킬 수 있으면, 대수해에서 부족끼리 싸우는 일도 처음부터 없었을 테니.

"재미있을 것 같으니, 나도 '가지치기 의식'을 보고 갈래. 야에랑 애들이 나온다면 응원도 해 주고 싶으니까!"

"네?! 안 돌아가요?!"

"……사람을 억지로 불러와 놓고, 말투가 좀 짜증 난다?"

"아야야야야야야야야야야야!"
또 꼬집혔다.

'가지치기 의식' 이틀째.
이긴 부족끼리 다시 그 무용을 겨루는 날. 오늘은 두 번 싸워서 살아남은 부족이 결승전이 열리는 내일로 넘어갈 수 있다.
솔직히 말해 라우리 족의 상대가 될 만한 부족이 현재로써는 보이지 않았다.
"그러고 보니 지난번 '가지치기 의식' 에서는 누가 이겼어?"
"파우나 족이라고 하는데, 이미 패배한 모양이에요."
에구구. 지난번 대회가 열린 지 10년이 지났으니, 멤버도 많이 바뀌었겠지.
가끔 꽤 강해 보이는 부족도 있었지만, 종합적인 실력으로 봐서는 이쪽이 더 뛰어난 듯했다. 우리 팀에서 가장 약한 사람은 아마 루다. 그보다 팜이 조금 더 강하고, 팜보다 에르제(【부스트】 없음)가 더 강하고, 야에와 힐다가 에르제보다도 강한 그런 느낌인가. 에르제는 【부스트】를 사용하면 야에나 힐다와 거의 비슷할 만큼 강하다.
이 멤버인데 세 사람이 질 거라고는 생각하기 힘들었다. 하지만 무기나 대전 상대와의 상성도 있으니까. 예를 들어 도끼를 사용하는 팜은 민첩성이 높은 단검 사용자에게 약하고, 리치가 짧은 에르제는 창을 사용하는 사람에게 약하다. 게다가 싸우는 순번이 어떤가에 따라서도 영향을 받는다.

그런 점도 고려를 했는지, 오늘은 어제와는 순번이 달랐다. 선봉이 야에, 두 번째가 팜, 세 번째가 힐다, 부장은 에르제, 대장은 루.

"봐봐, 야에의 시합이 시작된대! 응원해야지! 한 방 날려~! 힘 · 내 · 라 · 야 · 에!!"

"누나, 야구도 아니고……."

내 옆에서 크게 응원하는 카렌 누나는 착실하게 라우리 족의 의상을 입고 있었다. 물론 파자마를 계속 입고 있을 수는 없지만, 이것도 좀…….

카렌 누나는 꽤 몸매가 좋아서 아무래도 굉장히 눈에 띈다. 여신이니까 당연하다면 당연하지만…….

그런 생각을 하는 중에 야에가 손쉽게 상대를 쓰러뜨렸다. 이 시합은 문제없으려나? 선봉이 야에에게 지자 상대 팀이 깜짝 놀란 걸 보면, 선봉은 상대 팀 멤버 중에 최강이었던 듯했다. 그런데 야에에게 쉽게 질 정도의 실력이니 적이라고 할 수 없었다.

실제로 팜과 힐다가 승리해, 우리 팀의 스트레이트 3연승이었다.

"그런데 뭐냐……. 다들 이렇게 강했던가?"

물론 매일 훈련을 했고, 가끔 길드 의뢰를 하기도 하고, 지하에 만든 트레이닝룸에서도 단련을 하는 중이긴 하지만, 최근 몇 개월간, 모두의 성장 속도는 정말 깜짝 놀랄 만한 수준이었다.

나의 그런 중얼거리는 소리를 듣고 카렌 누나가 고개를 갸웃했다.

"으음? 혹시…… '권속(眷屬)' 화한 건가?"

" '권속' 화?"

"음~ '신력' 이란 말 그대로 '신의 힘' 이지만, 토야는 아직 각성하지 않았으니, 아닐지도 몰라. 하지만 반쯤 신…… 반신 같은 상태니까."

어……? 그 정도예요?! 물론 신의 몸에 가까워졌다는 말을 듣긴 했지만, 뭔가 점점 인간에서 멀어져 가는 듯한…….

"아무튼, 권속화라는 건, 신의 가호를 받는 걸 말해. 토야가 가족처럼 생각하는 사람들에게 무의식적으로 신력을 나눠 주고 있는 거지. 미미하긴 하지만 '신의 사랑' 이라고 할 수 있을까? 그런 느낌이야. 크게 말하면 나도 세계신의 권속, 가족에 해당돼."

아아, 대충 무슨 말인지 알 듯했다. 나는 분명히 모두를 가족이라고 생각한다. 지키고 싶다고 생각한다. 그래서 권속으로서 힘을 부여해 주고 있는 건가? 아하, 연애신인 카렌 누나는 그래서 세계신의 권속이라고도 할 수 있는 거구나.

"그 아이들이 '신력' 이라는 것을 눈치챌 리는 없겠지만, 무슨 특수한 힘을 얻게 될 가능성은 있어. 아마 이대로 가면 틀림없이 인류 최강급이 되겠지."
"그렇게나요?!"
"'신의 사랑'을 얕보면 안 돼. '신에게 사랑받은 존재'란 원래 그런 거야. 그리고 당연하지만 토야가 싫어하게 되면 그 효과는 사라져."
아니, 그런 일은 없을 테지만요. 내 색시들을 싫어하다니, 있을 수 없는 일이다. 그런데 정말 엄청난 부여 효과네…….
"그렇긴 하지만 반신 수준이니 그렇게…… 아."
"?"
"으음~ 어라? 그런 건가? 인가? 으음. 뭐, 좋아, 어쨌든."
"혼자서만 알지 말고, 제대로 설명 좀 해 주세요."
팔짱을 끼고 혼자서 고개를 갸웃하며 중얼거리기 시작한 카렌 누나를 보고 나는 무심코 딴지를 걸었다.
"아~ 아마, 그 아이들……. 토야의 권속이 된 동시에 내 권속도 됐을 거야."
"네?"
"나는 토야를 남동생, 그러니까 가족이라고 생각해. 그리고 그 색시들인 그 아이들도 가족으로 받아들이고 있어. 토야만큼은 사랑하지 않을지도 모르지만."
아아, 그런 말이구나. 반신과 연애신. 두 사람만큼의 '신의 사랑'을 받는 셈이야. 확실히 사이가 좋으니까. 아무튼 '형님'이니까.

"……왜 그러시나요?"

우리의 모습이 신경 쓰였는지 린제가 말을 걸었다. 응원 함성 때문에 무슨 말을 했는지는 못 들은 모양이었다. 물론 들렸어도 의미까지는 몰랐겠지만.

"앗, 아무것도 아니야."

"토야가 린제를 사랑한다는 사실을 새삼 확인한 참이었어."

"그! 그런가, 요? 저, 저도, 사, 사랑, 사랑……!"

"아~ 귀여워~! 꼭~!"

얼굴이 새빨개져서 더듬거리며 말을 잇는 린제를 카렌 누나가 꼭 껴안았다.

그래, 맞다. 누가 봐도 '신의 사랑'을 받고 있다. '권속'이 되는 것도 충분히 이해할 만하다.

"토야 오빠. 저기 보세요."

"응?"

관전을 하던 유미나가 소매를 끌어 가리키는 곳을 보니 어떤 스테이지에서 남자 두 사람이 싸우고 있었다. 대검을 마구 휘두르는 거한과 그 공격을 하늘거리며 피하는 민머리의 봉술사 남자.

거한 쪽은 명백하게 대수해의 부족이었지만, 봉술사는 아니었다. 피부의 색으로 따지면, 동방 쪽 사람인가? 우리랑 똑같은 조력자?

상대가 계속 공격을 피해서 거한은 누가 봐도 체력이 많이 떨어져 있었다. 그 틈을 놓치지 않고 민머리 남자가 봉으로 멋지게 거한의 가슴을 공격했다. 결국 거한이 그대로 쓰러져 민머리 남자가 승리했다. 남자는 쓰러진 상대에게 인사를 하고 자신 쪽 진영으로 돌아갔다.

강하네. 상당한 실력이다. 저렇게 강하니 평가를 받아 조력자로 초빙을 받은 건가? ……전혀 관계없지만 '민머리가 봉술', 은근히 발음이 어렵다. 세 번 연속으로는 못 말할 것 같아.

바보 같은 생각을 하면서 계속 스테이지를 보는데, 또 민머리 진영에서 대수해 부족이 아닌 사람이 나왔다. 대표자로서 출장한 이상, 그 부족의 동료로 인정하고는 있겠지만, 나는 그 여성을 보고 깜짝 놀랐다.

금색 눈동자에 뾰족한 귀, 적갈색 피부와 그곳에 떠오른 비늘. 그리고 짧은 검은 머리카락에서 뻗어 나온 뿔 두 개와 허리 부근에 나 있는 굵은 꼬리. 저건…….

"용인족(龍人族)이네요."

유미나가 작게 중얼거렸다. 용인족. 저게? 분명히 아인의 일종으로 미스미드의 주요 일곱 종족의 하나였지?

"용인족은 수가 적은데, 미스미드의 주요 일곱 종족 중에서도 가장 수가 적은 종족이에요. 하지만 전투 능력이 높고, 긍지가 높은 무인 종족이래요. 저도 처음 봐요."

그러고 보니 미스미드에 갔을 때도 본 적이 없었다. 듣자 하니, 용인족은 정치적인 쪽으로 무관심하고, 흥미의 대부분이 전투와 수행에 집약되어 있다고 한다. 그래서 미스미드의 요직에 진출한 사람도 없었고, 결국 나도 만날 기회가 없었다.

용인족 여성이 손에 들고 있는 것은 취색 건틀릿. 에르제와 똑같은 무투사인가?

시합이 시작되자마자 용인족 여성은 탁, 하고 가볍게 한 발을 내디뎠다. 그런데 다음 순간, 어느새 용인족 여성은 도끼를 다루는 상대의 눈앞까지 급격하게 접근해 있었다. 그리고 틈을 주지 않겠다는 듯이 오른쪽 주먹을 앞으로 내밀자 퍽, 하는 소리와 함께 주먹에 닿지도 않은 상대가 멀리 장외로 날아가 떨어졌다.

저건 뭐지……? '발경(發勁)' 인가? 스테이지 위에서 사용했으니 마법은 아닐 테고…….

용인족 여자가 민머리 남자와 마찬가지로 고개를 숙이고 자기 진영으로 돌아갔다. 예의 바른 무인이네. 일본의 검도, 유도처럼 싸우는 상대에게도 예의를 지키며 대하는 유파인 걸까?

"아무래도 쉽게 이길 수는 없을 것 같아."

"그러네요."

다른 스테이지도 보니 역시 언뜻언뜻 드물게 실력파가 보였다. 하지만 그래도 조금 전의 두 사람의 실력은 눈에 띄게 빼어났다.

"나앗?!"

대회장 안을 둘러보는데, 옆에 있던 카렌 누나가 이상한 목소리를 냈다. 뭐지? 이상한 참가자라도 있었던 건가?

카렌 누나의 시선을 따라가 보니 서로 검을 사용해 싸우는 두 사람이 보였다. 한 사람은 대수해 부족. 그리고 또 한 사람은 다른 나라의 조력자인 듯했다. 백자(白磁) 같은 피부에, 보라색이 깃든 은색 쇼트커트 머리카락. 한 손에 검을 들고 상대의 공격을 정교하게 막는 여성 검사.

"우와……."

굉장하다. 뭐가 굉장하냐면, 여성은 한 발자국도 움직이지 않았다. 뒤에서 공격해도 마치 다 보인다는 듯이 검을 등 뒤로 돌려 막아 냈다. 대체 어떻게 하면 저게 가능하지? 게다가 모두 한 손만을 이용했다.

마음대로 마구 공격하다가 대전 상대가 더는 움직이지 못하게 되자 여성 검사는 가볍게 상대의 어깨를 검으로 두드렸다. 그것만으로도 상대는 일어서지 못해, 여성 검사의 승리가 결정되었다.

이거 뭐야. 전혀 움직이지도 않고 이겼어. 상대가 약하지는 않았던 것 같은데…….

하지만 여성 검사 부족은 다른 세 사람이 패배해 결국 탈락했다.

"참~ 왜 이런 곳에 있는 거야, 저 아이는."

"네?"

카렌 누나랑 아는 사이인가? 스테이지 아래로 내려와 신수역 밖으로 나간 그 뒷모습을 바라보는데, 여성이 갑자기 뒤를 돌아 가볍게 손을 들더니, 나를 보고 미소 지었다.

으응? 어라? 나하고도 아는 사이인가?

"토야, 잠깐 이쪽으로 와 봐. 유미나, 토야 좀 잠깐 빌릴게."

"네? 아, 예."

카렌 누나에게 이끌려 나는 신수역 밖으로 나갔다. 꽤 멀리 떨어진 거목 아래에서 조금 전의 여성이 허리에 손을 대고 대담하게 미소 지으며 우리를 기다리고 있었다.

"여."

"여, 는 무슨. 왜 네가 여기에 있는 거야?"

화를 낸다기보다는 어이가 없다는 듯한 표정을 지으면서 카렌 누나가 팔짱을 끼고 여성 검사와 대치했다. 하지만 여성 검사는 전혀 주눅 드는 법 없이 깔깔 웃었다.

"일단 명분은 너를 돕기 위해. 사실은 재미있을 것 같아서."

"차암~."

가볍게 말을 거는 여성 검사를 보고 나는 혹시나 하고 한 가지 생각을 떠올렸다. 설마……. 하지만 그것 이외에는 생각하기가 힘들었다.

"카렌 누나…… 이 사람, 혹시……."

"응. 동료. 검신(劍神)이야."

"검신?!"

역시나! 게다가 검의 신이라면 나를 흥미롭게 지켜본다는

신들 중 한 명이잖아?!

뭐야, 이거? 무슨 신들이 이렇게 한가해? 아니, 종속신을 잡는 게 일이라는 듯하지만, 아무래도 그냥 적당한 핑곗거리인 것 같기도…….

"처음 보는 건, 가? 나는 자주 지상을 내려다보니까, 그런 느낌이 안 들지만. 토야."

"네에……. 처음 뵙겠습니다, 모치즈키 토야입니다."

"응, 잘 부탁해. 그건 그렇고 연애신. '카렌 누나' 라니, 대체 뭐야?"

"여기서는 내가 토야의 누나거든. 모치즈키 카렌. 흐흥~ 부럽지?"

엣헴, 하고 가슴을 펴는 카렌 누나. 이건 자랑할 만한 일이 아니거든요? 자랑할 만한 일이 아닌데, 검의 신 누나의 반응은 달랐다.

"좋겠다~ 아. 그럼 나도 누나 할래."

"안 돼~ 누나 포지션은 나거든~."

장난치듯이 카렌 누나가 웃으면서 고개를 돌렸다. 그러자 검신 누나가 빌듯이 손을 맞대고 말했다.

"뭐 어때? 아, 그럼 난 둘째 누나 할게. 네 여동생. 부탁할게, 카렌 언니."

"내가 큰 언니? 야?"

"응, 맞아. 내가 여동생."

카렌 누나가 으음~ 하고 생각하는 척하다가, 힐끔 나를 바라보았다. 뭐야, 이 행동은?

"그래, 그거라면 좋아. 특별히다?"

"야호~ 이제 나도 누나니까 잘 부탁해."

검신. 아니, 둘째 누나가 미소를 지으며 나를 돌아보았다.

뭐가 뭔지 모르겠는데, 그새 누나가 또 한 명 늘었다. ……이게 뭐야?

◇ ◇ ◇

"토야 씨의 둘째, 누나요?!"

"그래. 이름은 모치즈키 모로하. 모로하야. 내 여동생."

"잘 부탁해."

검신……. 아니, 모로하 누나는 카렌 누나가 소개를 마치자 린제와 악수를 하였다. 갑작스러운 누나 출현에 다들 깜짝 놀랐다. 알아, 나도 깜짝 놀랐으니까.

"인사가 늦었습니다. 저희는 토야 오빠와 약혼한 사람들로……."

"알아. 네가 유미나고, 이 아이는 린제, 이 아이가 스우지?"

"저희를 아시나요?"

"응. 위에서 자주 봤……."

"아아앗!! 카렌 누나가 편지를 써서 가르쳐 줬대!"

쓸데없는 소리를 하려던 새 누나의 말을 끊고, 간신히 얼버무렸다. 이 누나, 조금 분위기 파악을 못하는 면이 있는 것 같아. 원래 천연덕스러운 부분이 있는 건가?

모로하 누나는 카렌 누나와 마찬가지로 미인이었지만, 카렌 누나가 귀여운 타입이라면, 모로하 누나는 우아한 미인이었다.

키도 크고, 움직임 하나하나가 세련됐다고 해야 할까? 가극단에 속해 있어도 이상하지 않을 정도의 수준이다.

"그런데 왜 토야의 누님이 이런 곳에 있는 것이지?"

"음~ 조금 재미있을 것 같아서 억지로 참가했는데. 연승전이 아니라서 결국 지고 말았어. 이곳에 온 이유를 굳이 말하자면 무사수행을 위해서라고 해야 하나?"

모로하 누나는 정당한 이유를 만들어 스우의 질문을 받아넘겼다.

이 사람, 정말로 위에서 내려다보다가 재미있을 것 같아서 지상에 내려와 억지로 한 부족 소속으로 출전해 시합한 것이라고 한다. 아무래도 그 부족 사람들이 같은 동료라고 생각하도록 만들었다는 모양인데, 최면술이라도 쓴 건가? 아니, 신이니 뭐든 가능한가?

이 두 사람, 원래는 지상의 일에는 간섭을 못 해야 할 텐데.

음, '신'으로서 간섭을 못 하는 거지, 어디까지나 힘을 지닌 '인간' 으로서라면 간섭할 수 있다는 듯하다. 신체 능력도 '어디까지나' 인간 기준이라는데, 아무리 봐도 달인을 넘어선 괴물 수준이다.

그래서 '프레이즈를 전멸시켜 주세요.' 라든가 '유론을 부흥시켜 주세요.' 같은 부탁을 해도 들어줄 수는 없다. 대충 보기에 자신의 특기 분야 이외에는 그냥 잉여 인간(신?) 같기도 하고…….

"무사수행이라고 하셨는데, 혹시 토야 오빠에게 검을 가르쳐 준 사람은 모로하 형님이신가요?"

"아……. 그래, 그렇지 뭐. 토야는 여러모로 자기만의 기술을 사용하게 됐지만."

"검술 실력이라면 모로하에게 당할 상대가 없어. 세계 최고야."

카렌 누나가 마치 자기 일처럼 자랑했다. 그야 그렇겠지. 신이니까. 아, 근데 이 누나에게 우리 기사단 훈련을 도와 달라고 하는 것 정도는 가능하려나……?

단, '검신' 이니까, 어쩌면 창이나 도끼 등은 잘 못 다룰지도 모르지만. '단검' 이라든가 '쌍검' 이라면 아슬아슬하게 괜찮다든가? 나중에 물어보자.

"오, 야에의 시합이 시작됐구먼. 여기서 이기면 내일 마지막 날에 출장할 수 있지?"

스우의 목소리를 듣고 나는 생각을 멈춘 채 스테이지 쪽을 바라보았다. 이걸로 8강이 결정되고, 내일이면 '수왕의 부족' 이 결정된다. 즉, 지금은 16강전이라는 말이다.

"어쨌든 간에 바룸 족도 살아남았네."

"우리에게 시비를 건 사람들과는 달리, 참가자는 역시 강한 모양이에요."

그야 당연한가. 어제 녀석들과 같은 수준이라고 한다면, 어지간히 대진 운이 좋았다고밖에 볼 수 없다.

앗, 저런 녀석들보다도 야에의 시합에 집중해야 해.

야에의 대전 상대는 온몸에 문신이 그려져 있고, 양손에 토마호크를 들고 있는 남자였다.

시합 시작과 동시에 남자가 야에에게 접근해 오른손의 손도끼를 휘둘렀다. 야에는 그 공격을 백스텝으로 피한 뒤, 추격하는 남자의 잇따른 공격도 오른쪽, 왼쪽으로 피하며 거리를 두고 움직였다.

"야에의 승리야."

"네?"

재미있다는 듯이 작게 미소를 지으며 모로하 누나가 중얼거렸다.

스테이지 위에서는 남자가 점점 야에를 몰아붙였다. 하지만 야에는 서두르지 않고, 도끼를 계속 피했다. 뭔가 노림수라도 있는 건가?

이윽고 야에가 움직였다. 토마호크 남자가 마구 휘두르는 도끼를 피하고, 위로 쳐올리듯이 칼로 토마호크의 손잡이를 절단했다. 잘린 도끼의 날은 스테이지 장외로 날아갔다. 야에는 칼을 되돌리면서 한 번 더 도끼를 절단한 뒤, 얼굴이 창백해진 남자의 텅 빈 몸통에 칼날을 번뜩였다.

그 일격으로 남자의 패배가 결정되었다.

"야에의 저 칼로는 도끼처럼 파괴력 있는 무기와 칼날을 맞부딪칠 수 없어. 칼날이 파손될 위험이 있으니까. 그냥 공격해도 상대가 도끼로 막으면 역시 칼날이 손상될 수 있지. 그래서 반대로 도끼를 무력하게 만들 타이밍을 노린 거야. 하지만 방어할 생각조차 못 하도록 불시에 칼을 휘둘렀으면 더 빨리 끝났을 텐데. 보니까 조금 여유를 부렸던 것 같아. 휘두르는 도끼를 절단할 수 있을까 하고 시험을 해 본 거지. 그런 게 아직 부족한 점이려나."

오, 오오. 뭐가 뭔지는 잘 모르겠지만, 모로하 누나가 뭔가 설명을 해 주었다. 역시 검의 신. 시작하자마자 그런 것까지 다 파악한 모양이다.

시합은 계속해서 팜과 힐다가 출전하여 연속 승. 라우리 족은 마지막 날까지 살아남았다.

전혀 고전하지 않고 마지막 날까지 진출했구나.

"응?"

무심코 다른 스테이지를 보니 바룸 족이 기묘한 부족과 대전을 하는 중이었다.

너무 말랐다고 해도 좋을 몸에 고양이처럼 등이 굽은 자세. 긴 갈고리 모양의 발톱이 달린 손등 가리개를 차고, 얼굴에는 기묘한 마스크를 쓴 사람들. 마스크의 경우, 가면 쪽은 아니고, 얼굴 아래의 반 정도를 가리는 방진 마스크 같은 것이었다.

어딘가 모르게 눈초리도 수상했다. 무언가 광기를 품고 있는 것처럼도 보였다.

바룸 족은 창을 든 거한이었지만, 마스크를 쓴 남자의 공격을 받아 온몸에 가는 발톱 상처가 무수히 많이 나 있었다.

바룸 족 남자가 창을 휘둘렀지만 발걸음이 불안정했다. 꽤 체력을 소모해서 그런지, 호흡도 거칠었고 땀도 뻘뻘 흘렸다.

"흐음, 독인가."

"네?!"

모로하 누나가 태연하게 한 말을 듣고 나는 깜짝 놀랐다. 독이라니…… 혹시 저 발톱에 발라 둔 건가?

"목숨이 위험할 정도는 아니야. 기껏해야 팔다리가 저리고, 체력이 소모되고, 가벼운 현기증이 날 정도지. 아무래도 스테이지 자체에도 살포해 둔 것 같아."

"독 사용은 규칙 위반 아닌가요?"

"아니, 마법은 금지되어 있지만, 그 이외에는 특별한 규정이 없어. 부족의 긍지를 더럽히는 행위는 금지이지만, 독 사용은 미묘하네. 먹이를 독으로 제압하는 것은 흔한 사냥법이니까."

듣고 보니 그러네. 하지만 역시 좀……. 비겁한 느낌이 든다. 분명히 저 마스크 부족은 신체적으로 뛰어나다고는 하기 어려웠다. 그런 불리함을 보완하기 위해 주로 독을 사용해 사냥하고 있을지도 모르지만…….

자신의 특기 분야를 이용해 경쟁하는 것은 나쁘지 않다……그 말인가?

움직임이 둔해진 바룸 족 남자에게 등이 굽은 남자가 재빨리 접근해 배에 오른쪽 발톱을 찔렀다. 그것으로 승부는 끝이었다.

더는 무슨 수를 쓰지도 못하고 남존여비 바룸 족은 독을 사용하는 리벳 족에게 잇달아 패해 허무하게 탈락했다.

"져 버렸네요, 바룸 족."

"이걸로 라우리 족의 걱정은 일단 사라진 거구나."

적어도 바룸 족이 '수왕의 부족'이 되어 라우리 족에게 불리한 규칙을 만들 가능성은 사라졌다.

하지만 저 독은 굉장히 성가시다. 직접 공격을 받지 않더라도 스테이지 위에 살포한 독을 흡입하면 결국 다를 게 없다. 그것을 노린 것인지 첫 번째 경기 때 일부러 시간을 들여 싸웠던 것 같은 느낌이 들었다. 다른 네 명에게도 독이 퍼지길 기다린 거겠지.

다행히 정령의 가호 덕분에 스테이지 이외에 독이 퍼지거나 흩뿌려지는 일은 없었다.

하지만 반대로 말하면 정령이나 심판도 독의 사용을 인정했다고 할 수 있었다. 스테이지 위에 있던 심판도 독에 말려들었는데 말이지. 물론 생명에 영향을 줄 정도는 아니라, 몇 시간만 있으면 회복된다고는 한다.

하지만 싸울 때는 그 정도의 독이라도 치명상을 입을 수 있다. 야에 일행에게도 무언가 대책을 마련해 주어야 할 듯하다. 내일 만나게 될지도 모르니까.

이전에 그 리벳 족이 '가지치기 의식' 에 참가한 적이 없냐고 물어보니 원래 있던 다른 부족에서 떨어져 나온 신흥 부족이라는 답이 돌아왔다. 원래 독도 사용해 사냥하는 정도였던 부족에서, 독을 사용하는 것에 특화된 부족이 생겨난 건가.

이 대수해의 부족은 같은 일족이라고 하기보다도, 이른바 마을이나 콜로니 같은 것이라, 독자적인 새 부족이 생겨나기도 하고, 합병 흡수되어 사라지는 부족도 있다는 듯했다.

"오."

다른 스테이지에서는 어제 본 용인족 여성 무투사가 싸우는 중이었다. 여전히 소란스럽지 않게, 군더더기 없는 전투를 했다. 아, 상대가 날아가 버렸어.

앗, 방금 이게 세 번째 시합이었던 건가. 스트레이트 승리. 용인족도 내일 마지막 날에 진출했다.

역시 8강이라 그런지, 살아남은 부족들은 모두 나름의 특징이 있었다. 머리에서부터 재규어 가죽을 온몸에 두른 부족이나 뼈로 만든 무기를 주로 사용하는 부족 등, 매우 개성이 풍

성했다.

내일은 꽤 고전할지도 모르겠어.

"정말로 하게요?"

"사양할 건 없어. 어서 덤벼. 아, 일단 마법은 쓰지 말고."

시합에 출장했던 야에 일행에게 모로하 누나를 소개하자, 힐다나 야에가 꼭 모로하 누나와 겨뤄 보고 싶다고 말했다.

카렌 누나가 검술 실력이 뛰어나다고 마구 선전을 해서, 아무래도 불이 붙은 모양이었다. 하지만 어쨌든 '가지치기 의식' 의 참가자인 두 사람을 싸우게 할 수는 없었다. 내일은 중요한 시합이 있으니까. 무슨 일이 있으면 정말 곤란하다.

그래도 힐다와 야에가 모로하 누나의 실력을 보고 싶다고 애원하는 바람에 저녁을 먹은 후, 모의전을 해 보기로 결정했다.

"왜 내가 상대예요?"

"따로 상대할 사람이 없잖아?"

물론 그야 그렇지만. 야에 일행을 빼면 유미나나 린제밖에 없는데, 두 사람에게 시합을 하라고는 할 수 없으니까.

어쩔 수 없다. 나도 조금 궁금하기도 했으니, 한번 해 볼까? 날이 없는 연습용 미스릴 검을 쥐고 나는 모로하 누나와 대치했다.

"바로 끝내지는 않을 테니까, 온 힘을 다해 덤벼."

"그럼 갑니다, 앗!"

일단은 시험 삼아 똑바로 돌진해 정면으로 검을 내리쳤다. 누나는 그 공격을 가볍게 흘려서 받더니, 몸을 회전시키며 내 등 뒤로 돌아와 옆으로 검을 휘둘렀다. 내가 몸을 숙이며 검을 위로 휘둘렀지만, 모로하 누나는 그 공격을 아주 쉽게 피했다.

다시 정면에서 대치한 상태에서, 나는 이번에 페이크를 사용했다. 오른쪽 몸을 노리는 척하며 검을 들어 올려 오른팔을 노린 것이다! 하지만 반대로 누나의 몸통 박치기를 맞고 균형을 잃은 나는 고의로 넘어진 뒤, 지면을 구르며 거리를 벌렸다. 그런데도 계속 추격을 하지 않는 걸 보면, 모로하 누나는 아직도 본 실력을 선보이고 있지 않은 듯했다.

여유롭게 미소 짓고 있는 모습을 보니 조금 분한걸. 이렇게 된 이상 최선을 다해 도전하겠습니다!

"항복이에요……."

나는 땅에 대자로 누워 백기를 들었다. 무리. 이젠~ 못 해. 몇 번인가 스치는 데는 성공했지만, 결정타가 될 만한 일격은 날리지 못했다. 마법을 사용할 수 있다면 어떻게든 되겠지만, 검을 다루는 기술만으로 덤벼서는 도저히 이길 수 없을 듯했다. 역시 검의 신답다.

"아니, 생각보다 위험했어. 조금 진심으로 상대했을 정도니까. 제대로 수행을 쌓으면 나와 비슷한 영역까지 올라올 수 있지 않을까?"

아니요, 그럴 리가요~. 2대째 검신이 될 생각은 없습니다. 솔직히 그렇게까지 검술 실력을 쌓는다고 하더라도, 싸울 상대는 모로하 누나 이외에는 아무도 없을 테니까.

"두 사람의 검이 거의 보이지 않을 정도였습니다……."

"저, 저도요……. 괴, 굉장해요, 두 사람 다……."

힐다와 야에가 멍한 표정을 지으며 그렇게 말했다. 굉장하다고는 해도 나와 모로하 누나 사이에는 상당히 큰 벽이 놓여 있다고 말해 주고 싶었지만, 나는 그럴 여력조차 남아 있지 않았다.

"와아. '거의' 라는 말은 '조금은' 보였단 말이구나? 꽤 유망한걸, 둘 다."

즐겁다는 듯이 힐다와 야에를 바라보는 모로하 누나. 그리고 두 사람은 눈동자를 반짝이면서 눈앞의 검신을 올려다보았다. 조금이나마 인정받았다는 사실이 기쁜 걸까.

"나중에 두 사람에게 내가 꼼꼼히 가르쳐 줄게. 당분간 토야한테 신세를 질 생각이니까."

"정말인가요! 모로하 형님!"

"형님! 정말 감사합니다!"

더욱 눈을 반짝이며 모로하 누나를 바라보는 두 사람. 검신의 신자 두 사람이 탄생했구나.

"으음~ 모로하한테 올케 두 사람을 빼앗겼어……."

"저, 저는, 카렌 형님을, 존경하는데, 요?"

"린제~ 너무 착해. 꼬옥~이야~."

왜인지는 모르겠는데 카렌 누나가 린제를 꼭 껴안았다. 루도 두 사람 정도는 아니지만, 모로하 누나에게 흥미가 있는 듯했다. 음, 루는 두 사람만큼 검술에 몰두하는 건 아니니까.

간신히 몸을 움직일 정도로 회복되어서 나는 【리프레시】로 체력을 회복했다. 후우. 나도 아직 멀었구나.

어느새인가 주변에 구경꾼들이 몰려들었다. 엄청 호들갑스럽게 대결을 했으니 당연한가?

"저 사람은 누구지?"

"라우리 족의 손님인 모양이야. 하지만 참가자는 아니래."

"저렇게 실력이 좋으면서……. 왜지?"

"내가 어떻게 알아?"

귓가에 구경꾼들이 소곤거리는 소리가 들려왔다. 대답. 남자이기 때문입니다.

멀찍이서 이쪽을 보는 녀석 중에는 그 민머리 봉술사와 용인족의 여성 무투사도 있었다.

내 시선을 눈치채자 민머리 쪽은 가볍게 고개를 숙여 인사했지만, 여성 무투사 쪽은 이쪽을 가만히 바라보기만 했다. 응? 오른쪽 눈동자는 금색이지만, 왼쪽 눈동자는 붉네……. 혹시 마안을 지닌 건가?

여자는 계속 이쪽을 바라봤지만, 그 뒤의 수상한 무언가를 발견한 나는 허리에서 브륀힐드를 뽑아 망설임 없이 방아쇠를 당겼다.

총소리가 울려 퍼진 뒤, 용인족 등 뒤에 있던 거목에서 투억 하고 남자 한 명이 떨어졌다. 마비탄에 맞아 마비되어 나무에서 떨어진 것이다. 그쪽으로 가 보니 그 녀석은 손에 활을 들고 있었다. 용인족 여성을 노리고 있었던 게 분명해 보였다.

"본 기억은요?"

내가 등 뒤에 서 있는 용인족 여성에게 쓰러진 남자를 가리키며 물었다.

"……조금 전에 대전했던 부족 사람 중 한 명입니다."

아하. 분풀이라. 졌다고 해서 앙갚음을 하려고 하다니. '심판의 부족' 인 쟈쟈 족이 와서 움직이지 못하게 된 남자를 끌고 갔다.

야습도 흔한 이 '가지치기 의식' 이지만, 당연히, 발각되면 따끔한 페널티를 받는다. 바로 차기 '가지치기 의식' 출장 정지 처분이다. 그런 불명예를 얻게 된 부족 사람들은 분노에 휩싸여 범인을 마을에서 추방한다.

결국 마을에서 추방된 범인은 이 대수해에서 혼자 살아가야 한다. 그게 벌이다.

"덕분에 살았습니다. 저는 소니아 팔라렘이라고 합니다. 루루슈 족에 신세를 지고 있습니다."

그렇게 말하며 용인족 여성, 소니아 씨는 고개를 숙였다.

"저는 렌게츠라고 합니다. 소니아 씨가 위험할 때 도와주셔서 감사합니다."

민머리 봉술사도 용인족 여성을 따라 고개를 숙였다. 렌게츠……. 혹시 유론이나 이셴 사람인가? 검은 머리카락이라고 해야 할지, 머리카락 자체가 없어 확실히는 모르겠지만. 아, 그런데 자세히 보니 눈썹이 검네?

"렌게츠 씨, 어디 출신이세요?"

"네? 이셴입니다만, 왜 그러시죠?"

다행이야~ 유론이면 은근히 성가셔질 수도 있으니까. 야에도 그랬지만, 이셴 사람들은 여행을 좋아하는 사람이 많아서 그런지, 무사수행을 하며 세계를 돌아다니는 사람도 많았다.

반대로 유론 사람은 다른 나라를 거의 돌아보지 않는다. 무엇보다 전에는 국가 정책상 다른 나라로 가는 것 자체가 힘들었다고 한다. 힘들다고 해야 할지, 이런저런 복잡한 절차를 거쳐야 해서 굳이 외국으로 가고 싶어 하지 않았던 게 아닐까 한다. 이것저것 정보 규제도 많이 되었던 모양이고 말이지.

하지만 지금은 그런 체제도 붕괴되어 난민이 잇달아 나라를 버리고 다른 나라로 흘러드는 중이다. 대부분이 프레이즈에 살해당해 수는 그다지 많지 않다고 하는데, 그래도 받아들이는 나라 입장에서는 상당한 고민거리가 아닐지.

"저는 모치즈키 토야. 라우리 족의 손님으로, 어……?"

자기소개를 하려고 하는데, 또 소니아 씨가 나를 가만히 바라보았다. 어라? 혹시 지금 마안이 발동된 건가?
"저어…… 왜 그러시는지."
"……이런 걸 물어도 될지 모르겠는데, 왜 여성 모습이신가요?"
어라? 혹시 【미라주】 효과가 통하지 않는 건가? 작게 소니아 씨에게 물어보자, 소니아 씨는 고개를 끄덕였다.
"아, 물론 그런 취미가 있는 사람도 있다는 것은 알고 있지만, 조금 놀라서……."
"자, 자, 잠깐, 잠깐만요! 아니에요! 오해예요!"
이대로는 여장 취미가 있는 남자라고 인식이 될지도 모른다. 여장이라고 해야 할지, 이건 그냥 환영인데. 나는 두 사람을 인기척이 없는 곳으로 데려가 설명해 주었다.
라우리 족 사람으로 시합에 출전하는 건 아니라, 이러고 있어도 부족의 긍지를 짓밟는 행동은 아니다. 다른 사람에게 들킨다고 해 봐야 내가 관전을 못 하는 정도이기 때문에 사실 들켜도 별로 상관은 없다. 여차하면 【인비저블】로 투명화한 뒤 관전하는 수도 있으니까.
"그런데, 환술이 통하지 않는 것은 그 마안 때문인가요?"
"네. 제 마안은 환각을 지우는 힘이 있으니까요. 마법에 따른 시각 효과도 이 오른쪽 눈에는 효과가 없습니다."
그렇구나. 그럼 빛 마법으로 섬광을 발해 눈을 안 보이게 하는 것도 오른쪽 눈에는 통하지 않는 건가. 아니, 항상 발동하고 있는 것은 아닐 테니, 허를 찔리면 효과가 있을지도 모르지만.

"저어, 별것은 아니지만, 그래도 아무 말도 안 해 줬으면 해요."

"그럼 조금 전에는 도와주셨으니, 이걸로 빚은 없는 거로."

오, 이야기가 잘 통하는 사람이네. 의외로 이 두 사람은 이야기하기도 편했고, 성격도 온화한 듯했다. 두 사람에게 물어보니 둘은 모험자로, 무사수행 중이라고 한다. 여행하는 도중에 신세를 지던 루루슈 족의 '가지치기 의식' 출전자 두 명이 병에 걸려 출전할 수 없게 된 바람에, 그 사람들 대신 조력자로 나섰다는 모양이다.

"조금 전에 토야 씨가 대결하는 모습을 보았습니다. 토야 씨도 그렇지만…… 상대의 정체는 대체 뭐죠?"

"아……. 저 사람은 모로하 누나……. 제 둘째 누나예요. 솔직히 그 사람에게 이기기는 어렵죠. 검 하나만 따지면 최강이니까요."

"최강인가요……?"

두 사람 모두 그건 너무 과대평가가 아닌지? 하는 표정을 지었지만, 그렇게 생각하는 것도 당연하다. 하지만 그게 사실이었다.

일단 혹시라도 내일 대결하게 되면 잘 부탁한다고, 서로 성원을 교환한 뒤, 나는 두 사람과 헤어졌다.

"여기에 있었나?"

"응? 팜이야?"

두 사람과 헤어진 뒤, 팜이 다가왔다. 달빛을 받아 그 모습이 어둠 속에서 흐릿하게 떠올랐다.

"바룸 족도 졌으니, 일단은 안심이네."

"그래. 하지만 다음 '가지치기 의식' 을 대비한 포석은 깔아두고 싶어. 역시 토야의 아이를 가지고 싶은데……."

"우승하면 그건 없던 거로 하는 거였지?"

"알아. 라우리 족은 약속을 어기지 않으니 걱정 마."

유감이라고 하듯이 팜이 뾰로통한 얼굴로 시선을 돌렸다.

"역시 바룸 족을 벽지로 내쫓는 규칙을 만들 생각이야?"

"음, 그것도 좋지만, 우승한다면 무언가 다른 규칙을 만들어도 좋을 것 같아. 물론 라우리 족의 이익이 되는 것이 좋겠지만……."

팜이 그렇게 말한 뒤, 무언가를 생각했다. 라우리 족의 이익이라……. 평범하게 생각하면 여성에게 유리한 규칙인가? 라우리 족은 정면으로 남녀평등을 반대하고 있으니……. 남녀에 관계없이 대화를 통해 대수해의 부족을 다스리면 좋을 텐데.

게다가 남녀 간에 차이가 큰 부족은 라우리 족과 바룸 족 정도이고 말이야.

아니, 굳이 따지면 다른 부족도 여성 쪽이 약한 입장인가?

"아예 '가지치기 의식' 에는 여성만 참가할 수 있게 하는 건 어때?"

"바보 같은 소릴. 폭동이 일어날 거야."

그야 그런가? 다른 부족이 가만히 있을 리가 없다. 여성이 더 강한 부족도 가끔 있지만, 대부분은 남성이 중심이다.

"그럼 '가지치기 의식'을 남녀별로 연다든가?"

"음? …………그건 나쁘지 않을지도 몰라……. 남녀별로 열린다면 적어도 여자부에서는 우리 라우리 족이 꽤 유리하니까……."

팜이 중얼거리며 생각하기 시작했다. 헉, 진심이야? 물론 남자와 여자가 똑같이 싸운다는 것 자체가 우리 입장에선 별로 익숙하지 않지만. 올림픽도 남녀가 따로 경기한다. 남자와 여자는 선천적으로 신체가 다르므로 어쩔 수 없다. 차별과 구별은 다르다.

"하지만 정말 그렇게 되면 다른 부족은 남자부와 여자부, 양쪽 다 출장할걸? 라우리 족과 바룸 족은 한쪽밖에 출전 못 하는데 그래도 괜찮아?"

"문제없어. 아니, 바라던 바야. 그렇게 되면 다른 부족도 여자를 소홀히 할 수 없게 될 테니까."

아, 그런가. 그렇게 생각할 수도 있구나……. 여성도 더 강한 사람이 활약할 수 있는 무대가 마련되는 것이다.

그 덕분에 다른 부족의 여성이 스스로의 강한 힘을 깨닫고 그 강함을 살릴 수 있는 장소를 찾아 자연히 라우리 족으로 흘러들 가능성도 있다. 그것은 곧 라우리 족이 강해지는 것을 의미

한다……. 나쁘지 않다. 나쁘지 않아…… 하는 불온한 중얼거림이 들려오는데…….

여성의 지위 향상은 나쁜 이야기가 아니다……. 아닌데, 남자로서는 미묘한 점이 있는 것 같기도……. 쓸데없는 제안을 했을지도 모른다.

대수의 정령은 남녀별로 규칙을 하나씩 만들 수 있도록 해 줘야 하는데, 음, 그건 아마 문제없겠지.

어차피 정령은 승인해 주는 것뿐으로, 실제로는 사람들 사이의 결정 사항일 뿐이니까.

"좋아, 부족의 다른 사람들에게도 제안하고 올게. 앞으로는 '가지치기 의식' 이 크게 변할지도 모르겠어."

매우 기뻐하며 달려가는 팜을 보고, 나는 진심으로 쓸데없는 소릴 한 것이 아닌가 고민했는데, 어느새인가 옆에 대수의 정령이 서 있었다. 여전히 녹색 빛을 발하는 중이었다.

〈나쁜 제안은 아닐지도 모릅니다. 앞으로 대수해에 사는 여성들의 지위가 조금은 좋아질지도 모르니까요. 라우리 족은 조금 지나친 감이 있지만, 그것도 부족의 개성이고요.〉

으으음, 그런가? 이런 일에는 정답이라는 것이 없겠지만. 사람에게 위아래 같은 것은 없으니까.

복잡한 고민을 안은 채, 나도 모두가 있는 곳으로 돌아가기로 했다. 대수의 정령도 어느새인가 사라지고 없었다.

모로하 누나에 대해 구체적으로 묻지 않은 것은 모로하 누나가 완전히 신기를 지워서 눈치를 못 챘기 때문인가? 나는 막 줄줄 새는 듯하지만. 그 정도도 못 하면 나중에 성가신 일이 늘어날 것 같은 느낌이 든다.

돌아가는 길, 문득 시선을 돌려보니 나와는 반대로 숲 안쪽으로 가는 사람들이 몇몇 보였다. 저 사람들은…… 리벳 족인가? 저런 마스크를 쓴 부족은 그렇게 많지 않을 테니까.

그때는 사람들이 볼일을 보러 가는가 싶어 별로 신경을 쓰지 않았다. 나중에 생각해 보니 그게 잘못이었다.

'가지치기 의식' 3일째.

길었던 싸움도 오늘이면 끝난다. 승리를 거듭한 여덟 부족이 격돌하여 '수왕의 부족' 이 결정되는 것이다.

팜은 어제의 제안을 모두에게 이야기해 설득까지 성공한 모양으로, 상당히 의욕이 충만했다. 나는 쓸데없는 짓을 한 것이 아닌가 하고 아직도 고민하는 중이었다. 물론 알아서 잘 될 거라고 생각은 하지만.

오늘은 첫 네 시합만 동시에 진행하여 4강을 결정한다. 그 뒤로는 한 시합씩 진행해 결승 두 부족을 결정한 뒤, 마지막으로 결승을 치르는 흐름인 듯했다.

신수역에 솟구친 커다란 네 개의 스테이지 위에서 각각의 부족이 대치했다.

하지만 왜 밑동 상태로 솟구치는지 수수께끼다……. 시합이 끝나면 지면으로 사라지는데 말이지. 정령의 힘인가? 생각하기 귀찮아서 그냥 그렇다고 해 두기로 했다.

“첫 상대는…… 이상한 부족이네.”

몸 전체를 새의 깃털로 장식하고, 큰 날개 같은 망토를 걸치고, 엄청나게 거대한 새의 두개골로 만든 쓰개를 머리에 뒤집어쓴 모습. 저 복장…… 독수리 오형제처럼 필살기를 쓰는 건 아니겠지……?

시합이 시작되자 새 부족은 엄청나게 빠른 속도로 스테이지 위를 달리기 시작했다. 빠르다. 상당한 스피드다. 그에 반해 에르제는 움직이지 않았다.

새 부족은 에르제의 주위를 종횡무진 달리면서 공격하는 척하다 방향을 바꾸고, 정면으로 다가갈 것처럼 움직이다 옆으로 뛰는 등, 신출귀몰한 움직임으로 에르제를 몰아붙였다. 그래도 에르제는 움직이지 않았다.

그런데 갑자기 새 부족의 속도가 더욱 빨라지더니, 그 가속된 기세를 유지한 채 에르제의 등 뒤로 돌아갔다. 그리고 새 부족 사람이 들고 있던 단검이 에르제의 등을 꿰뚫는가 싶던 그 순간. 옆으로 한 걸음 물러서 그 공격을 피한 에르제가 손

등을 이용해 멋지게 새 부족 사람의 얼굴을 두개골과 함께 부수었다. 우와, 아프겠다.

그대로 새 부족 남자는 일어서지 못한 채 물러나야 했다. 정령의 가호가 발동되고 있으니 죽지는 않겠지만, 한 방에 끝나다니 참…….

뒤이은 야에도, 그다음 차례였던 힐다도 손쉽게 승리, 라우리 족은 가장 먼저 4강에 진출했다.

"여유였어. 압승이었어."

"힘으로 밀어붙이는 부족이었다면 빠른 동작으로 상대를 교란하는 저 공격으로도 이길 수 있었겠지만, 안타깝게도 저 수준이어서는 에르제 일행에게 당해 낼 수 있을 리가 없지."

카렌 누나, 모로하 누나의 말대로, 상대도 되지 않았다. 전보다 더욱 실력이 강해진 듯한…….

……혹시 카렌 누나뿐만이 아니라, 모로하 누나의 권속화까지 진행된 게 아닐까? 어제는 야에랑 힐다가 유난히 모로하 누나에게 달라붙어 있었으니……. 충분히 있을 수 있는 일이다.

으으음, 나쁜 일은 아닌데 말이지. 뭔가 이쪽에 말려들게 한 것 같아서 미안하다.

"아, 토야 씨. 저기요."

"응?"

린제가 가리킨 곳을 보니 어제 알게 된 봉술사 렌게츠 씨가 상대를 쓰러뜨린 참이었다. 그 사람들이 속한 루루슈 족도 패배 없이 승리를 거머쥔 듯했다.
다른 스테이지에서도 승패가 갈려 4강 부족이 결정되었다. 그중 하나는 그 독을 사용하는 리벳 족이었다.
일단 야에를 비롯한 출전자에게는 독 대책으로 방독 마스크를 건네주었다.
남은 부족은.

여성 우위인 라우리 족.
독을 사용하는 리벳 족.
무술이 뛰어난 루루슈 족.
완력이 강한 렘나 족.

딱 일본어의 라리루레로 열이 모였다. 로는 없지만.
"주의해야 한다면 리벳 족일까요?"
"음~ 소니아 씨가 있는 루루슈 족도 주의해야 할 것 같아. 대전 상대에 따라서는 아슬아슬할 수도 있으니까."
렘나 족이라면 상대하기 쉬울 것 같은데 말이야. 그냥 힘자랑하는 부족이나 마찬가지니까. 붙잡히면 무섭지만. 곰의 목을 뚜욱 부러뜨릴 정도의 힘이라니 방심은 금물이지만, 적어도 전투할 때의 움직임만큼은 알기 쉬웠다.
"자, 첫 시합이 시작되려는 모양이구먼. 응?"
스우의 목소리를 듣고 스테이지를 내려다보니 머리 위의 나뭇잎이 술렁이듯 움직이며, 틈새 사이의 햇빛을 이용해 두 부족을 비추었다. 라우리 족과 루루슈 족이었다.

"소니아 씨 일행이랑 대결인가~ 음~ 어려운 상대네."

솔직히 그 두 사람이 상대라면 루는 이길 수 없을 듯했다. 팜도 이길 수 있을지 없을지. 야에와 힐다라면 소니아 씨에게는 이길 수 있으려나? 단지 렌게츠 씨와 에르제가 맞붙으면 상성이 나빠서 질 가능성도 있었다. 팜과 에르제가 그 두 사람에게 지고, 루가 다른 루루슈 족에게 지면 이쪽의 패배가 결정된다.

물론 확률로 따지면 이쪽에 더 승산이 있지만.

서로 밑동 반대편으로 돌아가 싸울 순서를 정하고 계단 위로 올라갔다. 관객석에서는 쉽게 알 수 있지만, 아래에서는 스테이지 위로 올라가야 비로소 자신의 대전 상대가 누구인지 알 수 있었다.

"미묘하네……."

루와 렌게츠 씨, 에르제와 소니아 씨인가. 미묘하다. 이 두 사람이 설사 지더라도 나머지를 야에, 힐다, 팜이 이기면 결승에는 진출할 수 있다. 진다고 한다면 팜일 가능성이 큰가?

반대로 말하면 루나 에르제, 둘 중 한 명이 이기면 라우리 족의 승리는 거의 확실했다.

가능성이 큰 쪽은 에르제이지만, 무투사끼리의 대결. 솔직히 승패를 예측하긴 힘들었다. 【부스트】를 사용할 수 있다면 에르제가 상당히 유리하겠지만.

제1 시합. 루와 렌게츠 씨가 스테이지 중앙으로 나아갔다. 키 차이가 너무 나네. 루가 145센티미터 정도인데 반해 렌게츠 씨는 딱 봐도 180센티미터는 넘어 보였다. 마치 어른과 아이……. 아니, 진짜 어른과 아이다. 이래선 렌게츠 씨가 설사 이긴다고 해도 마구 야유를 받지 않을까?

심판의 목소리와 함께 시합이 시작되었다. 루는 쌍검을 들었고, 렌게츠 씨는 봉을 들었다. 렌게츠 씨의 봉은 금속제로 전체적으로는 은색이었지만, 양쪽 끝은 금색이었다. 저건 미스릴과 오레이칼코스인가? 아주 가볍게 다루는 걸 보면 말이야. 철이라든가 금이라면 엄청난 괴력이라 할 만하겠지만.

루가 움직였다. 그에 대항해 렌게츠 씨도 봉으로 공격했다. 루는 그 움직임을 읽었는지 오른손의 검으로 그 봉을 아래로 내리쳐 흘려 받고 곧장 안쪽으로 파고들려 했다. 하지만 렌게츠 씨는 아래로 내려간 봉을 곧장 스테이지 바닥에 꽂아 장대높이뛰기를 하듯이 루의 머리를 훌쩍 뛰어넘었다.

으음, 역시 렌게츠 씨 쪽이 한 수 위인가. 완전히 꿰뚫어 보고 있어.

"루 씨, 괜찮을까요……?"

"아니, 이대로 끝날 아이가 아니야. 봐 봐."

루는 양손의 쌍검을 고쳐 쥐고, 다시 렌게츠 씨에게로 향해 갔다. 루는 곧장 좌우의 검으로 빠른 연속 공격을 감행한 뒤, 가벼운 발걸음으로 이동하며 러시 공격도 계속했다. 저 움직임은…….

"와아. 저건 무투사의 움직임이야. 에르제한테 배운 건가?"

역시 모로하 누나. 다 꿰뚫어 보고 있구나. 저건 확실히 에르제의 발 움직임과 비슷했다. 루는 에르제한테서도 전투 방법을 배웠으니 당연하다면 당연하다.

"큭!"

렌게츠 씨는 어떻게든 안쪽으로의 접근을 허용하지 않기 위해 봉을 사용해 막았지만, 스텝의 움직임은 루가 더 뛰어났다. 결국 궁지에 몰린 렌게츠 씨는 봉을 고쳐 잡고 옆으로 휘두른 뒤, 백스텝으로 거리를 벌렸다.

루도 놓치지 않겠다는 듯이 렌게츠 씨를 쫓았다. 하지만 렌게츠 씨는 도망가기는커녕 앞으로 나서며 다리를 봉으로 건 다음, 균형을 잃은 루를 바탕손으로 때렸다.

"크윽……!"

루가 구르면서도 자세를 바로잡으며, 일단 렌게츠 씨에게서 떨어졌다. 방금 건 타격이 크다.

이 자식. 이봐요, 렌게츠 씨. 우리 공주님에게 무슨 짓을 하는 겁니까. 저주하겠습니다, 저 대머리 자식. ……순간 그런 생각이 머릿속에 떠올랐다.

아아, 안 되지, 안 돼. 이건 시합이잖아. 자중하자, 자중. 하지만 조금 있다가 가볍게 복수는 해 줄 생각이었다. 일단은 【슬립】을 한 번.

이번엔 렌게츠 씨가 봉을 연속적으로 뻗으며 루를 몰아붙였다. 자신을 향해 오는 봉을 아슬아슬하게 피하다가 루가 왼손의 검을 버리고 자신의 옆을 통과한 봉을 옆구리로 꽉악 붙잡은 뒤, 움직임을 멈췄다. 그리고 단숨에 공세로 나서려고 루가 발걸음을 내디딘 순간, 렌게츠 씨가 휘익 봉을 손에서 놓았다.

"어? 아앗?!"

"핫!"

상대 쪽에서 가해지던 힘이 갑자기 사라져 균형을 잃은 루에게 떨어져 있던 렌게츠 씨가 조금 전처럼 기합을 넣으며 바탕손을 내밀었다. 그 순간, 루가 무언가에 밀린 것처럼 뒤로 날아갔다.

저건 소니아 씨와 같은 '발경' 인가? 아, 동료니까 사용할 수 있어도 이상하지는 않겠구나.

뒤로 날아간 루는 공중에서 빙글 회전한 뒤, 큰 충격 없이 멋지게 착지했다. '지면' 에.

"승자, 렌게츠!"

심판이 승자의 이름을 불렀다. 그 순간, 대회장에 터질 듯한 박수와 환성이 울려 퍼졌다.

루의 장외패. 날아가 떨어진 곳이 나빴다. 1미터만 앞이었어도 어떻게든 떨어지지 않고 버틸 수 있었을 텐데.

"루……. 지고 말았나 보구먼."

"승부니까 이런 일도 있는 거야. 그건 루도 아마 잘 알겠지."

아쉬워 풀이 죽은 스우의 머리를 쓰다듬으면서, 나는 스테이지로 돌아가 검을 주운 뒤 렌게츠 씨와 악수하는 루를 바라보았다. 그 얼굴에는 아쉽지만 최선을 다해 만족스럽다는 표정이 떠올라 있었다. 잘했어!

"이렇게 됐으니 다음은 이겨 줬으면 하는데……."

나는 스테이지 위로 올라간 에르제와 소니아 씨를 바라보았다.

같은 무투사. 건틀릿을 울리면서 주먹을 쥐었다.

그리고 서로 자세를 잡고 똑바로 상대를 바라보았다. 심판이 천천히 오른손을 들었다. 그리고 양쪽을 번갈아 본 뒤, 손을 단숨에 아래로 내렸다.

"시작!"

파키이이이잉!!

시작과 동시에 온힘을 다해 상대에게 돌격한 두 사람은 서로 주먹을 얼굴을 향해 내뻗었고, 둘 다 상대의 주먹을 얼굴로 받아 냈다. 완벽한 크로스카운터……. 크로스카운터? 누구의?!

으아아아아아아아아아악!! 시작부터?! 게다가 둘 다 얼굴을 얻어맞았으면서 왜 씨익 웃고 그래?!

〈꽤 하는걸?〉

〈누가 할 소릴.〉

같은 느낌인가?! 저녁놀이 지는 강변에서 일대일로 대결하는 일진들의 대장입니까, 너희는?!

일단 거리를 두고, 다시 서로 주먹으로 응수하기 시작한 두 사람. 에르제가 오른손으로 스트레이트를 날리면, 소니아 씨가 건틀릿으로 막았고, 반대로 소니아 씨가 왼손 훅을 날리면, 역시 에르제가 건틀릿으로 튕겨 냈다.

아무튼 소리가 흉악했다.

칵! 캉! 파킹! 카킹! 무거운 금속이 부딪치는 소리가 스테이지 위에 울려 퍼졌다. 무서워, 너무 무서워!

그보다도 무서운 것은 둘 다 웃고 있다는 것입니다. 네, 웃으면서 서로 때리고 있습니다. 무섭습니다, 너무 무섭습니다~

그럼 여러분, 또 다음에 만납시다. 안녕, 안녕, 안녕.

……왠지 나까지 전염됐다.

묵직한 금속의 격돌음이 울려 퍼졌다. 때리고, 막고, 때리고, 막고, 때리고, 막고, 때리고…….

마치 규칙이라도 있는 것처럼 두 사람은 서로를 때렸다. 서서히 그 속도는 빨라져, 이윽고 연타에 연타로 되돌려 주는 상태가 되었다.

"으아아아아아아아아아아앗!!"

"하아아아아아아아아아아앗!!"

키키이이이잉! 큰 소리를 내며 서로 날린 혼신의 오른손 스트레이트가, 그 주먹과 주먹이 격돌했다.

두 사람 모두 그 상태로 잠시 정지하더니, 서로를 보고 씨익 웃었다. 그러니까, 제발 그런 연출은 그만둬.

팟, 동시에 두 사람이 뒤로 물러났다가 다시 돌진, 이번에는 서로의 얼굴을 향해 발차기를 날렸다. 정강이받이의 금속음이 울려 퍼진 뒤, 다시 건틀릿이 맞부딪치는 소리가 들리기 시작했다.

"하앗!!"

날카로운 기합 소리와 함께 날아간 에르제의 돌려차기를 소니아 씨가 건틀릿으로 막았지만, 기세를 완전히 억누르지 못하게 살짝 뒤로 후퇴했다. 그때를 놓치지 않겠다는 듯 에르제가 몰아붙이며 한 발 더 다가섰지만, 소니아 씨는 재빨리 몸을 돌려 무거운 꼬리를 채찍처럼 휘둘렀다.

옆에서 자신을 습격한 굵은 꼬리 일격을 피하지 못한 에르제는 그 무거운 충격을 참으면서 오히려 뒤로 물러나야 하는 처지가 되었다.

이번엔 소니아 씨가 그 모습을 보고 추격해, 날아차기를 시도했지만, 에르제는 양팔을 엑스 자로 겹쳐 막았다. 소니아 씨는 그대로 그 팔을 발로 차고 뒤쪽으로 회전하여 에르제와의 거리를 벌렸다.

일진일퇴. 불꽃이 튀는 배틀이 계속되어 대회장도 후끈 달아올랐다.

"모로하, 이 시합은 어때?"

"글쎄. 검술 시합이라면 몰라도, '권법' 은 잘 모르니까. 하지만 지금까지의 싸움을 보니 속도는 에르제, 힘은 소니아 같은 느낌인데, 그렇게까지 차이가 크게 나지는 않아. 단지, 소니아 쪽은 아직 숨겨둔 무기가 있으니 말이지."

그 '발경' 을 말하는 건가. 사용할 때는 한 박자 정도 틈이 필요한 것 같으니, 그 틈을 주지 않게 노력할 수밖에 없다.

에르제도 【부스트】를 사용할 수 있었으면 좋았을 텐데. 야에와 마찬가지로 에르제도 내 스마트폰으로 격투기 동영상을 보고 이런저런 자신만의 기술을 연구했지만, 그것만으로는 역시…….

스테이지 위에서는 체력을 소모해서 그런지 두 사람 모두 움직임이 둔해졌다. 그래도 두 사람은 손을 멈추는 일 없이 주먹을 계속 교환했다.

에르제의 다리후리기가 적중해 소니아 씨가 뒤로 넘어지는 것 같았는데, 놀랍게도 굵은 꼬리로 균형을 잡으며 자세를 바로잡았다. 굉장하다, 저 꼬리. 공룡처럼 균형을 잡아 주는 역할을 하는 건가.

이번엔 소니아 씨의 그 꼬리 공격이 에르제를 덮쳤다. 하지만 에르제는 회전하며 날아오는 그 공격을 피하지 않고 대미지를 각오한 채 몸으로 버텼다. 그리고 놓치지 않겠다는 듯이 꼬리를 양손으로 잡고, 어깨에 올린 뒤 업어치기를 하듯이 힘껏 집어던졌다.

"하앗!"

"크………!"

스테이지에 메다 꽂힌 소니아 씨에게 에르제가 추가 공격을 하려고 주먹을 내리쳤다. 하지만 소니아 씨는 옆으로 굴러서 피한 다음, 튕기듯이 일어서더니 자세를 낮춘 채 바탕손을 뻗었다. 앗, 큰일이야!

"핫!!!"

퍽! 그 소리와 함께 에르제가 날아갔다. 그리고 데굴데굴 스테이지 위를 구르다가, 장외로 떨어지기 직전에 간신히 멈췄다.

위험해! 조금만 더 갔으면 루랑 똑같은 상황이 됐을 거야.

저건 정말 성가셨다. 보이지 않는 데다 장거리 공격이니까. 공격을 받아 본 적은 없지만, 날아가는 정도를 보면 상당한 대미지를 받는 듯했다.

실제로도 에르제는 상당히 괴로운 듯 무릎을 꿇고 있었다. 소니아 씨는 그 기회를 놓치지 않겠다는 듯이 공격을 시작했다. 에르제가 일어서서 그 공격에 대비했지만, 조금 전의 대미지가 상당히 컸는지 방어 일변도였다. 이대로 가다간 뒤로 밀려 장외로 떨어지고 만다.

"하아아앗!"

자신을 향해 날아온 소니아 씨의 오른 주먹을 에르제가 왼손 주먹으로 받아 냈다. 소니아 씨가 붙잡힌 오른손을 그대로 두고 이번엔 왼손을 뻗었지만, 이번에도 에르제가 오른손으로 붙잡았다. 그럼 다리 공격이라고 하듯이 소니아 씨가 한쪽 다리를 올리려는 순간, 에르제가 그 틈을 노리고 소니아 씨와 함께 뒤로 쓰러졌다.

그리고 곧장 자신의 다리를 소니아 씨의 배에 대고 힘껏 위로 차올렸다.

꽤 변칙적이긴 하지만, 저거, 배대 뒤치기인가?

쓰러진 에르제의 머리는 스테이지 밖으로 나가 있었지만, 규칙상, 떨어지지 않으면 패배가 아니었기 때문에 세이프였다.

"크……!"

이대로 가다간 장외로 떨어지고 만다. 소니아 씨는 공중에서 몸을 비틀어 에르제의 손을 뿌리친 뒤, 크게 꼬리를 흔들어 스테이지 위쪽으로 무게 중심을 기울였다.

간신히 스테이지 가장자리에 착지한 소니아 씨였지만, 어느새인가 에르제가 소니아 씨의 정면에 도착해 있었다.

"으랴아아아아아아아아아!!"

기합을 잔뜩 실은 에르제가 오른손으로 스트레이트를 날렸다. 반사적이었는지, 소니아 씨가 그 공격을 건틀릿으로 막았다. 물론 저런 자세로 피하는 것은 아무래도 어렵겠지.

결과, 소니아 씨는 공중으로 내던져져 지면에 착지했다. 승부 결정.

"승자, 에르제 실레스카!"

심판의 목소리가 높게 울려 퍼지자, 대회장이 순식간에 흥분으로 들끓었다. 두 사람에게 환성과 우레 같은 박수가 쏟아졌다.

“이겼다! 에르제의 승리네!”

스우가 팔을 들며 기뻐했지만, 이건 사실 무승부나 마찬가지였다. 서로 KO를 시키지 못했으니까. 물론 규칙에 얽매이지 않고 실제로 싸웠어도 에르제가 이겼을 거라고 믿고는 있지만.

스테이지로 돌아온 소니아 씨와 에르제가 악수를 하였고, 우리는 그 모습을 보고 박수를 보냈다.

이걸로 1승 1패. 나머진 야에와 힐다, 팜 중 두 사람이 이기면 결승 진출이다.

진다고 하면 팜이리라 생각했지만, 그건 기우에 지나지 않았다. 제3 시합에 등장한 팜이 시작한 지 불과 3분 만에 승부를 결정지었다. 팜은 엄청난 기세와 박력으로 질풍노도처럼 공격을 퍼부어 상대를 장외로 떨어뜨렸다.

그다음 시합은 야에가 나왔는데, 이번에도 아주 쉽게 승부가 결정됐다. 그렇게 해서, 일찌감치 3승을 올린 라우리 족이 루루슈 족을 물리치고 결승전에 진출하였다.

“다행히 이겼구나.”

굳이 따지자면 결승에서 만날 두 부족보다 이번 루루슈 족이 더 까다로웠기 때문에 나는 가슴을 쓸어내렸다.

신수역에서 나온 모두에게 나는 수고했다고 말하고, 혹시 몰라 회복 마법과 【리프레시】를 걸어 주었다. 특히 에르제와 루에게는 더 세심하게.

그리고 잊지 않고 【슬립】을 걸어 렌게츠 씨를 꽈당하고 넘어지게 하였다. 저편에 있던 루루슈 족과 이야기를 하던 렌게츠 씨가 갑자기 크게 넘어져 땅에 뒤통수를 박았다. 렌게츠 씨는 영문을 모르겠다는 듯이 일어서더니 발뒤꿈치를 확인했다. 흙 위라서 그렇게 큰 대미지를 입지는 않았겠지만.

"뭐 하시는 건가요……?"

"루가 맞는 걸 보니 화가 나서~."

"나도 꽤 많이 맞았는데."

"네 시합은 봐도 화가 안 나더라고. 청춘 드라마 같아서."

에르제가 뾰로통하게 뺨을 부풀렸다. 아니, 여자아이들끼리 웃으면서 서로 막 때리는 모습을 보면 보통은 그냥 황당할 뿐 아닌가? 만약 상대가 남자였으면 따끔하게 혼을 내줬겠지만.

"아무튼 이제 한 번만 이기면 끝이야. 힘내. 여러모로."

나는 에르제를 비롯한 출전자에게 라무네 병의 작은 구슬처럼 생긴 알약을 건네주었다. 이전에 플로라가 만든 해독제였다. 이 해독제는 몸 안에 독이 들어가도 그걸 금방 해독해 준다.

"스테이지에 살포된 독은 순서가 올 때까지 마스크로 막고, 자기 차례가 오면 그걸 입에 머금어. 이걸 핥으면 저 발톱으로 공격당해도 독이 돌지 않으니까. 살포된 독을 들이쉬어도 괜찮아. 이 약을 입에 머금고 버틸 수 있는 시간은 10분 정도라고 하니까, 한 사람당 세 개 정도 가지고 가."

에르제를 비롯한 출전자는 알약을 받아 다시 신수역으로 돌아갔다. 독도 하나의 수단이라면 해독제도 하나의 수단이다. 마법이 아니라면 규칙 위반은 아니다.

우리도 관객석으로 돌아가려고 한 그때, 대회장에서 크게 웅성거리는 소리가 들려왔다.

평범하지 않은 웅성거림에 라우리 족이 있는 장소로 돌아가 보니 리벳 족이 이미 3승을 거두어 승패가 나 있었다. 이건 좀. 아무리 그래도 너무 빠르지 않나? 무슨 일이 있었던 거지?

“시합이 시작되자마자 상대인 렘나 족이 공격을 시작했는데, 갑자기 쓰러졌어. 아무래도 바람총을 사용했나 봐. 그것도 아주 가늘어서 눈으로는 확인하기 어려운 침을 말이야. 살포된 독은 마스크로 막은 듯하지만, 직접 체내로 들어오는 독은 아마 어떻게 막을 수가 없었겠지. 게다가 사용된 독은 바로 효과가 나오는 독이었던 것 같아. 생명이 위험할 정도는 아닐지도 모르지만, 그래도 치료가 늦으면…….”

시합을 보고 있던 모로하 누나의 해설을 들으며 대회장을 내려다보니 에르제가 렘나 족 사람들에게 다가가 조금 전에 내가 준 해독제를 몇 개 건네주고 있었다. 응, 저걸 먹으면 괜찮을 거야. 해독제는 잔뜩 가져왔으니 나눠 줘도 아무 문제 없다.

“그건 그렇고 바람총이라. 굉장히 가늘어서 독이 없으면 무기가 될 수 없을 거야, 그건.”

나이프나 다트 정도의 크기라면 또 다르겠지만. 게다가 바로 몸에 퍼지는 독이다. 일격필살. 물론 죽이진 않았지만, 대체 어떤 독이지?

마비시키는 거면 신경독일 텐데, 바로 떠오른 독은 복어의 테트로도톡신이었다. 하지만 그것도 그렇게 즉시 효과가 나타나지는 않았었지? 손발이 저린 것부터 시작해 점점 독이 퍼지는 종류다.

물론 이쪽 세계에서는 복어를 본 적이 없기도 하고, 이쪽 세계에만 있는 독도 아주 많겠지만. 그런 점을 생각해 보니 그걸 해독할 수 있는 약을 만드는 플로라가 얼마나 대단한지 새삼 알 수 있었다…….

마법을 사용할 수 있다면【리커버리】로 단번에 고칠 텐데. 아무튼 방심은 할 수 없다.

그러는 사이에 신수역의 마지막 스테이지가 떠오르기 시작했다.

지금까지보다 조금 넓은 그 스테이지 위에서 라우리 족 대표 다섯 명과 리벳 족 대표 다섯 명이 아무 말 없이 대치했다.

야에를 비롯한 다섯 명은 이미 방독 마스크로 입을 가리고 있었다. 덧붙이자면 심판도 마스크를 쓰고 있었다. 딱 봤을 때, 모두가 마스크를 쓰고 있는 모습이 아무래도 이상하게 보였다.

시합이 시작되었다.

첫 번째 출전자는 야에. 상대는 전에 봤던 그 등이 굽은 발톱 남자였다. 입 근처의 마스크에는 짧은 이쑤시개 같은 것이 붙어 있었다. 저게 바람총의 발사구인 듯했다.

상상해 보면, 마스크를 해도 숨을 쉴 수 있으니, 숨을 바람총으로 보내기 위해 꼭 입에 물고 있을 필요는 없다. 마스크에 고정만 해 놓으면 그걸로 충분하다.

야에는 마스크를 벗고 입에 알약을 머금었다. 이걸로 야에에게는 독이 통하지 않는다.

그 행동을 의아하게 노려보면서도 등이 굽은 남자는 금속 발톱을 들어 자세를 잡았고, 야에도 천천히 검을 칼집에서 뺐다.

"시작!"

시합 개시와 동시에 야에가 전속력으로 등이 굽은 남자에게 돌진했다. 갑작스러운 행동에 당황한 등이 굽은 남자가 입에서 바람총을 쏘는 모습을 나는 포착했다. 하지만 야에는 왼손으로 눈만 가린 뒤, 화살이 꽂히든 말든 단숨에 등이 굽은 남자의 안쪽으로 접근하여 무방비 상태인 몸통에 온 힘을 다한 일격을 날렸다.

"으구어아학?!"

알아들을 수 없는 말을 내뱉은 뒤, 나선으로 회전하며 날아간 등 굽은 남자가 꽈당탕! 하고 스테이지 위에 떨어졌다.

"승자, 코코노에 야에!"

순살. 너무나도 손쉬운 승리에 대회장이 순간 조용해졌지만, 금세 폭발적인 환성에 휩싸였다.

방금 야에는 바람총 화살이 날아올 걸 예상하였구나. 아, 조금 전에 렘나 족 사람들에게 들은 건가?

"말도 안 돼……. 왜 독이 안 듣지?!"

그런 소리를 흘리면서 두 번째 출전자인 개구리 같은 얼굴의 팔이 긴 남자가 힐다와 대치했다. 아직 조금 전의 광경을 믿을 수 없어 동요하고 있는 듯했지만, 그런 건 우리가 알 바 아니었다.

시합을 시작하자마자 힐다도 야에와 마찬가지로 단숨에 거리를 좁힌 다음, 날아온 독침을 피하지 않고 그대로 맞으면서 대전 상대인 개구리 남자를 날려 버렸다.

"쿠와라크악!"

독이 전혀 통하지 않는 상황이 리벳 족 사람들에게 절망적인 충격을 안겨 준 듯했다. 세 번째 남자는 심지어 덜덜 떨면서 도끼를 든 팜 앞에 그냥 멍하니 서 있는 것이 고작이었다.

당연히 상대가 될 리 없었다. 역시 독침은 효과가 없다는 점을 확인했을 뿐, 상대는 팜의 도끼 공격에 그대로 노출되었다.

"………!!"

이제는 소리도 내지 못한 채, 리벳 족 남자는 천천히 쓰러지더니 완전히 정신을 잃었다.

"승자, 팜! 이렇게 해서 이번 '수왕의 부족'은 라우리 족으로 결정되었다!!"

스트레이트로 3승. 너무나도 싱거운 결승이었지만, '가지치기 의식' 을 이긴 부족에게 사람들은 아낌없는 박수와 성원을 비처럼 쏟아 주었다.

팜이 스테이지 위에서 남자다운 포효(아니, 여자다운?)를 하자, 그 뒤를 잇듯이 라우리 족도 승리의 함성을 외쳤다.

끝났구나. 아무튼 끝이 좋으면 모든 것이 좋다.

그렇게 생각했을 때, 무언가가 술렁이는 기척이 느껴졌다.

"뭐지?"

쿠구구구……. 낮게 땅이 울리면서 신수역 이외의 주변 나무들이 잇달아 시들었고, 나뭇잎이 떨어져 내렸다. 이게 뭐지?!

"큭큭……. 정령의 힘은 우리가 받아 가마……."

리벳 족 사람 중 한 명이 중얼거린 소리를 내 마법 모니터가 똑똑히 포착했다.

갑자기 쿠웅 하고 울려 퍼지는 지면의 충격. 한 번이 아니었다. 몇 번이나 되는 격렬한 진동이 대지를 뒤흔들었고, 마른 나무에서 마른 잎이 수없이 떨어져 내렸다.

"아, 아니, 대체 저건?!"

누군가가 외쳐서 숲 안쪽을 바라보니 그곳에는 거대한 수목(樹木) 거인이 몇 마리나 이쪽을 향해 오고 있었다. 아무래도 아직 끝이 아닌 모양이었다.

◇ ◇ ◇

“우드 골렘……. 하지만 저건 너무 커요. 거수화한 건가? 저렇게나 많이…….”

온몸이 수목에 뒤덮인 20미터 정도의 거대한 골렘이 몇 마리나 주변 나무들을 쓰러뜨리며 이쪽을 향해 왔다. 형태는 미스릴 골렘과 크게 다르지 않았다. 단지 그것들보다도 더 컸다.

하나, 둘, 셋……. 열 마리는 있는 것 같아. 혹시 조금 전에 나무가 마른 건 이 녀석들이 영양을 흡수했기 때문인가?

가장 선두에 있던 골렘이 신수역에 발을 들이려고 했지만, 녹색 방어벽에 막혀 앞으로 더 나아가지 못했다.

내 앞에 야구공 정도의 녹색 빛을 발하는 구체가 출현했다.

〈토야 님!〉

“대수의 정령인가?”

〈네. 현재, 대부분의 힘을 방어벽을 만드는 데 사용하고 있어 이런 모습입니다. 죄송합니다! 토야 님들의 힘으로 어떻게 해서든 부족 사람들을 이곳에서 대피시켜 주실 수 없을까요? 저것의 목적은 아마도 저……. 신수를 흡수하는 것이라 생각합니다. 정령의 힘을 흡수한 우드 골렘을 만들 심산이겠죠.〉

아하, 정령이 깃든 신수를 골렘과 동화시켜 그 힘을 조종할 생각이구나. 조금 전에 나무가 마른 것도, 우드 골렘도, 아무래도 처음부터 누군가가 미리 이렇게 되도록 준비해 놓은 것 같아.

그리고 흑막은 아마 리벳 족이다. 만약 이 '가지치기 의식'에서 우승하면 새로운 규칙을 선포하는 의식 때, 신수에 직접 독인가 뭔가를 뿌려 약해지게 한 다음, 골렘과 동화시키거나 신수 자체를 골렘으로 만들 생각이었을지도 몰라.

하지만 라우리 족이 우승해 버렸으니. 그렇다면 강행 작전이다, 라는 것인가. 정말 끈질긴 녀석들이라고 해야 할지, 머리가 나쁜 녀석들이구나.

…………라고 옆에 있던 모로하 누나가 해설해 주었다. 그런 거야?

아, 어젯밤의 그 리벳 족은 이런 일을 준비했었던 거구나. 그때 미리 막아 놓았어야 했는데.

나는【플라이】로 야에 일행이 있는 스테이지 위로 날아가 시합에 참가하지 않았던 리벳 족 두 사람을 붙잡았다.

"대답해. 저건 뭐지?"

"……우리가 씨앗 상태로 가지고 온 우드 골렘이다. 주변 나무들의 생명력을 빨아들여 거대화하도록 개량했지."

"개량이라고?"

"여러 독을 조합해 뿌려 오랜 시간 동안 변질시켰다. 그리고 저것은 신수를 흡수할 수 있지. 정령의 힘을 조종할 수 있다. 그 힘으로 우리 리벳 족이 이 대수해를 지배할 것이다……. 크크……."

흐음, 모로하 누나의 말대로인가. 하지만 그렇게 순조롭게 일이 진행될 거라고는 생각하지 마. 너희의 패인은 이 자리에 우리가 있었다는 거야.

“【게이트】.”

나는 공중에 전송진을 열어 ‘나이트 바론(흑기사)’ 을 불러왔다.

1미터 정도 높이에서 떨어진 흑기사는 쿠웅 하고 우드 골렘과는 또 다른 충격을 지면에 퍼뜨리며 신수역에 착지했다. 손에는 검을, 등에는 새로 장비한 ‘프라가라흐’ 를 장착한 모습이었다.

“저, 저건 뭐냐?!”

“새 장비의 실험을 해 보고 싶었는데 딱 좋네. 너희가 자랑하는 골렘인가 뭔가를 물리치는 모습을 잘 봐 둬.”

깜짝 놀라 눈을 휘둥그렇게 뜬 리벳 족 남자를 슬쩍 본 뒤, 불러낸 프레임 기어, ‘흑기사’ 로 다가가려고 했는데, 관객석에서 유미나와 린제가 나에게 다가왔다.

“토야 오빠, 저희가 해치우면 안 될까요?”

“응? 흑기사에 타겠다고?”

“네. 유론 때도 이번 시합 때도 저희는 아무것도 못 했잖아요.”

그러고 보니 그러네. 유론 때는 마법이 통하지 않아서, 이번에는 마법이 금지되어서, 였지?

나중에 프레이즈와 싸우게 되더라도 이제는 '프라가라흐'가 있기 때문에, 유미나와 린제도 마력을 사용해 프레이즈들을 장거리에서 공격하여 쓰러뜨릴 수 있다. 미리 훈련해 두는 것만큼 좋은 것도 없으려나?

"좋아. 일단은 나도 서포트할 생각이긴 하지만, 조심해."

나는【게이트】를 열어 흑기사를 한 대 더 불러왔다. 이쪽은 파랗게 칠한 녀석으로 한마디로 '청기사'다. 손에는 메이스를 들고 있는 이 녀석은, 원래 부단장인 노른 씨에게 맞춰 조정하고 있었지만, 아마 큰 문제는 없겠지.

'흑기사'에는 유미나가, '청기사'에는 린제가 올라탔다. 두 사람은 곧장 기체를 기동시키고 각각 마법을 프레임 기어에 사용할 수 있도록 설정했다.

〈……마력 동조. 제1 슬롯 해방.〉

〈마찬가지로 제1 슬롯 해방. '프라가라흐' 전개. 동조 완료. 이상 없음.〉

〈……이쪽도 이상 없음.〉

【스토리지】에서 리시버를 꺼내 나는 두 사람의 대화를 수신했다. 아무래도 문제는 없는 모양이었다.

〈그럼 오른쪽은 유미나가, 왼쪽은 린제가 상대해 줘. 마력이 떨어질 것 같으면 반지에서【트랜스퍼】로 마력을 끌어오고.〉

〈알겠습니다.〉

〈알겠, 습니다.〉

흑기사와 청기사가 달려가면서, 손에 든 무기로 정령의 방어벽을 파괴하려고 하는 우드 골렘을 공격하기 시작했다.

〈【벼락이여 꿰뚫어라, 백뢰(百雷)의 창, 라이트닝 재블린】.〉

〈【얼음이여 꿰뚫어라, 빙결의 첨침(尖針), 아이스니들】.〉

흑기사의 검 끝에서 흰 번개가, 청기사의 메이스에서는 무수히 많은 얼음 파편이, 각자 상대하는 골렘에 작렬했다.

유미나가 바람 속성인 것은 당연하였지만, 린제가 특기인 불 속성이 아닌 다른 속성을 사용한 것은 불이 옮겨붙을 수 있기 때문인 듯했다. 벼락도 위험하지만, 저 마법은 실제 벼락과는 달리 발화하지 않으니 괜찮다.

두 사람은 모두 골렘 두 마리가 쓰러질 때 아주 잠깐 해제된 신수역의 방어벽 밖으로 뛰쳐나갔다.

"일단 '프라가라흐'를 테스트해 줘. 무리하지 않는 내에서."

두 사람은 각자 담당한 방향으로 몸을 돌려 우드 골렘 몇 마리인가와 대치했다. 그리고 먼저 유미나가 움직였다.

〈'프라가라흐' 기동!〉

흑기사의 등에 X 자 모양으로 붙어 있던 정검 네 개가 일제히 떨어져 나와 공중에 떠올라 흑기사 앞쪽에 전개되었다.

〈가라!〉

유미나의 외침과 함께 부웅! 하고 음속 제트기처럼 날아간 거대 정검이 잇달아 우드 골렘을 찢어 버렸다. 그 단단한 프레이즈마저도 잘랐던 칼날이니, 나무로 만들어진 골렘 정도는 적수가 되지 못했다.

멋지게 골렘 내부의 핵을 찢어 버린 프라가라흐 네 개가 다시 흑기사 쪽으로 돌아오더니, 이번엔 흑기사를 지키듯이, 마치 위성처럼 기체 주변을 선회했다. 원래는 새틀라이트 오브 기능을 그대로 가져온 방어 시스템이니 당연하였다.

"어때? 역시 네 개를 따로따로 움직여 다른 타깃을 파괴하기는 어려울 것 같아?"

〈그러네요. 못 하지는 않겠지만, 감각이 쫓아가지 못하는 것 같아요. 아무래도 연습을 하면 나아지겠지만요.〉

역시나. 로제타도 각각 독립된 리듬과 템포가 중요하다고 했었지? 곡을 연주하는 감각에 가깝다는 모양이었다. 응, 확실히 닮은 듯하다. 오른손과 왼손을 각각 따로 움직여야 하는 피아노랑.

덧붙이자면 나는 별문제 없이 네 개를 따로 조종 가능했다. 어릴 때, 부모님이 배우라고 해서 배워 둔 피아노 덕분인지도 모른다. 이런 일에 도움이 될 줄은 몰랐지만.

그러고 보니 이쪽 세계에서는 피아노를 본 적이 없네. '프라가라흐' 연습용으로 만들어 보는 것도 괜찮을지 모른다. 모처럼 쳐 보고 싶다.

〈'프라가라흐', 발사.〉

이번에는 린제가 발사한 프라가라흐가 우드 골렘을 찢었는

데, 네 개 중 두 개는 다른 우드 골렘을 공격했다.

린제는 놀랍게도 두 개씩 따로따로 공격이 가능한 듯했다. 하지만 네 개가 한꺼번에 같은 상대 쪽으로 움직일 때보다 정확도가 떨어지는 모양이었다. 이것도 연습하면 더 나아지려나?

"이럴 수가……. 저건 뭐냐……!"

잇달아 자신만만하게 선보인 골렘이 찢겨 나가는 모습을 경악하여 일그러진 표정으로 바라보는 리벳 족 남자.

앗, 이 녀석들의 동료들도 붙잡아야겠지? 지도 검색으로 리벳 족을 모두 타깃으로 지정하여 【패럴라이즈】로 움직이지 못하게 만들어 두었다. 알기 쉬운 차림을 하고 있어서 검색하기 쉽네.

그러고 있는 사이에 두 사람은 대략 골렘을 다 해 치웠다. 이게 미스릴이라든가 오레이칼코스 골렘이었으면, 정말 좋았을 텐데. 품종 개량을 했어도 나무는 나무니까. 소재로서의 가치는 거의 없으려나. 음, 평범한 목재로서의 가치는 있겠지만.

〈이걸로, 끝.〉

린제가 마지막 한 마리를 쓰러뜨려, 모든 골렘이 침묵했다. 그 모습을 보고 신수역에 있던 모든 부족이 환성과 갈채를 보내며, 승리를 칭찬하듯 포효했다. 물론 리벳 족을 빼고, 이지만.

그건 그렇고 주변 나무들이 상당한 대미지를 입고 말았다. 크기를 봤을 때, 수령이 상당해 보이는 나무였는데.

구체 모양의 정령이 이쪽으로 다가왔다. 방어벽에 너무 많은 힘을 쏟아서 아직 인간형으로 돌아오지 못하는 건가?

〈토야 님. 감사합니다. 뭐라고 인사를 드리면 좋을지…….〉

“아니, 이쪽이야말로 주변 나무들을 파괴해 버려서 미안해. 더 조심했으면 좋았을 텐데.”

〈아, 신경 쓰지 마시길. 나중에 제가 힘을 쏟아 원래의 숲으로 되돌릴 생각이거든요.〉

그런 게 가능하단 말이야? 역시 대수의 정령인가.

휘융, 하고 정령은 ‘심판의 부족’ 이자, 자신의 대변자인 쟈쟈 족 쪽으로 날아갔다.

이윽고 ‘심판의 부족’ 의 부족장으로 보이는 사람이 큰 목소리로 말했다.

“신성한 대신수를 자신의 것으로 만들려고 계획한 어리석은 자들의 야망은 무너졌다! 먼 나라, 브륀힐드에서 온 사절이 우리의 대신수를 지켜 주었다! 우리 대수해의 부족은 그들에게 최대의 감사와 찬사를 바친다! 그들에게 정령의 가호가 있기를!”

〈정령의 가호가 있기를!!〉

터질 듯한 환성과 박수가 두 대의 프레임 기어를 향했다. 우리는 어디까지나 라우리 족의 조력자로만 인식되고, 유미나와 린제, 두 사람이 브륀힐드의 대표로 인식된 듯했다. 응, 그래도 좋다. 실제로 우드 골렘을 쓰러뜨린 건 두 사람이니까.

이윽고 쟈쟈 족 사람들이 리벳 족을 붙잡아 연행해 갔다. 나는 숲속에 남은 리벳 족도 쓰러져 있을 테니, 그 녀석들도 붙잡아 달라고 부탁해 두었다.

그리고 새삼 라우리 족이 '수왕의 부족'이 되었다는 것을 선언함과 동시에 새 규칙으로서 '가지치기 의식'을 남녀별로 열겠다는 사실도 선포했다.

이 규칙을 듣고 다른 부족은 술렁였지만 대신수도 반대하지 않았기에, 결국 새로운 대수해의 규칙으로 인정을 받았다.

잘 생각해 보면 그렇게 나쁜 이야기가 아니라고 다른 부족들도 생각한 듯했다. 우승 가능 정원이 하나 더 늘어나는 것이나 마찬가지라, 모든 부족이 혜택을 받는다. 바룸 족만은 여성이 없으므로 아무런 변화도 없겠지만.

그런데 그런 바룸 족도 자신들의 맞상대 중에서 눈에 거슬렸던 라우리 족이 사라져 나쁘지 않다는 생각이 들었는지 그 규칙을 받아들였다.

이렇게 몇몇 파란이 일었던 '가지치기 의식'은 라우리 족의 승리로 끝이 났다.

"으으. 추워. 이렇게 추웠나?"

3일간 자리를 비운 사이에 브륀힐드는 어느새 한겨울이 되어 있었다. 아침에 일어나는 게 괴롭다.

대수해는 남쪽에 있어서 겨울이라도 그렇게 춥지 않다. 그 기온에 익숙해졌기 때문인지, 아니면 갑자기 추워진 것인지는 모르겠지만, 오늘 아침은 상당히 춥게 느껴졌다.

이쪽 세계는 별나서, 계절이 뚜렷한 나라와 없는 나라가 극단적으로 나뉘어 있었다. 게다가 지도를 보면 계절과 위도, 경도는 아무런 관계가 없는 듯했다. 동방과 서방 사이에도 또 다른 것 같고 말이지. 이쪽 세계는 지구처럼 구형이 아닌 건가……? 대지 아래에 커다란 코끼리와 뱀이 있다거나 하는 건 아니겠지?

아무래도 정령의 힘과 관련이 있다는 모양인데 자세히는 모른다. 자연계의 마소나 마력과 관련이 있는 걸까? 사계절이 있는 나라 바로 옆에 극한(極寒)의 나라가 있을 정도니, 생각해 봐야 쓸데없는 짓일지도.

다행인지 어떤지는 모르겠지만, 브륀힐드는 사계절이 있는 듯했다. 물론 고향과 같은 환경이 더 친숙하긴 하다.

"냉난방이 되는 에어컨이 있었으면~."

솔직히 말해 【프로그램】을 사용하면 만들 수도 있을 것 같다. 하지만 못 참을 정도도 아니고, 난로도 있으니까. '다소의 불편함은 활력의 원천' 이라고 돌아가신 할아버지도 말씀하셨으니. 그만두자. ……하지만 따뜻한 물주머니 정도는 괜찮겠지?

'가지치기 의식' 도 끝나고 약속대로 팜은 나와 아이를 낳겠다는 생각을 포기해 주었다. ……뭔가 이상한 표현이지만.

앞으로는 라우리 족, 아니, '수왕의 부족' 의 부족장으로서 대수해에서 그 실력을 뽐내 줬으면 한다.

브륀힐드는 대수해의 부족을 구한 우호국으로 인정을 받았기 때문에 무슨 일이 있으면 언제든 힘을 빌려주겠다는 모양이었다. 그때는 사양 말고 힘을 빌리자.

대수해의 지배를 꿈꾸었던 리벳 족이 그 후에 어떻게 되었는지는 전혀 모른다. 팜이 '대수해의 심판을 받았다' 라고밖에 말을 해 주지 않았고, 구체적으로 묻고 싶은 기분도 들지 않았기 때문에, 더 이상은 캐묻지 않았다.

추운 발코니에 나가 보니 멀찍이 보이는 훈련장에서 누군가가 벌써 움직이고 있었다. 아침 안개 때문에 잘 안 보이네.

【롱센스】를 사용해 시야를 넓혀 보니 모로하 누나가 누군가와 대결하고 있었다. 상대는…… 루인가.

"이렇게 아침 일찍부터……."

역시 그건가. 렌게츠 씨에게 진 것이 너무나 분했는지도 모른다. 아무렇지도 않은 표정을 지었지만, 다들 지기 싫어하는 성격이니까. 나의 피앙세들은.

그러고 보니 모로하 누나를 데리고 왔더니, 성에 있는 사람들이 모두 깜짝 놀랐다. 누나가 한 명 더 있다는 말은 한마디도 하지 않았으니 당연하다면 당연하지만.

코사카 씨가 "형제자매가 몇 명이나 더 있으십니까?" 하고 물어서, 내가 "글쎄요……." 하고 솔직하다면 솔직한 대답을 했더니, 코사카 씨가 '혈통이군요…….' 라고 하면서 나를 뜨뜻미지근한 눈으로 바라보았다. '모치즈키 가문은 여자를 좋아한다' 라는 인식이 박혀 버린 모양이었다. 이복남매는 아니에요! 그 이전에 진짜 남매도 아니지만.

당연하지만 그보다도 놀라웠던 것은 모로하 누나의 전투력이었다. 누나의 실력을 보기 위해서 기사단 사람들과 자유대련을 해 보게 했는데, 누나는 혼자서 80명에게 쉽사리 승리를 거두었다. 단 한 명도 누나에게 생채기 하나 내지 못했다.

게다가 80명의 안 좋은 점, 반대로 더 실력을 갈고닦아야 할 점을 하나하나 아주 정확하게 지적해 주었다. 너무 하이스펙 아닌가, 검신.

"역시 폐하의 누님……."

그런 느낌으로 모로하 누나는 틈만 나면 기사단 사람들을 훈련해 주었다. 몇 개월 후에는 엄청나게 수준이 향상되어 있을 것 같다. 아무튼, 나쁜 일은 아니고, 오히려 고마운 일이지만.

"안녕~."

"안녕하세요, 토야 오빠."

꾸물꾸물 옷을 갈아입고 식당에 가 보니 유미나, 린제, 에르제, 야에, 힐다, 그리고 카렌 누나가 자리에 앉아 있었다. 멍~하니 있자, 메이드 레네가 졸음을 쫓는 허브티를 가져왔다.

고마워. 인사를 하고 레네의 머리를 쓰다듬어 주는데, 루와 모로하 누나가 문을 열고 식당 안으로 들어왔다.

우리는 7시에 아침을 먹자고 결정해 두었는데, 꼭 다 같이 모여서 먹어야 하는 것은 아니었다. 시간이 맞으면 되도록 같이 먹자는 의미에서 그렇게 결정해 둔 것이다. 그래서 7시가 지나면 다들 음식을 먹기 시작하지만, 오늘은 모두 다 같이 모였다. 카렌 누나가 아침 식사 때 같이 있다니, 참 드문 일이다. 이 시간엔 항상 자니까 말이지.

가끔 이 멤버에 스우도 들어오지만, 오늘은 오지 않은 듯했다.

오르트린데 공작 저택의 스우네 방과 이쪽 성에 있는 '전이의 방' 이라 불리는 방은 【게이트】가 인챈트된 거울로 연결되어 있다. 물론 스우 이외에는 통과할 수 없고, 언제 통과했는지도 기록이 되도록 만들어 두었다.

약혼한 사이이기도 해서, 스우는 언제든 이 성에 놀러 와도 좋다고 허가했지만, 식사는 가능하면 집에서 먹도록 타일렀다.

역시 부모님과 딸이니 같이 식사를 하는 편이 좋다고 생각했기 때문이다. 공작님도 쓸쓸할 테고 말이야.

아침 식사가 끝나자 각자 자신의 할 일을 하거나 훈련을 하거나 하기 시작했다. 야에와 힐다, 그리고 모로하 누나는 기사단 사람들과 훈련을 하거나 국내 시찰을 했고, 유미나와 루는 나이토 아저씨와 마을 개발 상황에 관한 상의, 에르제와 린제는 훈련과 품종 개발한 농작물을 위한 개척, 카렌 누나는 사랑 고민 상담실 운영을 하는 등, 각자 자유롭게 활동했다.

보통은 국왕의 약혼자가 할 일이 아니지만, 다들 좋아해서 하는 일이었다.

나의 경우, 오전에 알현을 원하는 사람이 있으면 만나고, 없으면 자유. 그리고 코사카 씨에게 대략 국내의 문제점을 듣고, 바로 대처해야 할 것, 조금 생각한 뒤에 대처할 것, 대처할 필요가 없는 것을 나누었다.

내가 나서면 쉽게 해결할 수 있는 안건도 코사카 씨는 될 수 있는 한 국민의 힘으로 해결하도록 했다. 내가 다 떠맡으면 국민이 나에게 너무 지나치게 의지하게 되는데, 혹시라도 나에게 무슨 일이 생겼을 때, 이 나라 사람들만으로 대처할 수 없으면 의미가 없기 때문이었다.

그래서 꽤 방해꾼 취급을 받기도 한다. 물론 그편이 편해서 좋긴 하지만.

"이쪽 겨울은 얼마나 추운가요?"

"글쎄요. 올해는 그다지 춥지 않을 듯합니다. 게다가 폐하께서 만들어 주신 '열 카펫' 이 있어 큰 도움이 되고 있습니다."

식후, 홍차를 가지고 와 준 집사 라임 씨가 그렇게 말했다. 성 안에는 넓은 방이 많아서 좀처럼 따뜻해지지 않았다. 그래서 【워밍】을 인챈트한 카펫을 알현실이라든가 집무실에 깔아두었다.

그리고 라임 씨에게는 특별히 【워밍】을 부여한 정장을 선물했다. 온도를 조절할 수 있는 옷이었다. 라임 씨는 제일 먼저 일어나 제일 추운 시간부터 일하니까. 그냥 건네주면 받아 줄 것 같지 않아서 마침 다가온 라임 씨의 생일을 구실로 선물했다.
우리의 완벽한 집사가 감기라도 걸리면 정말 곤란하다.

자, 오늘은 알현 예정이 없어서 한가했다. 아니, 꼭 한가하다고는 할 수 없지만. 그래서 대수해에서 돌아온 뒤로 만들던 피아노 제작을 마무리하기로 했다.
구조 자체는 어렵지 않았지만(내가 만드는 모조 피아노이니, 파악하지 못한 구조는 【프로그램】을 이용해 억지로 만들었다), 소리의 조절이 힘들었다. 나는 절대 음감을 지니고 있지 않았기 때문에 스마트폰의 튜닝 어플리케이션이 큰 활약을 했다.
게다가 흥이 나서 그랜드 피아노 같은 것을 만드는 바람에 건반이 88개였다. 건반이 65개인 업라이트 피아노를 만드는 게 더 좋았을지도 모른다.
조금 불안하긴 했지만, 일단 모든 건반의 튜닝이 끝났다. 그래서 나는 의자에 앉아 건반을 눌러 보았다. 도레미파솔라시도. 순서대로 건반을 친 뒤, 이번엔 반대로 도시라솔파미레도를 쳤다.
몇 년 만에 쳐 보는 거지? 어릴 때, 파를 엄지로 바꿔치기가 힘들어서 연습했었지? 그리고 돌아갈 때, 이번엔 미를 중지로 바꾸기 힘들어 고생했다. 지금과는 달리 손가락이 짧았으니까.

그리운 생각이 들어 몇 번이나 도레미파솔라시도, 도시라솔파미레도, 도레미파솔라시도, 도시라솔파미레도…… 하고 반복해서 피아노를 쳤다.

그리고 그 흐름을 타고 누구나가 아는 명곡 '고양이 춤' 을 치기 시작했다. 흥겨워서 이것저것 어레인지 버전도 쳐 보았다. 재즈 버전까지 치고 말았다.

다 쳤을 때, 박수 소리가 들려왔다. 돌아보니 코교쿠와 함께 온 사쿠라가 손뼉을 치고 있었다.

"그건 악기?"

"응, 악기야. '피아노' 라고 해. 건반 악기……. 음, 타악기와 현악기 중간 정도에 해당하려나?"

"더 듣고 싶어. 다른 곡도 쳐 줘."

아무리 그래도 좀. 음~ 간단한 거라도 괜찮겠지? 오랜만이라 칠 수 있을지 어떨지 모르겠지만, 이 계절에 딱 맞는 곡을 쳐 보자.

나는 경쾌한 템포의 곡을 치기 시작했다. 크리스마스에는 역시 이게 잘 어울린다. 이쪽은 지금이 12월일지 어떨지 잘 모르겠지만.

'징글벨' .

150년 전보다도 더 오래전에 미국의 목사가 만든 곡이 설마 이세계에서 연주될 줄 누가 알았을까.

사쿠라는 리듬에 맞춰 작게 고개를 좌우로 흔들었다. 아무래도 마음에 든 모양이었다. 코교쿠도 눈을 감고 가만히 곡을 감상했다. 굉장히 기뻐서 나는 그만 노래를 흥얼거리고 말았다.

노래를 끝내자 사쿠라가 또 손뼉을 쳐 주었다. 좀 쑥스럽네.

“그 노래, 가르쳐 줘. 나도 부르고 싶어.”

눈을 반짝이며 사쿠라가 부탁했다. 웬일이지? 이 아이가 이런 부탁을 다 하고. 평소에는 별로 감정을 드러내지 않는데.

그 부탁을 들어주기 위해, 이번에는 천천히 곡을 연주하며 처음부터 가사를 확실히 불러 주었다. 사쿠라는 노래를 따라서 흥얼거리기 시작했다. 끝까지 다 부른 뒤, 한 번 더 불러 줄까 했는데, 사쿠라가 “이제 다 외웠어.” 하고 말했다. ……빠르네.

그래서 이번엔 원래 템포에 맞춰 경쾌하게 피아노를 쳤다. 그러자 사쿠라가 곡에 맞춰 노래하기 시작했다. 어어? 이거 뭐야?!

진짜 노래를 굉장히 잘했다. 맑고 투명한 목소리가 방 안에 울려 퍼졌다. 이렇게 노래를 잘했구나. 노래가 끝나자 사쿠라가 만족스러운 듯 미소 지었다.

“굉장해……. 혹시 사쿠라는 가수였을지도 몰라.”

“잘 모르겠지만, 노래하는 걸 좋아하는지도 몰라. 더 가르쳐 줄래?"

기억이 돌아오는 계기가 될지도 모른다는 생각이 들어, 나는 기억이 나는 곡을 마구 쳐 주었다. 가사가 없는 클래식 계열은 되도록 피하고, 팝송, 가요, 트로트, 동요 등, 서양 음악, 일본 음악 가리지 않고 노래했다.

놀랍게도 사쿠라는 그런 노래들의 가사를 단 한 번만 듣고도 모두 외웠다. 기억력이 굉장히 좋은가 보다. 기억상실증에 걸린 소녀가 기억력이 뛰어나다니, 참 얄궂은 상황이긴 하다.

하지만 이 노래 재능은 사쿠라가 살아가는 데 큰 무기가 될 거란 생각이 들었다. 아이돌이 되도록 프로듀스를 해 볼까? 아니, 사쿠라의 성격을 생각해 보면, 너무 눈에 띄는 일은 하고 싶어 하지 않으려나?

이 피아노는 애초에 반주용으로 만든 것이 아니다. 이걸로 유미나나 다른 아이들에게 피아노를 가르쳐 준다고 해서 프라가라흐를 자유자재로 조종할 수 있을지 어떨지는 알 수 없지만.

사쿠라의 아름다운 노랫소리와 내 반주를 들었는지, 어느새인가 성 안의 사람들이 모여 사쿠라의 노래를 들었다.

반주가 끝나자 박수 소리가 쏟아졌다. 사쿠라는 쑥스러운 듯이 고개를 숙였지만, 사이가 좋은 린제가 칭찬해 주자, 썩 나쁘지 않다는 듯이 미소 지었다.

잠시 사쿠라의 독창회가 계속되었다. 어딘가 내성적으로 보이는 사쿠라도 아는 사람들 앞에서는 심하게 낯을 가리지는 않는 듯, 즐겁게 노래를 불렀다.

다음에 사쿠라를 위해 스마트폰에 들어 있는 곡부터 좋아할 것 같은 노래를 들려주자고 생각하면서, 나는 반주를 계속했다.

이세계는 스마트폰과 함께.

메카닉 설정 자료집

■ 용기사《드라군》

개발자: **레지나 바빌론**
관리 책임자: **?**
탑승자: **엔데**
높이: **17.8미터** 중량: **6.8톤**
무장: 정재제(晶材製) 작은 칼 두 자루
정비 책임자: **?**
소속: **엔데 소유**
탑승 인원: **1명**

대(對)프레이즈용 결전 병기, 프레임 기어 중 하나. 고기동용 기체이며, 전체적으로 장갑은 가벼운 소재로 만들어졌다. 그래서 외부 타격에 약하다. 발뒤꿈치에 바퀴를 내린 '고기동 모드'로 이행하여 빠른 속도로 전장을 누빌 수 있으며, 그를 위해 각 부분에 많은 버니어가 장착되어 있다. 방어력을 희생하여 기동성을 살린 탓에, 전투는 적의 공격을 피하며 접근한 다음, 공격하고 이탈하는《히트 앤드 어웨이》스타일. 굉장히 독특한 기체라 탑승자를 가린다.

후기

『이세계는 스마트폰과 함께.』 제7권을 전해 드렸습니다.

배틀이 많은 제7권이었네요. 페이지가 조금 늘어서 후기 페이지가 줄었습니다. 정말 죄송합니다!

우사츠카 에이지 님. 이번에도 멋진 일러스트를 그려 주셔서 감사합니다. 앞으로도 잘 부탁드립니다. 오가사와라 토모후미 님, 연재 등으로 바쁘신데 디자인을 해 주시는 등, 여러모로 감사합니다.

담당자이신 K 님, 하비 재팬의 편집부 여러분, 이 책의 출판에 도움을 주신 여러분, 항상 감사합니다.

그리고 '소설가가 되자' 와 이 책을 읽어 주신 모든 독자 여러분께 감사의 말씀 올립니다.

또 콤프 에이스 11월 26일 발매호부터 소토 선생님의 『이세계 스마트폰』의 만화 연재가 시작되었습니다! 그쪽도 꼭 잘 부탁드립니다!

후유하라 파토라

눈도 내리기 시작하며
조금씩 겨울이 다가오는 브륀힐드 왕국.
그때, 바빌론의 유적이 발견되었다는 소식을 듣고
토야 일행은 마왕국으로 떠난다.

이세계는 스마트

후유하라 파토라 illustration■우사츠카 에이지

왕국에서 바빌론의 유적
『도서관』 을 발견한 일행.
그곳에는 프레이즈에 관한
새로운 정보가 담겨 있었다——!!
폰과 함께. 8
2017년 9월 출간 예정

이세계는 스마트폰과 함께. 7

2017년 07월 18일 제1판 인쇄
2018년 06월 28일 4쇄 발행

지음 후유하라 파토라 | **일러스트** 우사츠카 에이지 | **옮김** 문기업

펴낸이 임광순 | **제작 디자인팀장** 오태철
편집부 황건수 · 신채윤 · 이병건 · 이홍재 · 김호민
디자인팀 박진아 · 박창조 · 한혜빈 · 김태원
국제팀 노석진 · 엄태진

펴낸곳 영상출판미디어(주)
등록번호 제 2002-000003호
주소 21311 인천광역시 부평구 평천로 132 (청천동)
전화 032-505-2973(代) | **FAX** 032-505-2982

ISBN 979-11-319-6110-0
ISBN 979-11-319-3897-3 (세트)

異世界はスマートフォンとともに7